A CHAMA
DENTRO DE NÓS

Obras da autora publicadas pela Editora Record

ABC do amor
Arte & alma
Sr. Daniels
No ritmo do amor
Vergonha
Eleanor & Grey

Série Elementos
O ar que ele respira
A chama dentro de nós
O silêncio das águas
A força que nos atrai

BRITTAINY C. CHERRY

A CHAMA
DENTRO DE NÓS

Tradução de
Meire Dias

7ª edição

EDITORA RECORD
RIO DE JANEIRO • SÃO PAULO
2021

CIP-BRASIL. CATALOGAÇÃO NA PUBLICAÇÃO
SINDICATO NACIONAL DOS EDITORES DE LIVROS, RJ

C392c
7ª ed.

Cherry, Brittainy C.
A chama dentro de nós / Brittainy C. Cherry; tradução:
Meire Dias. – 7ª ed. – Rio de Janeiro: Record, 2021.

Tradução de: The Fire Between High and Lo
ISBN: 978-85-01-10948-4

1. Romance americano. 2. Ficção americana. I. Dias, Meire. II. Título

16-38353

CDD: 813
CDU: 821.111(73)-3

Título original:
THE FIRE BETWEEN HIGH AND LO

The Fire Between High and Lo © Brittainy C. Cherry 2016

Esta obra foi negociada pela Bookcase Literary Agency.

Texto revisado segundo o novo Acordo Ortográfico da Língua Portuguesa.

Todos os direitos reservados. Proibida a reprodução, no todo ou em parte, através de quaisquer meios. Os direitos morais da autora foram assegurados.

Direitos exclusivos de publicação em língua portuguesa somente para o Brasil adquiridos pela
EDITORA RECORD LTDA.
Rua Argentina, 171 – Rio de Janeiro, RJ – 20921-380 – Tel.: (21) 2585-2000, que se reserva a propriedade literária desta tradução.

Impresso no Brasil

ISBN 978-85-01-10948-4

Seja um leitor preferencial Record.
Cadastre-se no site www.record.com.br
e receba informações sobre nossos
lançamentos e nossas promoções.

Atendimento e venda direta ao leitor:
mdireto@record.com.br

EDITORA AFILIADA

Para aqueles que têm uma chama dentro de si,
que se esforçam por um futuro melhor.
Para aqueles que precisam saber que seus erros
do passado não os definem.

Este livro é para vocês.

Prólogo

Alyssa

O garoto de moletom vermelho ficou me olhando na fila do caixa.

Eu já o tinha visto muitas vezes, inclusive mais cedo naquela segunda de manhã. Todos os dias, ele e os amigos ficavam à toa no beco atrás da mercearia onde eu trabalhava. Sempre os encontrava ali quando meu patrão me mandava amassar caixas para jogá-las fora.

O garoto de moletom vermelho estava ali todos os dias com seus amigos. O grupo era barulhento, fumava cigarros e falava muitos palavrões. Ele se destacava dos demais, pois os outros davam risadinhas e gargalhadas. Ele parecia mudo, como se sua cabeça estivesse longe dali. Seus lábios quase nunca se moviam; eu me perguntava se ele sabia sorrir. Talvez ele apenas existisse em vez de viver.

Às vezes nossos olhares se cruzavam, e eu sempre desviava o meu.

Eu não conseguia encarar seus olhos cor de caramelo, pois eram mais tristes do que os de qualquer pessoa da sua idade. Profundos, com olheiras e linhas de expressão, mas, ainda assim, ele era bonito. Uma beleza exausta. Nenhum cara deveria parecer tão cansado ou tão bonito, tudo ao mesmo tempo. Apesar de jovem, ele aparentava ter vivido cem anos de sofrimento e ter enfrentado conflitos pessoais muito piores do que os da maioria das pessoas. Sua postura o denunciava: ombros caídos, cabeça baixa.

Mas nem tudo era desanimador.

Seu cabelo castanho escuro estava sempre perfeito. Sempre. De vez em quando, ele pegava um pente pequeno e passava pelas mechas como se fosse um daqueles carinhas dos tempos da brilhantina, da década de 1950. Sempre usava o mesmo tipo de roupa: camiseta branca ou preta, lisa, e, às vezes, o casaco de moletom vermelho. A calça era sempre de jeans escuro, com sapatos pretos amarrados com cadarços brancos. Não sei por que, mas, mesmo as roupas sendo simples, elas me causavam arrepios.

Suas mãos também chamavam minha atenção. Sempre seguravam um isqueiro, que ele apagava e acendia repetidamente. Eu me perguntava se ele tinha consciência de que fazia aquilo. Era quase como se a chama do isqueiro fosse parte de sua existência.

Uma expressão entediada, olhos cansados, cabelo perfeito e um isqueiro na mão.

Que nome combinaria com um cara assim?

Hunter, talvez. Parecia nome de bad boy — coisa que ele era, imaginei. Ou Gus. Gus, o cara da brilhantina. Ou Mikey — um nome fofo, o extremo oposto do que ele parecia ser, e eu gostava de coisas assim.

Mas o nome não importava.

O que importava mesmo era que ele estava de pé na minha frente. Seu rosto era mais expressivo do que em qualquer uma das ocasiões em que eu o tinha visto no beco. Estava vermelho como uma beterraba, e os dedos, inquietos. Havia certo constrangimento em seus olhos ao passar o cartão vale-alimentação de novo. Tinha sido recusado todas as vezes. *Saldo insuficiente.* Seu semblante foi ficando cada vez mais fechado. *Saldo insuficiente.* Ele mordeu o lábio.

— Isso não faz sentido — murmurou para si mesmo.

— Posso tentar passar em outra máquina, se quiser. Às vezes, elas dão defeito. — Dei um sorriso, mas ele não retribuiu a gentileza. Seu rosto estava repleto de linhas de expressão. Tinha o cenho franzido ao me entregar o cartão, uma expressão agressiva. Eu o passei em outra máquina. *Saldo insuficiente.* — Aqui diz que não há dinheiro suficiente no cartão.

— Obrigado, Srta. Óbvia — murmurou ele.

Grosso.

— Impossível — continuou o garoto, bufando, o peito subindo e descendo. — Nós vimos que o dinheiro foi depositado nele ontem.

Quem seria o "nós"? *Não é da sua conta, Alyssa.*

— Você tem outro cartão? Podemos tentar passá-lo?

— Se eu tivesse outro cartão, não acha que eu já teria tentado? — gritou ele, quase me fazendo pular da cadeira. Hunter. Ele só podia se chamar Hunter. Ou melhor, o bad boy Hunter. Ou, quem sabe, Travis. Li um livro que tinha um Travis, e ele era tão bad boy que tive que fechar o volume várias vezes para não enrubescer.

Ele respirou fundo, olhou para a fila de pessoas que se formava atrás de si e, em seguida, me fitou.

— Sinto muito. Não queria gritar com você.

— Tudo bem — respondi.

— Não. Não está tudo bem. Sinto muito. Posso deixar essa merda aqui por um segundo? Tenho que ligar para a minha mãe.

— Sim, claro. Vou cancelar tudo por enquanto, e passaremos novamente os produtos quando você resolver o problema. Não se preocupe.

O garoto quase sorriu, e eu quase perdi esse instante. Não imaginei que ele soubesse como *quase* sorrir. Talvez fosse apenas um rápido movimento dos lábios, mas, quando se curvaram, ele ficou tão bonito! Eu podia jurar que ele não sorria com muita frequência.

Assim que se afastou e ligou para a mãe, tentei ao máximo não escutar a ligação. Fui passando as compras dos outros clientes, mas ainda assim meus olhos e ouvidos curiosos ficaram atentos.

—Mãe, eu me sinto um idiota. Passei o cartão, e ele continua sendo recusado... Eu sei a senha. Digitei certo, sim... Você usou o cartão ontem? Pra quê? O que você comprou?

Ele afastou o aparelho e revirou os olhos antes de colocá-lo de volta no ouvido.

—Como assim você comprou trinta e dois packs de Coca-Cola? — gritou. — Que diabos vamos fazer com trinta e dois packs de Coca-Cola? — Todos no mercado olharam para ele. Seus olhos encontraram os meus, e o constrangimento voltou ao seu rosto. Sorri. Ele franziu o cenho. Era bonito demais, do tipo que arrasa corações. Lentamente, ele virou de costas para mim e voltou para sua ligação. — O que vamos comer no próximo mês?... Sim, eu recebo amanhã, mas isso não vai ser suficiente para... Não. Não quero pedir dinheiro ao Kellan de novo... Mãe, não me interrompa. Tenho que pagar o aluguel. Não vou conseguir... Mãe, cala a boca, ok? Você gastou todo o dinheiro da comida com Coca-Cola!

Uma pausa curta. E então, movimentos raivosos com os braços.

—*Não! Não, não me importo se era Coca diet ou zero!* — Ele suspirou, passou os dedos pelo cabelo. Abaixou o telefone por alguns instantes, fechou os olhos e respirou fundo. Voltou a colocar o aparelho junto ao ouvido. — Está bem. Vou dar um jeito. Não se preocupe com isso, tá? Vou dar um jeito. Vou desligar. Não, não estou com raiva, mãe. Sim, tenho certeza. Vou desligar. Sim, eu sei. Está bem. Não estou com raiva, está bem? Desculpe por ter gritado. Sinto muito. Não estou com raiva. — Sua voz se tornou muito baixa, mas eu não conseguia deixar de ouvir. — Sinto muito.

Quando ele se virou para mim, eu tinha terminado de atender o último cliente da fila. Ele se aproximou, passando a mão pela nuca.

—Não vou conseguir comprar essas coisas hoje. Desculpe. Vou colocar tudo de volta nas prateleiras. Desculpe. Desculpe. — Ele continuou se desculpando.

Meu coração ficou apertado.

— Tudo bem. Sério. Eu cuido disso. Já terminei o trabalho aqui mesmo. Vou colocar tudo no lugar.

Ele franziu o cenho novamente. Eu queria que ele parasse de fazer aquilo.

— Certo. Desculpe.

Eu também queria que ele parasse de pedir desculpas.

Quando ele foi embora, espiei o interior das sacolas. Ver aqueles itens ali dentro partiu meu coração. Somavam um total de onze dólares; nem isso ele podia pagar. Macarrão instantâneo, cereais, leite, manteiga de amendoim e pão — coisas que, de tão essenciais, eu não pensaria duas vezes antes de comprar.

Você nunca se dá conta das coisas boas que tem até ver o que outra pessoa não pode ter.

— Ei! — gritei, indo atrás dele no estacionamento. — Ei! Você esqueceu isso!

Ele se virou e semicerrou os olhos, confuso.

— Suas sacolas — expliquei, entregando-as a ele. — Você as esqueceu.

— Você pode ser demitida.

— O quê?

— Por roubar essas coisas.

Hesitei por um instante, um pouco confusa por ele ter pensado que eu havia roubado a comida.

— Eu não roubei. Paguei por elas.

A perplexidade tomou conta de seu olhar.

— Por que você faria isso? Você não sabe nada sobre mim.

— Sei que está tentando cuidar da sua mãe.

Ele ficou em silêncio por um momento. Em seguida, assentiu.

— Vou pagar por isso.

— Não, não se preocupe. — Fiz que não com a cabeça. — Não foi nada.

Ele mordeu o lábio inferior e passou a mão pelos olhos.

— Eu vou pagar. Mas... obrigado. Obrigado... humm... — Seus olhos se desviaram para o meu peito e, por um segundo, senti certo desconforto, até que percebi que ele estava lendo meu nome no crachá. — Obrigado, Alyssa.

— De nada. — Ele se virou e voltou a caminhar. — E você? — gritei em sua direção.

— O que tem eu?

— Qual é o seu nome?

Hunter?

Gus?

Travis?

Mikey?!

Ele definitivamente poderia se chamar Mikey.

— Logan — respondeu e continuou andando, sem olhar para trás.

Mordi a gola da camisa; era um péssimo hábito, e minha mãe sempre gritava comigo quando eu fazia isso. Mas ela não estava ali, e eu sentia um friozinho no estômago.

Logan.

Pensando bem, Logan também combinava com ele.

* * *

Ele voltou alguns dias depois para me pagar. Então, começou a aparecer toda semana para comprar pão, macarrão instantâneo ou chicletes. Sempre vinha ao meu caixa. Em algum momento, nós começamos a conversar enquanto eu registrava os itens. Descobrimos que o meio-irmão dele estava saindo com a minha irmã, e que os dois estavam juntos havia séculos. Um dia, ele quase sorriu. Outro dia, eu podia jurar que o vi sorrir de fato. Nós meio que nos tornamos amigos e passamos das rápidas trocas de palavras para conversas mais longas.

Quando eu saía do trabalho, encontrava-o sentado na calçada do estacionamento, esperando por mim, e conversávamos ainda mais.

Ficamos bronzeados sob o sol ardente. Saímos todas as noites sob as estrelas.

Conheci meu melhor amigo na fila do caixa de uma mercearia.

E minha vida nunca mais foi a mesma.

Parte um

Sua alma estava em chamas,
e ele queimava qualquer um que
ousasse se aproximar.

Ela se aproximou,
sem temer as cinzas em que
estavam prestes a se transformar.

Capítulo 1

Logan

Dois anos, sete namoradas, dois namorados,
nove términos e uma amizade
ainda mais forte depois.

Assisti a um documentário sobre tortas.

Passei duas horas da minha vida sentado em frente a uma televisão pequena, assistindo a um DVD da locadora sobre a história das tortas. As tortas remontam à época dos antigos egípcios. A primeira de que se tem registro foi criada pelos romanos; foi feita com queijo de cabra e mel e coberta com centeio. Parecia ser muito nojenta, mas, de alguma forma, no final do documentário, tudo que eu queria era comer aquela maldita torta.

Eu não era muito de comer tortas, gostava mais de bolos, mas naquele momento, eu só conseguia pensar em comer aquela massa folheada e crocante.

Eu tinha todos os ingredientes necessários para prepará-la. A única coisa que me impedia de fazer isso era Shay, minha agora ex-namorada, para quem mandei algumas indiretas nas últimas horas.

Eu era péssimo em terminar relacionamentos. Na maioria das vezes, enviava mensagens de texto com um simples "não está dando certo, desculpe" ou dava um telefonema de cinco segundos, mas

Alyssa havia me dito que terminar com alguém pelo telefone era a pior coisa que uma pessoa poderia fazer.

Então, eu tinha que me encontrar com Shay. Péssima ideia.

Shay, Shay, Shay. Quem me dera não ter transado com ela. Três vezes. *Depois* que eu terminei com ela. Mas agora já passava de uma da manhã e...

Ela. Não. Ia. Embora.

Também não parava de falar.

Nós estávamos em frente ao meu prédio, e caía uma chuva fria. Eu só queria ir para o meu quarto e relaxar um pouco. Era pedir muito? Fumar um baseado, ver outro documentário e fazer uma torta. Ou cinco tortas.

Queria ficar sozinho. Ninguém gostava mais de ficar sozinho do que eu.

Meu celular apitou e vi o nome de Alyssa aparecer na tela.

Alyssa: Já fez a boa ação?

Sorri, sabendo que ela se referia ao término com Shay.

Eu: Sim.

Vi os três pontinhos aparecerem no meu telefone, indicando que ela estava respondendo.

Alyssa: Mas você não transou com ela, transou?

Mais pontinhos.

Alyssa: Meu Deus, você transou com ela.

Mais pontinhos.

Alyssa: O QUE HOUVE COM AS INDIRETAS?

Não pude deixar de rir, porque ela me conhecia melhor do que ninguém. Nos últimos dois anos, eu e Alyssa nos tornamos melhores amigos, apesar de sermos o extremo oposto um do outro. A irmã mais velha dela estava namorando meu irmão Kellan, e, no começo, nós achávamos que não tínhamos nada em comum. Ela ia à igreja, enquanto eu fumava maconha na esquina. Ela acreditava em Deus, enquanto eu enfrentava meus próprios demônios. Ela tinha um futuro, enquanto eu, de alguma forma, parecia preso no passado.

Mas tínhamos, sim, algumas coisas em comum, e, de um modo estranho, elas davam sentido à nossa amizade. A mãe dela apenas a tolerava; a minha me odiava. O pai dela era um idiota; o meu era satanás em pessoa.

Quando percebemos as pequenas coisas que tínhamos em comum, passamos mais tempo juntos, e nossa amizade se fortaleceu ainda mais.

Ela era a minha melhor amiga, o ponto alto dos meus dias de merda.

Eu: Transei com ela uma vez.

Alyssa: Duas vezes.

Eu: Sim, duas vezes.

Alyssa: TRÊS VEZES, LOGAN?! MEU DEUS!

— Com quem você está falando? — choramingou Shay, e meu olhar se desviou do telefone. — Quem poderia ser mais importante do que a nossa conversa agora?

— Alyssa — respondi sem rodeios.

— Sério? Ela simplesmente não consegue largar do seu pé, não é? — reclamou Shay. Isso não era novidade; todas as garotas com quem eu saí nos últimos dois anos tinham ciúmes de Alyssa e do nosso relacionamento. — Aposto que você transa com ela de vez em quando.

— É — eu disse.

Essa foi a primeira mentira. Alyssa não era fácil e, mesmo se fosse, não seria fácil comigo. Ela tinha padrões, padrões aos quais eu não correspondia. Além disso, eu também havia estabelecido padrões para os relacionamentos dela, padrões aos quais nenhum cara correspondia. Ela merecia o mundo, e a maioria das pessoas em True Falls, Wisconsin, tinha apenas migalhas para oferecer.

— Aposto que ela é o motivo de você estar terminando comigo.

— Sim, é.

Essa foi a segunda mentira. Eu fazia minhas próprias escolhas, mas Alyssa sempre me apoiava, independentemente de qualquer coisa. No entanto, ela nunca deixava de dar sua opinião e sempre me dizia quando eu estava errado em meus relacionamentos. A sinceridade dela era dolorosa às vezes.

— Ela nunca levaria você a sério. Ela é uma boa menina, e você... Você é um merda! — gritou Shay.

— Você está certa.

Essa foi a primeira verdade.

Alyssa era uma boa menina, e eu era o cara que nunca teria a chance de ficar com ela. Às vezes, eu até olhava para aquele cabelo encaracolado e pensava em como seria abraçá-la e saborear seus lábios lentamente. Talvez, em um mundo diferente, eu fosse bom o suficiente para ela. Talvez, em um mundo diferente, eu tivesse uma vida melhor e não fosse um merda. Eu faria faculdade e teria uma carreira, algo que me daria muito orgulho. Então, eu a convidaria para sair, a levaria a um restaurante chique e diria a ela que pedisse qualquer coisa no cardápio, porque dinheiro não era um problema.

Eu poderia dizer a ela que seus olhos azuis sempre sorriam, mesmo quando ela franzia o cenho, e que eu amava o modo como ela mordia a gola da camisa quando estava ansiosa ou entediada.

Eu poderia ser digno de ser amado, e ela me permitiria amá-la também.

Em um mundo diferente, talvez. Mas eu só tinha o aqui e agora, e Alyssa era minha melhor amiga.

Eu tinha sorte de tê-la dessa forma.

— Você disse que adorava ficar comigo! — As lágrimas de Shay rolavam por seu rosto.

Há quanto tempo ela estava chorando? Aquela garota era uma chorona profissional.

Olhei para ela e enfiei as mãos nos bolsos da minha calça jeans. Meu Deus. Ela estava péssima. Ainda estava meio chapada, e a maquiagem, borrada, manchava o rosto todo.

— Eu não disse isso, Shay.

— Sim, você disse! Mais de uma vez! — jurou ela.

— Você está imaginando coisas.

Rastreei minha memória em busca do instante em que eu teria pronunciado aquelas palavras, mas eu sabia que isso não havia acontecido. Eu não adorava ficar com ela, não a amava; mal gostava dela. Meus dedos massagearam minhas têmporas. Shay realmente precisava entrar no carro e ir para bem longe.

— Não sou idiota, Logan! Eu sei o que você disse! — Pelas suas palavras, ela acreditava mesmo naquilo. Isso era muito triste. — Você disse isso hoje cedo! Lembra? Você disse que adorava ficar comigo.

Hoje?

Ah, droga.

— Shay, eu disse que adoro *trepar* com você. Não que eu adoro *ficar* com você.

— É a mesma coisa.

— Acredite, não é.

Shay pegou a bolsa e me atacou, e eu permiti que ela me batesse. A verdade era que eu merecia aquilo. Ela girou a bolsa de novo, e eu deixei que me atingisse mais uma vez. Quando ela estava prestes a me atacar pela terceira vez, agarrei a bolsa e puxei-a. Pousei a mão na parte inferior de suas costas, e ela estremeceu ao meu toque. Pressionei seu corpo contra o meu. Sua respiração era pesada, e as lágrimas ainda rolavam por seu rosto.

— Não chore — sussurrei, usando meu charme para tentar fazê-la ir embora. — Você é bonita demais para chorar.

— Você é um idiota, Logan.

— E é exatamente por isso que você não deve ficar comigo.

— Nós terminamos há três horas, e você se tornou uma pessoa completamente diferente.

— Que engraçado — murmurei. — Porque, pelo que lembro, foi você que ficou diferente quando saiu com Nick.

— Ah, nem vem. Foi um erro. Nem rolou sexo. Você é o único cara com quem transei nos últimos seis meses.

— Humm, estamos saindo há oito meses.

— Quem é você, um guru da matemática? Isso não importa.

Shay foi o meu relacionamento mais longo dos últimos dois anos. Na maioria das vezes, meus casos duravam apenas um mês, mas fiquei com ela durante oito meses e dois dias. Eu não sabia exatamente por que, além do fato de sua vida ser praticamente idêntica à minha. A mãe dela também não era nada estável, e o pai estava na prisão. A irmã foi expulsa de casa pela mãe porque engravidou de um idiota. Ela não tinha ninguém.

Talvez a escuridão dentro de mim tenha se identificado com a escuridão que existia dentro dela. Nossa relação fazia sentido. Mas, à medida que o tempo passava, percebi que era justamente por causa das semelhanças que não dava certo. Nós éramos muito confusos. Estar com Shay era como olhar para um espelho e ver todas as minhas cicatrizes me encarando.

— Shay, vamos acabar com isso. Estou cansado.

— Certo. Eu esqueci. Você é o Sr. Perfeito. Todo mundo toma decisões erradas na vida.

— Você saiu com o meu amigo, Shay.

— É isso mesmo: saí! E só fiz isso porque você me traiu.

— Eu nem sei como responder a isso, porque nunca traí você.

— Talvez não com sexo, mas emocionalmente, Logan. Você nunca esteve cem por cento nesse relacionamento. É tudo culpa da Alyssa. Ela é o motivo de você nunca ter se entregado a essa relação. Ela é uma vad...

Levei meus dedos à boca de Shay, interrompendo o fluxo de palavras.

— É melhor parar por aqui. — Abaixei a mão, e ela permaneceu em silêncio. — Você sabia como eu era desde o primeiro dia. É culpa sua pensar que poderia me mudar.

— Você nunca vai ser feliz com ninguém, e sabe por quê? Porque está obcecado por uma garota que nunca vai ser sua. Você vai acabar triste, sozinho e amargurado. Então vai sentir falta de quando estava comigo!

— Você poderia ir embora?

Suspirei e passei as mãos pelo rosto. Aquilo era tudo culpa da Alyssa.

"Termine com ela pessoalmente, Lo. É assim que um homem de verdade deve agir. Você não pode terminar com alguém pelo telefone."

Ela tinha péssimas ideias de vez em quando.

Shay não parava de chorar.

Meu Deus, quantas lágrimas.

Eu não conseguia lidar com aquilo.

Depois de fungar algumas vezes, ela baixou os olhos. Pareceu ter recuperado a autoconfiança, pois logo ergueu a cabeça novamente.

— Acho que deveríamos terminar.

Fiquei chocado.

— Terminar? Mas nós já terminamos!

— Acho que estamos seguindo caminhos diferentes.

— Ok.

Ela pousou os dedos em meus lábios para me silenciar, apesar de eu não estar falando nada.

— Não fique tão chateado. Sinto muito, Logan, mas não vai dar certo.

Eu ri por dentro, por Shay querer dar a impressão de que o rompimento era ideia dela. Dei um passo para trás e cruzei as mãos na nuca.

— Você está certa. Você é boa demais para mim.

Por que você ainda está aqui?

Ela se aproximou de mim e tocou meus lábios com a ponta dos dedos.

— Você vai encontrar alguém. Sei disso. Quero dizer, talvez ela seja meio desajeitada, mas, ainda assim...

Shay finalmente foi até o carro, abriu a porta e entrou. Quando o veículo começou a andar, senti um aperto no estômago e percebi que havia cometido um erro. Comecei a correr debaixo de uma chuva torrencial, gritando seu nome.

— Shay! Shay! — berrei, acenando na escuridão.

Corri por pelo menos cinco quadras, até que ela parou em um sinal vermelho. Bati na janela do motorista, e ela deu um grito, assustada.

— Logan! O que você está fazendo? — perguntou ela, abrindo a janela. A expressão confusa logo se transformou em um sorriso orgulhoso, e ela estreitou os olhos. — Você quer voltar, não é? Eu sabia.

— Eu... — Bufei. Eu não era um atleta, isso era mais com o meu irmão. Tentei normalizar minha respiração apoiando as mãos na beirada da janela. — E-eu... preciso de...

— Você precisa de quê? De que, meu bem? Do que você precisa? — perguntou ela, acariciando meu rosto.

— Torta.

Ela recuou, confusa.

— O quê?

— Torta. As compras que eu fiz. Estão no banco de trás do carro.

— Você está de sacanagem comigo?! — gritou Shay. — Você correu atrás do meu carro por várias quadras por causa dos ingredientes de uma torta?!

Arqueei uma sobrancelha.

— Humm, sim?

Ela esticou a mão até o banco de trás, pegou a sacola e atirou-a em meu peito.

— Você é inacreditável! Aqui está seu lixo, idiota!

Eu sorri.

— Obrigado.

O carro arrancou, e não pude deixar de rir quando a ouvi gritar:

— Você me deve vinte dólares pelo queijo de cabra!

Assim que subi os degraus e cheguei ao meu apartamento, peguei o telefone celular e enviei uma mensagem de texto.

Eu: Da próxima vez que eu terminar com uma garota, vou mandar uma mensagem de texto.

Alyssa: Foi tão ruim assim?

Eu: Terrível.

Alyssa: Eu me sinto mal por ela. Ela realmente gostava de você.

Eu: Ela me traiu!

Alyssa: E ainda assim você transou com ela três vezes.

Eu: De que lado você está?

Pontinhos.

Alyssa: Ela é um monstro!

Estou tão feliz por ela não fazer mais parte da sua vida.

Ninguém merece ficar com uma pessoa tão psicótica.

Ela é nojenta.

Espero que ela pise acidentalmente em peças de Lego pelo resto da vida.

Essa era a resposta de que eu precisava.

Alyssa: Amo você, melhor amigo.

Li as palavras dela e tentei ignorar o aperto em meu peito. *Amo você.* Eu nunca dizia essas coisas para as pessoas, nem mesmo para minha mãe ou Kellan. Mas, às vezes, quando Alyssa Marie Walters dizia que me amava, eu meio que desejava poder dizer o mesmo.

Mas eu não amava ninguém.

Eu nem gostava de ninguém.

Pelo menos essa era a mentira que eu dizia a mim mesmo todos os dias para não me machucar. A maioria das pessoas acreditava que o amor era uma recompensa, mas eu sabia que não. Tinha visto minha mãe amar meu pai durante anos, e nada de bom veio desse sentimento. O amor não era uma benção, era uma maldição, e, uma vez que você o deixava entrar em seu coração, ele o queimava por completo.

Capítulo 2

Alyssa

Eu: Oi, pai. Só queria saber se você vai vir pro recital de piano.

Eu: Oi! Você viu minha última mensagem?

Eu: Oi, sou eu de novo. Estou mandando essa mensagem só pra saber se você está bem. Erika e eu estamos preocupadas.

Eu: Pai?

Eu: ??

Eu: Você ainda está acordado, Lo?

Olhei para o celular, meu coração batendo forte ao enviar a mensagem para Logan. Vi as horas, respirei fundo.

Duas e trinta e três da madrugada.

Eu deveria estar dormindo, mas estava pensando em meu pai novamente. Mandei quinze mensagens de texto e dez mensagens de voz para ele nos últimos dois dias, mas não tive retorno.

Coloquei o celular sobre o peito e respirei fundo. Quando o aparelho começou a vibrar, eu o atendi rapidamente.

— Você deveria estar dormindo — sussurrei, feliz por ele ter ligado. — Por que não está?

— Qual é o problema? — perguntou Logan, ignorando minha pergunta.

Uma risada escapou dos meus lábios.

— Por que você acha que estou com problemas?

— Alyssa... — repreendeu ele, severo.

— O Mala Sem Alça não me ligou de volta. Liguei para ele vinte vezes essa semana, mas ele não me retornou.

Mala Sem Alça era o apelido que dei ao meu pai depois que ele saiu de casa. Nós éramos muito próximos, os músicos da família, e, quando ele se foi, uma parte de mim foi embora junto. Eu não falava muito sobre meu pai, e, embora eu nunca tenha dito isso claramente, Logan sabia que aquela situação me incomodava.

— Esqueça ele. O cara é uma merda.

— O recital de piano do verão, o mais importante da minha carreira até agora, está chegando, e não sei se vou conseguir participar sem a presença dele.

Tentei ao máximo manter as emoções sob controle. Fiz o melhor que pude para não chorar, mas estava perdendo a batalha aquela noite. Eu me preocupava mais com ele do que a mamãe ou Erika. Talvez por elas nunca terem entendido sua personalidade, como artista, como músico. As duas tinham sempre o pé no chão, eram muito estáveis, enquanto meu pai e eu éramos espíritos livres, indomáveis como o fogo.

Mas ele não havia telefonado nos últimos dias. E eu estava muito preocupada.

— Alyssa... — começou Logan.

— Lo — sussurrei, minha voz levemente trêmula. Ele ouviu os soluços do outro lado da linha, e eu me sentei. — Quando eu era pequena, tinha muito medo de tempestades e trovões. Eu corria para o quarto dos meus pais e pedia para dormir lá. Minha mãe nunca deixava; ela dizia que eu tinha que aprender que as tempestades não me fariam mal. O Mala Sem Alça sempre concordava com ela. Então, eu voltava para o meu quarto, me encolhia embaixo dos cobertores, ouvia os trovões e fechava os olhos para não ver os relâmpagos. Um minuto depois, a porta do quarto se abria, ele trazia o teclado e tocava ao lado da minha cama até eu adormecer. Consigo me manter forte a maior parte do tempo. Fico bem. Mas, hoje, com a tempestade e todas as chamadas não atendidas... Ele está acabando comigo.

— Não permita que isso aconteça, Alyssa. Não deixe ele vencer.

— Eu só... — Comecei a chorar ao telefone. — Só estou triste, só isso.

— Estou a caminho.

— O quê? Não. Está tarde.

— Estou a caminho.

— Os ônibus param de circular às duas, Logan. E minha mãe trancou o portão. Você não teria como entrar. Está tudo bem.

Minha mãe era uma advogada importante e tinha dinheiro. Muito dinheiro. Morávamos no topo de uma colina, e nossa propriedade tinha um enorme portão. Era quase impossível entrar depois que ela o trancava à noite.

— Estou bem — insisti. — Só precisava ouvir sua voz. E que você me lembrasse de que estou melhor sem ele.

— Porque você está — disse Logan.

— Estou.

— Alyssa, é sério. Você está melhor sem o Mala Sem Alça.

Voltei a chorar descontroladamente e tive que levar a mão à boca para que Logan não me ouvisse. Meu corpo tremia. Desmoronei, as lágrimas caindo, meus pensamentos me deixando ainda mais nervosa.

E se alguma coisa tivesse acontecido com ele? E se ele estivesse bebendo de novo? E se...

— Estou a caminho.

— Não.

— Alyssa, por favor. — O tom de voz de Logan parecia quase suplicante.

— Você está chapado? — perguntei.

Ele hesitou, e aquilo foi o suficiente para mim. Eu sempre sabia quando ele tinha fumado maconha; na verdade, ele quase sempre estava chapado. Logan sabia que isso era algo que me incomodava, mas dizia que era como um hamster na roda, incapaz de mudar seus hábitos.

Éramos tão diferentes. Eu não havia feito muita coisa na vida. Praticamente só trabalhava, tocava piano e saía com Logan. Ele era muito mais experiente em algumas coisas. Já tinha usado drogas que eu sequer sabia o nome. Desaparecia quase toda semana, geralmente depois de cruzar com o pai ou discutir com a mãe, mas sempre voltava para mim.

Eu me esforçava para fingir que aquilo não me incomodava, mas, às vezes, não conseguia disfarçar.

— Boa noite, melhor amigo — falei com delicadeza.

— Boa noite, melhor amiga — respondeu ele, suspirando.

* * *

Ele estava com as mãos para trás, encharcado da cabeça aos pés. O cabelo castanho, normalmente ondulado, estava liso, colado na testa, e cobria os olhos. Usava seu moletom de capuz vermelho favorito e um jeans preto que tinha mais rasgos do que eu julgava ser possível em uma calça. Nos lábios, um sorriso bobo.

— Logan, são três e meia da manhã — sussurrei, esperando não acordar minha mãe.

— Você estava chorando — justificou ele, de pé no vão da porta. — E a tempestade não parou.

— Você veio andando até aqui? — perguntei.

Ele espirrou.

— Não é tão longe.

— Você escalou o portão?

Logan se virou um pouco, mostrando-me um dos rasgos no jeans.

— Escalei o portão e... — Ele finalmente mostrou as mãos, que seguravam uma fôrma de torta embrulhada em papel alumínio. — Trouxe uma torta para você.

— Você fez uma torta?

— Assisti a um documentário sobre tortas hoje cedo. Você sabia que elas existem desde o Egito Antigo? A primeira torta de que se tem registro foi criada pelos romanos e era de centeio...

— Torta de queijo de cabra e mel? — interrompi.

Ele ficou chocado.

— Como você sabe?!

— Você me disse ontem.

Logan pareceu um pouco envergonhado.

— Ah. Certo.

Eu ri.

— Você está chapado.

Ele riu.

— Estou mesmo.

— São quarenta e cinco minutos a pé da sua casa até aqui, Logan. Você não deveria ter andado tanto. E está tremendo. Entre.

Puxei-o pela manga do moletom, que estava pingando, e o conduzi pelo corredor até o banheiro da minha suíte. Fechei a porta e fiz Logan se sentar na tampa do vaso.

— Tire o moletom e a camisa — pedi.

Ele sorriu maliciosamente.

— Você não vai nem me oferecer uma bebida primeiro?

— Logan Francis Silverstone, não fale coisas estranhas.

— Alyssa Marie Walters, sou sempre estranho. É por isso que você gosta de mim.

Ele não estava errado.

Logan tirou o moletom e a camisa e as jogou na banheira. Meus olhos percorreram seu peitoral por um segundo, e eu tentei ao máximo ignorar o frio na barriga enquanto envolvia seu corpo com algumas toalhas.

— O que estava passando pela sua cabeça?

Seus olhos cor de caramelo eram gentis, e ele se inclinou na minha direção, fixando seu olhar no meu.

— Você está bem?

— Estou. — Passei os dedos pelo cabelo de Logan, que estava gelado e macio. Ele observava cada movimento meu. Peguei uma toalha pequena, me ajoelhei diante dele e comecei a secar seu cabelo, balançando a cabeça em um gesto de reprovação. — Você deveria ter ficado em casa.

— Seus olhos estão vermelhos.

Eu ri.

— Os seus também.

Um trovão soou lá fora, e eu me assustei. Logan pousou a mão em meu braço para me confortar, e um breve suspiro escapou de meus lábios. Fitei os dedos que me tocavam, e o olhar dele recaiu sobre o mesmo lugar. Pigarreei e dei um passo para trás.

— Vamos comer a torta agora?

— Vamos.

Fomos para a cozinha em silêncio, na esperança de não acordar minha mãe, mas eu tinha quase certeza de que ela não acordaria graças à quantidade de remédios para dormir que tomava toda noite. Sem camisa e com o jeans ainda encharcado, Logan sentou-se na bancada, segurando a torta.

— Pratos? — ofereci.

— Só um garfo — respondeu ele.

Peguei um garfo e sentei-me na bancada ao lado de Logan. Ele pegou o talher da minha mão, cortou um grande pedaço de torta e o estendeu para mim. Dei uma mordida, fechei os olhos e me apaixonei.

Meu Deus.

Ele era um ótimo cozinheiro. Com certeza não havia muitas pessoas capazes de fazer uma torta de queijo de cabra e mel. Logan não apenas a preparou; deu vida a ela. Era cremosa, fresca, muito deliciosa.

Fechei os olhos e abri a boca, à espera de outra garfada, que ele me deu.

— Humm — suspirei de leve.

— Você está gemendo por causa da minha torta?

— Com certeza estou gemendo por causa da sua torta.

— Abra a boca. Quero ouvir isso de novo.

Ergui uma sobrancelha.

— Você está falando coisas estranhas de novo.

Logan sorriu. Eu amava aquele sorriso. Ele não tinha muitos motivos na vida para sorrir, por isso aprendi a valorizar cada um daqueles momentos. Ele pegou um pedaço da torta e o aproximou dos meus lábios. Começou a fazer ruídos de avião, movendo o garfo como se estivesse voando. Fiz um grande esforço para não rir, mas não resisti. Abri a boca, e o avião aterrissou.

— Humm.

— Você geme muito bem.

— Se eu ganhasse um dólar toda vez que ouço isso... — zombei.

Ele semicerrou os olhos.

— Você teria zero dólares e zero centavos — retrucou Logan.

— Você é tão idiota...

— Só para ficar claro, se qualquer outro cara além de mim disser que você geme bem, mesmo que seja em tom de brincadeira, eu acabo com ele.

Logan sempre dizia que ia acabar com qualquer cara que olhasse para mim, e provavelmente esse era um dos motivos pelos quais meus relacionamentos não davam certo: todos tinham muito medo de Logan Francis Silverstone. Mas eu não tinha medo dele. Para mim, ele era um grande urso de pelúcia.

— Essa é a melhor coisa que comi o dia todo. É tão bom que quero emoldurar o garfo.

— Tão bom assim? — Ele sorriu, bastante orgulhoso.

— *Tão bom assim*. Já falamos sobre isso antes, você deveria fazer faculdade de gastronomia. Você se daria muito bem.

Ele bufou, franzindo o cenho.

— Faculdade não é para mim.

— Mas pode ser.

— Próximo assunto — disse Logan.

Eu não o pressionaria. Sabia que aquele era um assunto delicado. Logan não se achava inteligente o suficiente para entrar na faculdade, mas isso não era verdade. Ele era uma das pessoas mais inteligentes que eu conhecia. Se ele se visse da maneira como eu o via, sua vida mudaria para sempre.

Roubei o garfo de sua mão, levei mais um pedaço à boca e gemi alto para deixar a conversa mais leve. Logan sorriu novamente. *Ótimo.*

— Estou muito feliz por você ter trazido isso, Lo. Quase não comi o dia todo. Minha mãe disse que eu precisava perder uns dez quilos antes de começar a faculdade no outono, caso contrário corro o risco de me transformar em um boneco da Michelin no primeiro ano.

—Você não acha que está exagerando?

— Minha mãe disse que eu já estou acima do peso, e todos engordam no primeiro ano de faculdade. Então provavelmente vou ficar muito mais gorda que a maioria dos estudantes. Você sabe, é assim que ela me ama.

Ele revirou os olhos.

— Que amor.

— Não devo comer depois das oito da noite.

— Felizmente já passou das quatro da manhã. É um novo dia! *Devemos comer a torta toda antes das oito!*

Eu ri, tapando a boca de Logan para que ele não continuasse falando alto. Senti seus lábios beijarem a palma da minha mão de leve, e meu coração teve um sobressalto. Afastei a mão devagar, sentindo mais uma vez aquele frio no estômago.

— É um trabalho árduo, mas alguém tem que fazer isso.

E assim foi; comemos a torta toda. Quando fui lavar o garfo, ele segurou a minha mão.

— Não, não podemos lavá-lo. Temos que emoldurá-lo, lembra?

Quando a mão dele segurou a minha, meu coração parou de bater por um instante.

Nossos olhos se encontraram, e ele se aproximou.

— Só para você saber: você é linda do jeito que é. Dane-se a opinião da sua mãe. Acho você bonita. Não apenas por fora, com aquela beleza que acaba com o tempo, mas de todos os modos possíveis. Você é uma pessoa incrivelmente bonita, então, foda-se a opinião dos outros. Você sabe o que acho sobre as pessoas.

Assenti, pois conhecia seu lema de cor.

— Fodam-se as pessoas, é melhor ter um bicho de estimação.

— É isso aí.

Logan sorriu e apertou minha mão. Quando se afastou, senti falta do seu toque. Ele bocejou, o que me distraiu dos meus batimentos cardíacos irregulares.

— Cansado? — perguntei.

— Eu dormiria agora.

— Vai ter que ir embora antes da minha mãe acordar.

— Não faço isso sempre?

Fomos para o meu quarto. Dei a Logan uma calça de moletom e uma camisa que eu havia roubado dele há algumas semanas. Depois que ele se trocou, nós nos deitamos. Eu nunca tinha dividido uma cama com um cara, com exceção de Logan. Às vezes, quando dormíamos juntos, eu acordava com a cabeça no peito dele e, antes de me afastar, ouvia as batidas de seu coração. Ele respirava pesadamente, pela boca. Na primeira vez que fizemos isso, não consegui pregar os olhos. No entanto, com o passar do tempo, seus sons se tornaram um refúgio para mim, como um lar. Descobri que um lar não é um lugar específico, mas a sensação que temos quando estamos com as pessoas que são importantes para nós, um sentimento de paz que apaga os incêndios da alma.

— Muito cansado? — perguntei quando estávamos deitados na escuridão, minha mente ainda desperta.

— Sim, mas podemos conversar.

— Só estava pensando... Você nunca me contou por que ama tanto documentários.

Ele passou as mãos pelo cabelo antes de deixá-las na nuca. Ficou olhando para o teto.

— Fiquei com meu avô durante um verão antes de ele morrer. Ele tinha um documentário sobre a galáxia, e aquilo me deixou viciado em saber tudo... de tudo. Eu queria me lembrar do nome do documentário, eu o compraria num piscar de olhos. Era algo como buraco negro... ou estrela negra... — Ele franziu o cenho. — Não sei. Não importa. Começamos a assistir a documentários juntos, e isso se tornou algo nosso. Foi o melhor verão da minha vida. — Uma onda de tristeza o invadiu. — Depois que ele morreu, continuei com nossa tradição. Provavelmente é uma das únicas tradições que já segui.

— Você sabe muito sobre as estrelas?

— *Muito.* Se houvesse um lugar nessa cidade sem tanta poluição luminosa, eu te mostraria as estrelas e algumas constelações. Mas, infelizmente, acho que não há.

— Que pena. Eu adoraria vê-las. Mas estive pensando... Você deveria fazer um documentário sobre a sua vida.

Ele riu.

— Ninguém ia querer assistir a isso.

Inclinei a cabeça em sua direção.

— Eu assistiria.

Ele deu um meio sorriso antes de passar o braço em torno dos meus ombros e me puxar para perto de si. Seu calor sempre enviava faíscas pelo meu corpo.

— Lo? — sussurrei, meio acordada, meio dormindo, apaixonando-me em segredo pelo meu melhor amigo.

— Sim?

Fiz menção de falar, mas, em vez de palavras, saiu apenas um suspiro. Apoiei minha cabeça no peito dele e ouvi o som das batidas de seu coração. Comecei a contá-las. *Um... dois... quarenta e cinco...*

Em poucos minutos, minha mente desacelerou. Em poucos minutos, esqueci o motivo de estar tão triste. Em poucos minutos, adormeci.

Capítulo 3

Logan

Minha mãe e eu não tínhamos TV a cabo em nosso apartamento; por mim, tudo bem. Eu não me importava muito. Nós tínhamos TV a cabo quando eu era criança, mas não valia muito a pena por causa do meu pai. Era ele quem pagava a conta e sempre se queixava quando eu assistia a desenhos animados. Era como se o odiasse o fato de eu ter alguns instantes de alegria. Então, um dia, ele entrou em casa, levou a televisão embora e cancelou o serviço.

Foi o dia em que ele se mudou do apartamento.

Foi também um dos melhores dias da minha vida.

Depois de um tempo, encontrei uma televisão em uma caçamba de lixo. Era uma TV pequena, de dezenove polegadas com leitor de DVD, o que permitia que eu pegasse vários documentários na locadora. Eu era a pessoa que sabia muito sobre qualquer assunto: beisebol, pássaros tropicais, Área 51, tudo por causa dos documentários. Ao mesmo tempo, eu não sabia absolutamente nada.

De vez em quando, minha mãe me fazia companhia, mas, na maioria das vezes, eu assistia aos documentários sozinho.

Minha mãe me amava, mas não gostava muito de mim.

Bem, isso não era verdade.

Quando estava sóbria, minha mãe me amava como se eu fosse seu melhor amigo.

Quando estava drogada, ela era um monstro, e essa era a única versão que morava em nossa casa ultimamente.

Eu sentia saudades de minha mãe sóbria. Às vezes, quando fechava os olhos, eu me lembrava de sua risada, de seus lábios se curvando quando ela estava feliz.

Pare, Logan.

Eu odiava essas lembranças. Eram como punhaladas na alma, e eu quase não tinha boas recordações em que me agarrar.

Não fazia muita diferença, pois eu sempre estava chapado o suficiente para esquecer a vida de merda que eu levava. Quando eu me trancava em meu quarto com um monte de documentários e um bagulho bom, quase conseguia esquecer que minha mãe estava há algumas semanas em uma esquina qualquer, tentando vender o corpo por duas carreiras de cocaína.

Essa foi uma ligação que nunca quis receber do meu amigo Jacob.

— *Cara, acabei de ver sua mãe na esquina da Jefferson com a Wells Street. Acho que ela é uma...* — Jacob parou. — *Acho que você deveria vir até aqui.*

Terça de manhã, eu estava sentado na cama, olhando para o teto enquanto um documentário sobre artefatos chineses passava na TV como se fosse uma música de fundo. Ela gritou meu nome.

— Logan! Logan! Logan, venha aqui!

Continuei imóvel, esperando que ela parasse de me chamar, mas isso não aconteceu. Levantei-me do colchão e saí do quarto. Encontrei minha mãe sentada à mesa de jantar. Nosso apartamento era pequeno; não tínhamos muita coisa para colocar dentro dele. Um sofá quebrado, uma mesa de centro manchada e uma mesa de jantar com três cadeiras, uma diferente da outra.

— O que foi? — perguntei.

— Preciso que você limpe as janelas pelo lado de fora, Logan — disse ela, servindo-se de uma tigela de leite trincada com cinco sucrilhos dentro.

Minha mãe dizia que estava fazendo uma nova dieta. Ela devia pesar pouco mais de cinquenta quilos e tinha um metro e setenta e cinco de altura. Eu a achava quase esquelética.

Ela parecia exausta. Será que dormiu na noite passada?

Seu cabelo estava um caos naquela manhã, porém não mais do que sua vida. Minha mãe sempre foi desleixada com a própria aparência, e eu não conseguia me lembrar de um momento em que não fosse assim. Ela sempre pintava as unhas no domingo de manhã e descascava o esmalte no domingo à noite, deixando pequenas manchas coloridas até o próximo domingo de manhã, quando repetia a tarefa. Suas roupas estavam sempre sujas, mas, antes de passá-las, às quatro da manhã, minha mãe espirrava nelas um desses sprays amaciantes. Ela achava que aquilo era um substituto decente para a lavanderia local.

Eu discordava de sua técnica e, sempre que possível, pegava as roupas dela escondido para lavá-las. A maioria das pessoas provavelmente deixava para lá quando passava por alguma moeda no chão, mas, para mim, elas eram sinônimo de calças limpas durante a semana.

— Deve chover o dia todo. Vou limpá-las amanhã — respondi.

Só que não. Ela se esqueceria disso logo. E limpar as janelas do nosso apartamento no terceiro andar sem varanda parecia algo ridículo. Especialmente durante uma tempestade.

Abri a porta da geladeira para olhar as prateleiras vazias. Fazia dias que não havia nada ali.

Continuei segurando a porta. Eu a abria e fechava, como se a comida fosse aparecer num passe de mágica para encher meu estômago, que roncava. Logo a porta da frente se abriu e, num passe de mágica, meu irmão Kellan surgiu, carregando sacolas de supermercado e sacudindo a água da chuva de sua jaqueta.

— Está com fome? — perguntou ele, cutucando meu braço.

Talvez minha mãe só estivesse comendo sucrilhos porque era tudo o que tínhamos.

Kellan era a única pessoa em quem eu confiava — além de Alyssa. Nós parecíamos gêmeos, mas ele era mais forte, mais bonito e mais estável. Meu irmão tinha o cabelo bem curtinho, usava roupas de grife e não tinha olheiras. Os únicos hematomas que apareciam em sua pele eram provocados pelos jogos de futebol na faculdade — coisa que não acontecia com frequência.

Kellan foi agraciado com uma vida melhor simplesmente porque tinha um pai melhor. Ele era cirurgião. O meu estava mais para um farmacêutico das ruas, que oferecia drogas para os adolescentes do bairro e para a minha mãe.

DNA: às vezes você ganha, às vezes você perde.

— Nossa — disse ele, olhando para a geladeira. — Vocês vão precisar de mais coisas.

— Como você sabia que precisávamos de comida? — perguntei enquanto o ajudava a tirar as compras das sacolas.

— Eu liguei para ele — respondeu minha mãe, comendo um dos seus sucrilhos e bebendo o leite. — Você não consegue nem comprar comida para nós.

Minhas mãos se fecharam e bati com os punhos na lateral do corpo. Minhas narinas se expandiram, mas tentei conter a raiva. Eu odiava o fato de Kellan ter que intervir e nos ajudar tantas vezes. Ele merecia estar longe, muito longe da nossa realidade.

— Vou comprar mais algumas coisas e trago tudo quando sair da aula à noite.

— Você mora a uma hora daqui. Não tem que voltar para cá.

Ele me ignorou.

— Algum pedido especial? — perguntou.

— Comida seria bom — resmunguei, e meu estômago voltou a roncar.

Kellan abriu a mochila e pegou dois sacos de papel marrom.

— Comida.

— Você cozinhou para nós?

— Bem, não exatamente. — Ele pegou os sacos e os colocou na bancada. Eram ingredientes aleatórios, que ainda não haviam sido preparados. — Eu lembro que, quando você passou um tempo comigo, nós assistimos a muitos programas de culinária em que os participantes recebiam alguns suprimentos e tinham que preparar uma refeição. Alyssa me disse que você queria se tornar chef.

— Alyssa fala demais.

— Ela é louca por você.

Não discuti.

— Bem — ele sorriu, jogando uma batata na minha direção —, tenho algum tempo livre antes de ir trabalhar. Faça sua mágica, chef!

E eu fiz. Comemos um panini grelhado com três tipos de queijo, presunto e molho de alho. Além disso, fiz batatas fritas caseiras com ketchup picante sabor bacon.

— Como está? — perguntei, os olhos fixos em Kellan. — Gostou?

Coloquei metade do meu sanduíche diante de minha mãe. Ela balançou a cabeça.

— Dieta — murmurou, comendo seu último sucrilho.

— Caramba, Logan. — Kellan suspirou, ignorando a resposta dela. Eu gostaria de poder fazer o mesmo. — Isso é incrível!

Sorri, com uma centelha de orgulho.

— Sério?

— Quando mordi o sanduíche, quase morri de tão bom que está. Isso seria a única coisa que me faria acreditar no Paraíso.

Meu sorriso ficou ainda maior.

— Sério?! Eu meio que me superei.

— Incrível.

Dei de ombros, com aquele olhar de satisfação no rosto.

— Sou meio incrível mesmo.

Eu nunca teria como agradecer a Kellan. Aquela foi uma das coisas mais divertidas que fiz em muito tempo. Talvez um dia eu pudesse ir para a faculdade... talvez Alyssa estivesse certa.

— Tenho que ir. Tem certeza de que não quer dar uma volta? — perguntou Kellan.

Com certeza eu queria sair do apartamento. Mas não sabia se meu pai estava por perto, e eu não queria que ele se encontrasse com minha mãe. Sempre que os dois ficavam a sós, a pele dela ganhava alguns tons de roxo.

Era preciso ser um demônio para bater em uma mulher.

— Não. Estou bem. Vou trabalhar no posto de gasolina mais tarde.

— Mas o posto não fica a uma hora a pé daqui?

— Não. Quarenta e cinco minutos. Mas tudo bem.

— Você quer que eu deixe dinheiro para a passagem de ônibus?

— Eu vou andando.

Kellan pegou a carteira e colocou o dinheiro na mesa.

— Ouça... — Ele se inclinou na minha direção e sussurrou: — Se quiser ficar na casa do meu pai, que é mais perto do seu trabalho...

— Seu pai me odeia — interrompi.

— Não odeia, não.

Olhei para ele como quem diz "tá de sacanagem, né?".

— Tudo bem. Ele não morre de amores por você, mas vamos ser justos: você roubou trezentos dólares da carteira dele.

— Eu tinha que pagar o aluguel.

— Sim, mas, Logan, seu primeiro pensamento não deveria ter sido roubá-lo.

— Então qual deveria ter sido? — perguntei, chateado, principalmente porque eu sabia que ele estava certo.

— Não sei. Talvez pedir ajuda?

— Não preciso da ajuda de ninguém. Nunca precisei e nunca vou precisar.

Meu orgulho sempre foi cruel. Eu entendia o motivo de algumas pessoas dizerem que era um pecado mortal.

Kellan franziu o cenho; ele sabia que eu precisava fugir dali. Ficar naquele apartamento por muito tempo deixava qualquer um maluco.

— Tudo bem então. — Ele se virou para nossa mãe e a beijou na testa. — Amo você.

Ela meio que sorriu.

— Tchau, Kellan.

Ele veio para trás de mim, pousou as mãos em meus ombros e falou suavemente:

— Ela está ainda mais magra do que na última vez que a vi.

— Está mesmo.

— Isso me assusta.

— Sim, a mim também. — A preocupação de Kellan era evidente.
— Mas fique tranquilo. Vou fazer com que ela coma alguma coisa.

A preocupação dele não desapareceu.

— Você parece mais magro também.

— É por causa do meu metabolismo acelerado — brinquei. Ele não riu. Dei um tapinha em suas costas. — Sério, Kel, estou bem. E vou tentar fazê-la comer. Prometo tentar, ok?

Ele soltou um suspiro.

— Bom, vejo você mais tarde. Se não tiver voltado do trabalho quando eu passar por aqui hoje à noite, nos vemos na semana que vem.

Kellan acenou e, antes que ele fosse embora, eu o chamei.

— O que foi? — disse ele.

Ergui o ombro esquerdo. Ele fez o mesmo com o direito. Era assim que dizíamos "eu te amo" um para o outro. Meu irmão era muito importante para mim. Era a pessoa que um dia eu sonhava em me tornar. Ainda assim, nós éramos homens. E homens não diziam "eu te amo". Na verdade, eu não dizia essas palavras a ninguém.

Pigarreei.

— Obrigado. Por... — Ergui o ombro esquerdo novamente. — Tudo.

Ele sorriu e ergueu o ombro direito.

— Sempre.

Ele foi embora.

Meu olhar recaiu sobre minha mãe, que conversava com sua tigela de leite.

— Kellan é o filho perfeito — murmurou ela antes de se voltar para mim. — Ele é muito melhor do que você.

Onde estava a versão sóbria da minha mãe?

— Sim — concordei, levantando-me e levando a comida para o meu quarto. — Eu sei, mãe.

— É verdade. Ele é bonito, inteligente e cuida de mim. Você não faz merda nenhuma.

— Você está certa. Eu não faço merda nenhuma por você — murmurei, indo embora. Não queria lidar com sua mente perturbada naquela manhã.

No meio do caminho para o quarto, me assustei quando a tigela passou raspando pela minha orelha esquerda e se espatifou na parede. Leite e vidro quebrado espirraram em mim. Voltei-me na direção de minha mãe, que tinha um sorriso malicioso nos lábios.

— Preciso que você limpe as janelas hoje, Logan. Agora mesmo. Tenho um encontro esta noite. Ele vem me buscar, e este lugar está *nojento* — gritou ela. — Dê um jeito nesse caos.

Meu sangue começou a ferver, porque era ela quem estava um caos. Como alguém pode ficar tão perdido na vida? Havia alguma chance de ela voltar ao normal? *Sinto tanto sua falta, mãe...*

— Não vou limpar isso.

— Você vai, sim.

— Com quem você vai sair, mãe?

Ela se sentou ereta, como se fosse da realeza.

— Não é da sua conta.

— Sério? Porque eu tenho certeza de que a última pessoa com quem você saiu foi algum babaca que conheceu numa esquina qualquer. E antes dele você saiu com o meu pai e voltou com duas costelas quebradas.

— Não se atreva a falar do seu pai desse jeito. Ele é bom para nós. Quem você acha que paga a maior parte do nosso aluguel? Definitivamente não é você.

Um recém-formado no ensino médio, com quase dezoito anos, que não podia pagar um aluguel — eu era um perdedor.

— Eu pago metade, o que já é muito, e ele não passa de um merda.

Minha mãe bateu as mãos na mesa, irritada. Seu corpo estava trêmulo, e ela ficava cada vez mais inquieta.

— Ele é mais homem do que você jamais poderá ser!

— É? — Fui até ela e vasculhei seus bolsos, sabendo exatamente o que encontraria. — Ele é mais homem? E por quê?

Finalmente achei o saquinho de cocaína em seu bolso de trás. Eu o balancei diante do rosto dela e vi o pânico em sua expressão.

— Pare com isso! — gritou minha mãe, tentando tomá-lo de mim.

— Não, eu entendo. Ele te dá isso, e isso o torna um homem melhor do que eu jamais poderei ser. Ele bate em você, porque é um homem melhor. Ele cospe na sua cara e te chama de merda, porque é um homem melhor do que eu. Não é?

Ela começou a ficar muito nervosa. Não pelas minhas palavras, pois eu tinha certeza de que ela raramente me ouvia, mas tremia de medo porque seu amigo, o pó branco, estava em perigo.

— Me dê isso, Lo! Pare!

Seus olhos estavam vazios, e eu tinha a impressão de que lutava com um fantasma. Com um suspiro, atirei o saquinho na mesa de jantar. Vi quando ela limpou o nariz antes de abri-lo, pegou a navalha e formou duas carreiras finas.

— Você não tem jeito. Chegou ao fundo do poço e nunca vai ficar bem — desabafei enquanto ela cheirava o pó.

— Olha quem está falando, o menino que provavelmente vai para o quarto fechar a porta e cheirar o presente que ganhou do papai. Ele é o grande Lobo Mau, mas o Chapeuzinho Vermelho gosta quando ele aparece, porque consegue uma dose extra. Você acha que é melhor do que eu ou ele?

— Acho — falei. Eu usava drogas, mas não muito. Eu tinha o controle. Não era um viciado.

Eu era melhor do que meus pais.

Tinha que ser.

— Não é, não. Sua alma tem o pior de nós dois. Kellan é bom, vai ter uma vida boa. Mas você? — Ela fez mais duas carreiras de cocaína. — Eu ficaria surpresa se você não estivesse morto aos vinte e cinco anos.

Meu coração.

Parou de bater.

Quando as palavras saíram da boca de minha mãe, fiquei chocado. Ela sequer hesitou ao dizer aquilo, e senti uma parte de mim morrer. Eu queria contrariar todas as expectativas dela. Queria ser forte, estável, digno de viver.

Mas, ainda assim, eu era como um hamster na roda.

Dava voltas e voltas, sem chegar a lugar algum.

Entrei no quarto, bati a porta e me perdi no universo habitado por meus próprios demônios. Fiquei imaginando como seria minha vida se eu nunca tivesse dito oi para meu pai tantos anos atrás. O que teria acontecido se nunca tivéssemos nos cruzado.

* * *

Logan, sete anos

Conheci meu pai na varanda de um estranho. Minha mãe me levou a uma casa naquela noite e me disse que esperasse do lado de fora. Falou que seria apenas uma passada rápida e que logo iríamos para casa, mas parecia que ela e os amigos estavam se divertindo mais do que imaginaram.

O lugar estava em ruínas, e meu moletom vermelho não era a melhor opção para o frio do inverno, mas eu não me queixava. Minha mãe odiava quando eu reclamava; ela dizia que eu parecia um fraco.

Havia um banco de metal quebrado na varanda, e me sentei nele, dobrando as pernas e encostando os joelhos no queixo. O tempo passava. A tinta cinza do corrimão da escada estava descascando, e suas ripas de madeira, rachadas, acumulavam neve que já havia derretido e congelado novamente.

Vamos, mãe.

*Estava muito frio naquele dia. Eu podia ver o vapor da minha respira-
ção, então, para passar o tempo, ficava soprando ar quente nas mãos.*

*Pessoas entraram e saíram da casa o dia todo e sequer me notaram sen-
tado no banco. Enfiei a mão no bolso de trás, peguei um pequeno bloco de
papel e a caneta que eu sempre levava comigo e comecei a fazer alguns rabiscos. Sempre que minha mãe não estava por perto, eu desenhava.*

*Fiz muitos desenhos, até que comecei a bocejar. Por fim, adormeci; puxei
o moletom vermelho por cima das pernas e me deitei no banco. Quando
estava dormindo, não sentia tanto frio, o que era bom.*

*— Ei! — chamou uma voz áspera, me acordando. No instante em que
abri os olhos, me lembrei do frio. Meu corpo começou a tremer, mas não me
sentei. — Ei, garoto! O que você está fazendo aqui, porra? Levante.*

Sentei e esfreguei os olhos, bocejando.

— Minha mãe está lá dentro. Só estou esperando ela.

*Meus olhos focaram no cara que estava falando comigo e se arregalaram.
Ele era mal-encarado e tinha uma grande cicatriz no lado esquerdo do rosto. Seu cabelo era desgrenhado, grisalho, e os olhos se pareciam um pouco
com os meus. Castanhos e entediados.*

*— É? Há quanto tempo você está aí? — sussurrou ele, com um cigarro
entre os lábios.*

*Olhei para o céu; já era noite. Estava claro quando eu e minha mãe
chegamos. Não respondi. Ele resmungou e se sentou ao meu lado. Cheguei
mais perto da extremidade do banco, afastando-me o máximo possível dele.*

*— Desembucha, garoto. Ninguém vai machucar você. Sua mãe é vi-
ciada? — perguntou ele. Eu não sabia o que isso significava, então dei de
ombros. Ele riu. — Se ela está nessa casa, é viciada. Qual é o nome dela?*

— Julie — sussurrei.

— Julie de quê?

— Julie Silverstone.

*Seus lábios se entreabriram, e ele inclinou a cabeça, olhando em minha
direção.*

— Julie Silverstone é sua mãe?

Assenti.

— E ela deixou você aqui fora?

Assenti novamente.

— *Aquela cadela...* — *murmurou o homem, levantando-se do banco com as mãos fechadas. Ele fez menção de entrar na casa, mas se deteve ao abrir a porta de tela. Pegou o cigarro que estava em seus lábios e o estendeu para mim.* — *Você fuma maconha?*

Não era um cigarro comum. Eu deveria ter percebido pelo cheiro.

— *Não.*

— *Você disse Julie Silverstone, certo?* — *Assenti pela terceira vez. Ele colocou o cigarro em minhas mãos.* — *Então você fuma maconha. Isso vai mantê-lo aquecido. Já volto com a vadia da sua mãe.*

— *Ela não é uma...* — *a porta bateu antes que ele pudesse me ouvir completar a frase* — *... vadia.*

Segurei o baseado entre os dedos e estremeci de frio.

Isso vai mantê-lo aquecido.

Eu estava congelando ali.

Dei uma tragada e quase engasguei de tanto tossir.

Tossi por bastante tempo e pisei no baseado. Não entendia por que alguém fazia aquilo, por que alguém sentia vontade de fumar. Naquele momento, jurei nunca mais fumar de novo.

Quando o homem saiu da casa, arrastava minha mãe com ele. Ela estava suada e mal parecia consciente.

— *Pare de me puxar, Ricky!* — *gritou ela.*

— *Cala a boca, Julie. Você deixou seu maldito filho aqui o dia todo, sua drogada.*

Meus punhos se fecharam, e eu estufei o peito. Como ele ousava falar daquele jeito com a minha mãe? Ele não a conhecia. Ela era minha melhor amiga, a única amizade que eu tinha além do meu irmão Kellan. E aquele cara não tinha o direito de falar com ela daquele jeito. Kellan ficaria furioso se o ouvisse dizer aquelas coisas. Ainda bem que ele não estava ali e tinha ido viajar com o pai para pescar no gelo.

Eu não sabia que as pessoas podiam pescar quando havia gelo, mas Kellan tinham me explicado como faziam isso na semana passada. Minha mãe disse que pesca no gelo era para esquisitões e perdedores.

— Eu disse a você, Ricky! Não estou mais usando nada. E-eu juro — gaguejou ela. — Só parei aqui para ver Becky.

— Mentira — retrucou ele, puxando-a. — Vamos lá, garoto.

— Aonde estamos indo, mãe? — perguntei, indo atrás dela, perguntando-me o que aconteceria em seguida.

— Vou levar vocês para casa — respondeu o homem. Ele colocou minha mãe no banco do carona; ela se recostou e fechou os olhos. Em seguida, o homem abriu a porta de trás para mim e fechou-a assim que entrei. — Onde vocês moram? — perguntou ao se sentar no banco do motorista. Logo o carro se afastava do meio-fio.

O carro era bacana, mais do que qualquer outro que eu já tinha visto. Minha mãe e eu pegávamos ônibus para ir a qualquer lugar, por isso me senti como um rei naquele banco de trás.

Minha mãe começou a tossir desesperadamente.

— É por isso que eu tinha que encontrar Becky. Meu senhorio está sendo um idiota e disse que eu não paguei os últimos dois meses! Mas eu paguei, Ricky! Pago aquele idiota, e ele está agindo como se eu não pagasse. Então vim para ver se Becky me arranjava um dinheiro.

— Desde quando Becky tem dinheiro? — perguntou ele.

— Desde nunca. Ela não tinha dinheiro, acho. Mas eu precisava vir, porque o proprietário disse que eu não poderia voltar se não tivesse o dinheiro. Então não sei para onde devemos ir. Você deveria me deixar falar com Becky agora mesmo — murmurou ela, abrindo a porta do carro enquanto o veículo estava em movimento.

— Mãe!

— Julie!

Ricky e eu gritamos ao mesmo tempo. Do banco de trás, estendi a mão e consegui segurar a camisa dela. Ricky, por sua vez, puxou-a pela manga e fechou a porta do carro.

— Você está maluca?! — gritou. — Que droga! Vou pagar a dívida amanhã, mas esta noite você vai ficar na minha casa.

— Você faria isso, Ricky? Meu Deus, nós ficaríamos muito gratos. Não é, Lo? Eu vou te pagar, vou devolver cada centavo.

Meneei a cabeça, finalmente sentindo o calor dentro do carro.

Calor.

— Vou dar comida ao garoto também. Duvido que você o alimente.

Ele enfiou a mão no bolso e pegou um maço de cigarros e um isqueiro em forma de dançarina de hula-hula. Quando ele acendeu o isqueiro, a dançarina moveu os quadris. Fiquei hipnotizado com aquilo, não conseguia desviar os olhos dela. Mesmo depois de dar a primeira tragada no cigarro, o homem o acendia e apagava sem parar.

Quando chegamos ao apartamento de Ricky, fiquei deslumbrado com a quantidade de coisas que ele tinha. Dois sofás e uma poltrona enorme, pinturas, uma televisão imensa, TV a cabo e a geladeira cheia, com comida suficiente para alimentar o mundo. Depois que eu comi, ele me acomodou em um dos sofás, e eu comecei a ficar sonolento, mas ainda ouvia os sussurros da minha mãe no corredor.

— Ele tem os seus olhos.

— Sim, eu sei. — O tom de voz dele parecia perverso, mas eu não sabia por quê. Escutei seus passos se aproximarem de mim e abri os olhos. Ele se agachou ao meu lado, as mãos entrelaçadas, e estreitou o olhar. — Você é meu filho, não é?

Não respondi.

O que eu deveria dizer?

Um sorriso malicioso surgiu no canto de sua boca. Ele acendeu um cigarro e soprou a fumaça na minha cara.

— Não se preocupe, Logan. Vou cuidar de você e de sua mãe. Prometo.

***

Às quatro da manhã, quando o efeito da droga começou a passar, deitei na cama e fiquei olhando para o teto.

Eu: Está acordada?

Encarei o telefone, esperando que os pontinhos aparecessem, mas isso não aconteceu. Quando o aparelho tocou, respirei fundo.

— Eu acordei você — sussurrei.

— Mais ou menos — respondeu Alyssa. — O que aconteceu?

— Nada — menti. — Estou bem.

Você vai morrer antes dos vinte e cinco anos.

— Foi sua mãe ou seu pai?

Ela sempre sabia de tudo.

— Minha mãe.

— Ela estava chapada ou sóbria?

— Chapada.

— Você acredita no que quer que ela tenha dito ou não?

Hesitei e comecei a acender e apagar meu isqueiro.

— Ah, Lo.

— Desculpe por acordar você. Vou desligar. Volte a dormir.

— Não estou cansada. — Ela bocejou. — Fique comigo no telefone até dormir, ok?

— Ok.

— Você está bem, Logan Francis Silverstone.

— Estou bem, Alyssa Marie Walters.

Mesmo sendo uma mentira, a voz de Alyssa sempre me fazia acreditar naquilo.

Capítulo 4

Logan

Eu nunca havia comemorado meu aniversário até uns dois anos atrás, quando conheci Alyssa. Kellan sempre me levava para jantar, e eu adorava. Ele era ótimo em me lembrar de que eu não estava sozinho no mundo, mas Alyssa se superava a cada ano. Há dois anos, fomos a Chicago assistir a um documentário especial sobre Charles Chaplin em um cinema antigo. Depois, ela me levou a um restaurante chique para o qual eu estava muito malvestido. Jantares extravagantes faziam parte de seu estilo de vida, mas eu vinha de um mundo em que nem sempre havia algo para comer no jantar. Quando ela percebeu que eu me sentia pouco à vontade, acabamos vagando pelas ruas de Chicago, comemos cachorros-quentes e nos sentamos embaixo daquela escultura que mais parece um feijão gigante.

Esse foi o primeiro melhor dia da minha vida.

No ano passado, havia um festival de cinema em Wisconsin, e ela alugou uma cabana para nos hospedarmos. Assistimos a todas as sessões durante o fim de semana. Ficamos até tarde discutindo quais filmes acrescentaram algo à nossa vida e quais foram feitos por pessoas que provavelmente estavam sob efeito de ácido.

Esse foi o segundo melhor dia da minha vida.

Mas hoje era diferente. Era o meu aniversário de dezoito anos, já passava das onze da noite, e Alyssa sequer tinha me telefonado.

Fiquei no quarto assistindo a um DVD sobre Jackie Robinson enquanto escutava minha mãe cambaleando pelo apartamento, tropeçando em tudo. Uma pilha de contas estava ao lado da minha cama, e eu senti um aperto no estômago: o medo de não conseguir pagar o aluguel esse mês. Se não conseguíssemos pagar, meu pai nunca nos deixaria esquecer disso. Se eu pedisse ajuda a ele, tinha certeza de que minha mãe pagaria a dívida.

Peguei um envelope que ficava embaixo do colchão e contei o dinheiro que havia nele. As palavras escritas no envelope me enojaram.

Dinheiro para a faculdade.

Que piada.

Havia quinhentos e cinquenta e dois dólares. Eu estava juntando dinheiro há dois anos, desde que Alyssa meio que me convenceu de que eu poderia fazer faculdade algum dia. Passei muito tempo pensando que conseguiria poupar o suficiente para fazer faculdade, ter uma carreira sólida e comprar uma casa para morar com minha mãe.

Nós nunca teríamos que depender do meu pai para nada — a casa seria nossa, e só nossa. Ficaríamos limpos também. Nada de drogas, só alegria. Minha mãe choraria de felicidade, não porque meu pai batia nela.

A versão sóbria da minha mãe voltaria, aquela que me colocava para dormir quando eu era menino. Que cantava e dançava pela casa. Que sorria.

Fazia muito tempo que eu não a via, mas uma parte de mim ainda tinha a esperança de que um dia ela estaria de volta. *Ela tinha que voltar para mim.*

Suspirei e tirei um pouco de dinheiro do envelope para pagar a conta de luz.

Restaram trezentos e vinte e três dólares.

E assim o sonho pareceu estar um pouco mais distante.

Peguei um lápis e comecei a fazer alguns rabiscos na conta de luz. Desenhar e assistir a documentários eram meus modos de fugir da realidade. Além disso, uma garota desajeitada, com cabelos encaracolados, sorridente e que falava pelos cotovelos surgia o tempo todo em minha mente. Alyssa ocupava meus pensamentos mais do que deveria. O que era estranho, porque eu realmente não dava a mínima para ninguém ou para o que pensavam de mim.

Se eu me preocupasse com as pessoas, ficaria vulnerável a elas, e minha mente já estava destruída pelo amor que eu sentia por minha mãe problemática.

— Não! — Eu a ouvi berrar da sala de estar. — Não, Ricky, eu não queria... — gritou ela.

Senti um aperto no peito.

Meu pai estava aqui.

Eu me levantei da cama e corri para a sala. Ele era forte e tinha mais cabelos brancos do que negros, o semblante mais sombrio do que alegre, e seu coração tinha mais espaço para o ódio do que para o amor. Sempre usava terno. Daqueles que pareciam muito caros, com gravata e sapatos de couro croco. Todo mundo na vizinhança sabia que deveria manter a cabeça baixa ao passar por ele, pois até encará-lo poderia ser perigoso. Meu pai era o tirano das ruas, e eu o odiava com todas as minhas forças. Tudo nele me enojava. O que eu mais odiava, porém, era o fato de eu ter os olhos dele.

Sempre que eu olhava para ele, via um pedaço de mim.

Minha mãe estava trêmula em um canto, a mão na bochecha, que tinha a marca dos dedos do meu pai. Ele estava prestes a dar outra bofetada quando eu entrei na frente dela, recebendo o tapa em cheio no rosto.

— Deixa ela em paz — falei, tentando agir como se o tapa não tivesse doído.

— Isso não tem nada a ver com você, Logan — disse ele. — Saia da minha frente. Sua mãe me deve dinheiro.

— E-eu vou pagar, juro. Só preciso de tempo. Tenho uma entrevista em um supermercado no final da rua essa semana — mentiu ela.

Minha mãe não trabalhava havia anos, mas sempre inventava que tinha essas entrevistas misteriosas que nunca davam em nada.

— Achei que ela já tinha pagado o que devia — falei. — Ela te deu duzentos dólares no fim de semana.

— E pegou trezentos há dois dias.

— Por que você dá dinheiro a ela? Sabe que ela não pode te pagar.

Meu pai segurou meu braço, cravando as unhas em minha pele e me fazendo recuar. Com um puxão, ele me atirou do outro lado da sala, veio até mim e se inclinou na minha direção.

— Quem diabos você pensa que é, falando desse jeito comigo?

— Eu só achei...

Ele me deu tapa na nuca.

— Você não acha nada. Essa conversa é entre sua mãe e eu. Não me interrompa.

Ele me bateu de novo, mais forte dessa vez. Sua mão se fechou e, quando o soco atingiu meu olho, gemi de dor. Em seguida, ele voltou sua atenção para minha mãe, e eu me coloquei entre os dois novamente, como um idiota.

— Está querendo morrer, Logan?

— Eu vou pagar — falei, tentando manter a cabeça erguida, embora ele sempre conseguisse fazer com que eu me sentisse humilhado. — Um segundo.

Corri para o meu quarto, enfiei a mão embaixo do colchão e peguei o dinheiro que estava guardando para a faculdade. Podia sentir os olhos se encherem de lágrimas enquanto contava as notas.

Restaram vinte e três dólares.

— Aqui — falei, enfiando o dinheiro nas mãos do meu pai.

Ele me encarou, semicerrando os olhos antes de começar a contá-lo. Murmurou alguma coisa, mas não me importei. Eu só queria que ele fosse embora dali.

Meu pai colocou o dinheiro no bolso de trás.

— Saibam que vocês dois têm sorte de me ter por perto, mas não pensem que vou continuar pagando o aluguel, como tenho feito.

Nós não precisamos de você, eu queria dizer. *Vá embora e não volte nunca mais*, eu queria gritar. Mas fiquei em silêncio.

Meu pai deu alguns passos na direção da minha mãe, e eu a vi recuar quando ele acariciou sua bochecha.

— Você sabe que eu te amo, não sabe, Julie? — perguntou.

Ela assentiu lentamente.

— Sei.

— Eu só quero que a gente seja feliz. Você não quer?

Ela assentiu de novo.

— Quero.

Ele se abaixou e a beijou na boca. Tive vontade de atear fogo nele. Queria vê-lo queimar e se contorcer de dor por usá-la, humilhá-la e praticamente cuspir em sua alma.

Mas também queria gritar com minha mãe, porque ela definitivamente correspondeu ao beijo. Quando se separaram, ela o encarou como se ele fosse um deus, quando, na verdade era apenas satanás em um terno caro.

— Logan — chamou ele ao caminhar em direção à porta. — Se você precisar de um trabalho de verdade, um trabalho de homem mesmo, tenho certeza de que poderia colocá-lo nos negócios da família. Esse dinheiro ridículo que você está ganhando não vai levá-lo a lugar algum.

— Não estou interessado.

Um sorriso sinistro surgiu nos lábios dele ao ouvir minha resposta. Era a mesma resposta que eu sempre dava, mas todas as vezes ele sorria como se guardasse um segredo, como se escondesse algo de mim. Quando ele saiu do apartamento, soltei um suspiro.

— Qual é o seu problema? — gritou minha mãe, investindo contra mim, batendo em meu peito. Agarrei seus pulsos finos, confuso. Ela continuou gritando: — Você está tentando estragar tudo?

— Eu impedi ele de te dar uma surra!

— Você não sabe do que está falando. Ele não ia me machucar pra valer.

— Você está louca. Ele já estava te machucando.

— Me solta!

Ela tentou se libertar de mim, e eu a soltei. No instante seguinte, ela me deu um tapa no rosto com força.

— Não se atreva a se meter na minha vida novamente. Você me ouviu?

— Ouvi — murmurei.

Minha mãe tinha o dedo em riste e um olhar severo.

— Você. Me. Ouviu? — perguntou novamente.

— Ouvi! — gritei. — Eu te ouvi.

Mas eu estava mentindo, porque, se meu pai tocasse nela novamente, eu a defenderia. Lutaria por ela. Seria a sua voz, mesmo que eu perdesse a minha própria. Porque eu sabia que ela tinha se calado por causa dele. Foi por causa dele que o fogo dentro dela se apagou.

Mãe, volte para mim.

Quando eu a perdi? Ela ficaria perdida para sempre?

Se eu tivesse uma máquina do tempo, impediria que minha mãe cometesse os erros que a deixaram assim. Eu a guiaria pelo caminho certo. Imploraria para que ela não fumasse aquele cachimbo. Eu a lembraria de que era bonita, mesmo que um homem lhe dissesse algo diferente. Eu deixaria seu coração, que tinha sido tão despedaçado, novinho em folha.

Fui para o meu quarto e tentei apagar as lembranças do meu pai, mas as imagens voltavam à minha mente. Todo o meu ódio, toda a minha raiva, toda a minha dor. Tudo inundava novamente meu cérebro, e eu precisava calar as vozes que enchiam minha cabeça.

Você vai morrer antes dos vinte e cinco anos.

Entrei em pânico, minha cabeça latejava, e eu estava a um segundo de permitir que meus demônios retornassem. Eles zombavam de mim, me feriam e envenenavam minha mente. Olhei para a mesa de cabeceira, onde ficava minha seringa, e a ouvi sussurrar meu nome e me pedir para alimentar aqueles demônios até que eles fossem embora.

Eu queria ser vitorioso aquela noite. Queria ser forte, mas não era. Nunca fui forte, nunca seria.

Desista.

Você vai morrer antes dos vinte e cinco anos.

Respirei fundo, minhas mãos trêmulas. Respirei fundo, meu coração dilacerado. Respirei fundo e fiz a única coisa que sabia fazer.

Abri a gaveta. Estava prestes a permitir que a escuridão entrasse, que a luz se apagasse, quando meu celular apitou.

Alyssa: O que você está fazendo?

Alyssa me mandou uma mensagem exatamente quando eu precisava, mesmo que eu estivesse magoado por ela ter esperado até as onze da noite para me escrever. A única pessoa que me parabenizou pelo meu aniversário foi Kellan, que me levou para jantar. Meu pai me deu um olho roxo de presente, e minha mãe, uma decepção.

Mas eu podia contar com Alyssa. Ela era minha melhor amiga, embora não tivesse dito uma palavra durante o dia todo.

Eu: Deitado na cama.

Alyssa: Certo.

Pontinhos.

Alyssa: Venha aqui embaixo.

Eu me sentei e li novamente a mensagem. Enfiei os pés no tênis, apressado, peguei os óculos de sol, meu moletom vermelho, e saí correndo do apartamento. Alyssa havia estacionado o carro em frente ao meu prédio e sorria para mim. Olhei ao redor, observando as pessoas bebendo e fumando.

Cara, odeio quando você vem aqui. Especialmente à noite.

Sentei no banco do carona e tranquei as portas assim que entrei.

— O que está fazendo, Alyssa?

— Por que você está usando óculos escuros?

— Por nada.

Ela estendeu a mão e o tirou.

— Ah, Logan... — sussurrou Alyssa, tocando de leve o olho machucado.

Eu sorri e recuei.

— Você acha isso ruim? Deveria ver como ficou o outro cara.

Ela não riu.

— Seu pai?

— Sim, mas está tudo bem.

— Não está tudo bem. Eu nunca odiei tanto alguém na minha vida. Sua mãe está bem?

— Longe disso, mas está bem. — Vi as lágrimas brotarem nos olhos de Alyssa e me apressei em repetir: — Está tudo bem. Eu juro. Vamos para onde quer que você queira ir. Assim eu esqueço disso por um tempo.

— Ok.

— E, Alyssa?

— Sim, Logan?

Meus dedos secaram as lágrimas e permiti que meu toque se prolongasse em seu rosto.

— Sorria.

Ela me deu um sorriso enorme, elegante e falso. Foi o suficiente para mim.

Alyssa dirigiu por bastante tempo. Não falamos durante o caminho, e eu não sabia o que ela tinha em mente. Quando o carro parou em uma estrada abandonada, fiquei ainda mais confuso.

— Sério, o que estamos fazendo aqui?

— Vamos lá — disse ela.

Alyssa saiu do carro e começou a caminhar pela estrada. Essa garota ainda ia me matar, mas, por morte, eu queria dizer vida.

Quando a conheci, de alguma forma me libertei da prisão em que eu vivia todos os dias.

Fui atrás dela, pois, quanto mais Alyssa se afastava, mais eu me perguntava aonde estava indo.

Ela se deteve diante de uma escada que conduzia a um letreiro.

— Tchã-rã! — exclamou ela, dançando com empolgação.

— Humm?

— É o seu presente de aniversário, bobo!

— Meu presente é... uma escada e um letreiro?

Ela revirou os olhos e suspirou de modo dramático.

— Siga-me — disse ela, subindo a escada. Fiz o que ela pediu.

Subimos a escada mais alta que eu já tinha visto. Nós nos sentamos em frente a um grande letreiro que dizia "Hambúrgueres do Hungry Harry's Diner: dois por cinco". Alyssa devia ter um pouco de medo de altura, pois tentava ao máximo não olhar para baixo. Havia um parapeito no letreiro, mas, ainda assim, parecia alto demais para o gosto dela.

— Está com medo? — perguntei, aprendendo algo novo sobre minha amiga.

— Hum, talvez? Acho que as pessoas só sabem que têm medo de altura quando estão... no alto. — Ela caminhou lentamente até a lateral do painel e trouxe de lá uma cesta de piquenique e alguns embrulhos de presente. — Aqui está. Abra os presentes primeiro.

Quase tive um treco quando vi o que eram.

— Eu não sabia ao certo qual você viu com o seu avô, então comprei todos os DVDs que consegui encontrar — explicou ela.

Observei os mais de doze DVDs com documentários sobre a galáxia, e o que assisti com o meu avô estava entre eles.

— Meu Deus — murmurei, contendo as lágrimas.

Ela apontou para o céu.

— E este foi o melhor lugar que encontrei para ver as estrelas à noite. Dirigi pela cidade durante vários dias para encontrá-lo. Sei que é meio bobo, mas pensei que você ia gostar. — Ela franziu o cenho. — É uma bobagem, não é? Eu deveria ter feito algo melhor. Fui tão bem nos anos anteriores... Achei que isso seria...

Segurei a mão dela.

Alyssa ficou em silêncio.

— Obrigado — sussurrei, passando a mão livre pelos olhos. Funguei. — Obrigado.

— Você gostou?

— Gostei, sim.

Estou me apaixonando por você...

Meneei a cabeça, tentando afastar esse pensamento.

Eu não podia me apaixonar por ela. Amor era sinônimo de dor. E ela era uma das duas únicas coisas boas na minha vida.

Voltei a olhar para o céu, apontando as estrelas.

— Se você olhar para lá, vai ver a constelação de escorpião. Dependendo do mês, é possível ter uma visão melhor de uma constelação ou outra. Ela começa com aquela estrela ali e se divide em cinco pontos, parecendo um dente-de-leão. Antares é a estrela mais brilhante da constelação. Meu avô dizia que era o coração do escorpião. Consegue ver? — perguntei. Ela assentiu. — A lenda diz que Órion, o caçador, se vangloriava de ser capaz de matar todos os animais do planeta, mas ele foi derrotado por um escorpião, e Zeus assistiu à batalha. À noite, ele levou o escorpião para o céu para sempre.

— É lindo.

— É — sussurrei, olhando para ela, para o céu. — É, sim.

— Isso é lindo também — disse ela.

— O quê?

Ela continuava admirando as estrelas.

— O modo como você olha para mim quando acha que não estou vendo.

Meu coração teve um sobressalto.

Alyssa viu que eu estava olhando para ela?

— Você sempre percebe quando eu estou te olhando?

Ela assentiu lentamente.

— E quando não estamos juntos, fecho os olhos e sua imagem me vem à mente. Assim nunca me sinto sozinha.

Estou me apaixonando por você.

Eu queria abrir a boca e dizer aquelas palavras. Queria deixar que Alyssa entrasse em minha alma, queria dizer que sonhava acordado com ela. Então lembrei quem ela era, quem eu era e o motivo de não poder fazer aquilo.

Alyssa interrompeu o silêncio constrangedor.

— Ah! Também preparei um jantar para nós — anunciou ela, pegando a cesta de piquenique. — Não quero que você se sinta ofendido por minha comida ser incrível. Sei que está acostumado a ser o melhor chef da cidade, mas acho que te superei.

Ela enfiou a mão na cesta e tirou um pote com sanduíches de manteiga de amendoim e geleia. Eu ri.

— Não acredito! Você fez isso?

— Com minhas próprias mãos. Exceto pela manteiga de amendoim, a geleia e o pão. Eles vieram prontos do supermercado.

Essa era minha melhor amiga.

Mordi o sanduíche.

— Geleia de frutas vermelhas?

— É, sim.

— Nossa, que extravagância.

Ela sorriu. E eu me derreti por dentro.

— Para a sobremesa, eu trouxe framboesas e isso. — Ela pegou um pacote de Oreo. — Eu me esforcei muito, viu? Aqui. — Alyssa pegou um biscoito, separou as duas partes, colocou uma framboesa em uma delas e as juntou novamente. Então começou a fazer o som de um aviãozinho. Eu abri a boca e dei uma mordida.

— Humm...

Alyssa ergueu a sobrancelha, satisfeita.

— Você está gemendo por causa do meu biscoito?

— Com certeza.

Ela vibrou e suspirou.

— Se eu ganhasse um dólar toda vez que um cara me diz isso...

— Você teria um dólar e zero centavos.

Alyssa me deu um empurrão, e eu sentia que estava mesmo me apaixonando por ela. Não sabia o que eu desejava mais: seus lábios ou suas palavras. A ideia de ter as duas coisas me deixava mais feliz do que eu jamais poderia imaginar.

Palavras, fique com as palavras.

— Qual é o seu maior sonho? — perguntei, jogando algumas framboesas na boca antes de colocar algumas na dela.

— Meu maior sonho?

— Sim. O que você quer ser ou fazer no futuro?

Ela mordeu o lábio.

— Quero tocar piano e fazer as pessoas sorrirem. Quero deixar as pessoas felizes. Sei que parece pouco para um monte de gente, minha mãe, por exemplo. E sei que parece um objetivo de vida bem idiota, mas é o que quero. Quero que minha música inspire as pessoas.

— Você é capaz de fazer isso, Alyssa. Já está fazendo.

Eu acreditava que ela seria capaz de realizar seu sonho. Sempre que eu a ouvia tocar piano, todas as coisas ruins da vida simplesmente desapareciam. Sua música me trazia alguns momentos de paz.

— E você? — perguntou ela, colocando uma framboesa em meus lábios.

Minha vida não me permitia sonhar, mas, quando eu estava com Alyssa, tudo parecia possível.

— Quero ser chef. Quero que as pessoas cheguem ao meu restaurante mal-humoradas e fiquem felizes depois de comer o que preparei para elas. Quero que se sintam bem comendo a minha comida e que se esqueçam das coisas ruins por alguns minutos.

— Adorei isso. Devíamos abrir um restaurante, colocar um piano nele e chamá-lo de AlyLo.

— Ou, LoAly.

— AlyLo soa muito melhor. E foi ideia minha.

— Bem, vamos fazer isso. Vamos abrir o AlyLo, fazer comidas maravilhosas, tocar músicas incríveis e viver felizes para sempre.

— E fim?

— Fim.

— Fechado? — perguntou ela, estendendo o mindinho em minha direção. Meu dedo mindinho envolveu o dela.

— Fechado.

Nossas mãos se entrelaçaram.

— Que outro sonho você tem? — questionou Alyssa.

Fiquei na dúvida se deveria dizer a ela, porque parecia uma bobagem, mas, se havia alguém que eu tinha certeza de que não me julgaria, era Alyssa.

— Quero ser pai. Sei que parece meio idiota, mas realmente quero isso. Meus pais não conhecem o significado da palavra amor. Se eu tivesse filhos, amaria eles mais do que qualquer coisa. Eu os levaria a jogos de beisebol, a apresentações de dança... Eu amaria eles independentemente se quisessem ser advogados ou garis. Eu seria melhor do que meus pais.

— Eu sei que seria, Lo. Você seria um ótimo pai.

Não sei por que, mas suas palavras trouxeram lágrimas aos meus olhos.

Ficamos ali por um tempo, sem falar nada, apenas olhando para o céu.

Era tão tranquilo ali... Aquele era o único lugar em que eu queria estar naquele momento. Continuávamos de mãos dadas. Será que ela gostava de segurar minha mão? Será que seu coração acelerava quando fazia isso? Será que ela estava se apaixonando por mim também? Apertei a mão de Alyssa. Eu não sabia se seria capaz de soltá-la.

— Qual é seu maior medo? — perguntou ela.

Peguei meu isqueiro com a mão que estava livre e comecei a acendê-lo e apagá-lo.

— Meu maior medo? Não sei. De que algo aconteça com as poucas pessoas com quem me importo. Kellan. Você. Minha mãe. E você?

— Perder meu pai. Sempre que a campainha lá de casa toca, espero que seja ele. Sempre que meu telefone toca, sinto um aperto no peito. Sei que ele tem sido um pai ausente nos últimos meses, mas sei também que ele vai voltar. Ele sempre volta. Fico arrasada só de pensar em não vê-lo nunca mais.

Ouvimos o que cada um tinha de mais sombrio. Agora era a hora de mostrarmos nosso lado mais feliz.

— Conte uma bela lembrança de sua mãe — pediu Alyssa.

— Humm... Quando eu tinha sete anos, ia e voltava da escola a pé todos os dias. Um dia, estava chegando em casa quando ouvi uma música na varanda do nosso antigo apartamento. O aparelho de som tocava canções antigas, The Temptations, Journey, Michael Jackson, todos esses clássicos. Minha mãe disse que pegou o CD emprestado com um vizinho e que teve vontade de dançar. Ela estava dançando no meio da rua e só foi para a calçada quando um carro passou. Estava tão bonita naquele dia... Dancei com ela até anoitecer. Kellan também. Ele foi levar as sobras do jantar para mamãe e eu. Quando chegou, nós três dançamos juntos. Quando penso nisso hoje, tenho certeza de que ela já usava drogas naquela época, mas eu não tinha como saber. Só me lembro de rir, rodopiar e dançar com ela e Kellan. Sua risada era a melhor parte, porque era muito alta. Essa é minha melhor recordação familiar. Sempre me lembro disso quando minha mãe parece distante.

— É uma ótima lembrança, Lo.

— Eu sei.

Abri um sorriso tenso. Nunca tinha revelado a ninguém o quanto sentia falta da minha mãe, mas sabia que Alyssa me entendia, pois ela também sentia falta do pai.

— E qual é a sua melhor recordação do seu pai?

— Sabe o toca-discos no meu quarto?

— Sei.

— Ele me deu aquilo de Natal, e começamos uma tradição: todas as noites ouvíamos e cantávamos uma música antes de eu ir para a cama. De manhã, assim que acordávamos, fazíamos a mesma coisa. Música contemporânea, clássicos, qualquer coisa. Era uma coisa nossa. Às vezes, minha irmã vinha até o quarto e cantava com a gente, e às vezes minha mãe gritava para que desligássemos o som, mas nós sempre ríamos dela.

— É por isso que, quando vou te ver, você sempre está ouvindo música à noite?

— É. É engraçado como eu ouço as mesmas músicas, mas agora todas as letras parecem diferentes.

Ficamos conversando a noite toda.

Dei framboesas a Alyssa, e, em troca, ela me deu seus sonhos.

Ela colocou framboesas em minha boca, e, em troca, eu depositei meus medos em suas mãos.

Nós olhamos para o céu noturno, nos sentindo seguros e livres por um instante.

— Já pensou em como as pessoas são malucas? — perguntei. — Há mais de trezentos bilhões de estrelas na Via Láctea. Trezentos bilhões de partículas de luz que nos lembram de tudo o que existe lá fora, no universo. Trezentos bilhões de partículas de fogo que parecem tão pequenas. No entanto, são maiores do que você poderia imaginar. Há tantas galáxias, tantos mundos que nunca descobriremos... Há tantas maravilhas no universo, mas, em vez de chegarmos à conclusão de que todos nós somos muito, muito insignificantes em um lugar muito, muito pequeno, gostamos de fingir que somos os maiorais da galáxia. Gostamos de nos sentir importantes. E cada um de nós gostaria que nosso jeito fosse o melhor, e a nossa dor, a maior de todas, quando, na verdade, não somos nada além de um pontinho flamejante na imensidão do céu. Um pontinho do qual ninguém sentiria falta. Um pontinho que em breve será substituído por outro pontinho que acha que é mais importante do que realmente é. Eu só gostaria que as pessoas parassem de brigar por coisas idiotas como raça, orientação sexual e reality shows. Gostaria que elas se dessem conta de como são pequenas e tirassem cinco minutos do seu dia para olhar para o céu e respirar fundo.

— Logan?

— Sim?

— Eu amo a sua mente.

— Alyssa?

— Sim?

Estou me apaixonando por você...

— Obrigado por esta noite. Você não tem ideia do quanto eu precisava disso, do quanto eu precisava de você. — Apertei sua mão de leve. — Você é o meu maior vício.

Capítulo 5

Logan

— Lo! Lo! Lo! — chamou Alyssa uma semana depois do meu aniversário, correndo em minha direção na chuva.

Eu estava no degrau mais alto da escada, limpando as janelas do terceiro andar do prédio. Obviamente minha mãe só me pedia para limpá-las quando estava chovendo. A voz de Alyssa me assustou, e acabei derrubando o balde de água (que era basicamente água da chuva).

— Meu Deus, Alyssa! — gritei.

Ela franziu o cenho, segurando um guarda-chuva de bolinhas amarelas.

— O que você está fazendo?

— Limpando as janelas.

— Mas está chovendo.

Não brinca, Sherlock, pensei comigo mesmo. Mas Alyssa não tinha culpa de eu estar limpando as janelas, ela não merecia meu mau humor. Desci a escada e fitei minha amiga. Ela deu um passo em minha direção e segurou o guarda-chuva sobre nós dois.

— Sua mãe te obrigou a fazer isso? — perguntou ela com o olhar mais triste que já vi.

Não respondi.

— O que você está fazendo aqui? — perguntei, um pouco irritado.

Alyssa não costumava frequentar aquele tipo de lugar. Eu morava em um bairro de merda, não era um lugar seguro, muito menos para alguém como ela. Tinha uma quadra no final da rua onde havia mais gente comprando e vendendo drogas do que jogando basquete. Alguns caras ficavam parados nas esquinas de manhã até a noite, tentando ganhar um dinheirinho extra. Prostitutas andavam de um lado para o outro, drogadas. E eu sempre ouvia tiros, mas felizmente nunca vi ninguém ser atingido.

Eu odiava aquele lugar. Aquelas ruas. Aquelas pessoas.

E eu odiava que Alyssa aparecesse ali de vez em quando.

Ela piscou algumas vezes, como se tivesse esquecido a razão de ter vindo.

— Ah, sim! — exclamou ela, seu semblante fechado transformando-se em um grande sorriso. — O Mala Sem Alça me ligou! Eu queria que ele viesse ao meu recital de piano esta noite, mas ele não me retornou, lembra? Bom, ele me ligou e disse que poderá vir!

Permaneci impassível.

O Mala Sem Alça era conhecido por fazer esse tipo de promessa e sempre arrumar um jeito de dar para trás no último minuto.

— Não faça isso — disse ela, apontando para mim.

— Não faça o quê?

— Não me venha com esse olhar de "Pare de ter esperanças, Alyssa". Não fui eu quem ligou, Logan, foi ele. Ele quer estar lá.

Ela não conseguia parar de sorrir. Isso me deixou realmente triste. Nunca vi alguém tão carente de atenção em toda a minha vida.

Você tem toda a minha atenção, Alyssa Marie Walters. Eu juro.

— Eu não estava olhando para você desse jeito — menti. Definitivamente estava.

— Ok. Vamos avaliar os prós e contras da situação — sugeriu Alyssa.

Antes de terminarmos o ensino médio, em junho passado, tivemos uma aula de história em que o professor nos obrigou a fazer listas de prós e contras de um país entrar em guerra. Foi muito chato, e ele tinha a voz mais monótona do mundo. Mas, desde então, Alyssa e eu começamos a fazer listas de prós e contras para qualquer coisa, com vozes monótonas, é claro.

— Pró número um — começou ela, com voz entediada. — Ele aparecer.

— Contra número um, ele não aparecer — retruquei.

Ela parecia irritada.

— Pró número dois, ele aparecer com flores. Ele me perguntou quais eram as minhas flores favoritas. Ninguém faz isso se não for levar flores!

Margaridas. O Mala Sem Alça deveria saber quais eram as flores favoritas de Alyssa.

— Contra número dois, ele ligar e cancelar no último minuto.

— Pró número três. — Alyssa colocou as mãos no quadril. — Ele aparecer e me dizer o quanto eu sou incrível. E o quanto tem orgulho de mim. E o quanto sentiu saudades e o quanto me ama. — Fiz menção de falar algo, mas ela me silenciou, deixando a voz monótona de lado. — Lo, chega de contras. Preciso que você fique feliz por mim, ok? Mesmo que seja uma felicidade falsa!

Alyssa continuava sorrindo, o tom de voz alto e empolgado, mas seus olhos sempre demonstravam como ela realmente se sentia. Ela estava nervosa, com medo de que o pai a decepcionasse novamente.

Então sorri, pois não queria que ela ficasse nervosa ou com medo. Queria que ela realmente se sentisse tão feliz quanto fingia estar.

— Que bom, Alyssa — eu disse, cutucando seu braço de leve. — Ele está vindo!

Ela soltou o ar dos pulmões e assentiu.

— Ele vai estar lá com certeza.

— Claro que vai — concordei, mas não acreditava nisso. — Porque se tem alguém no mundo que vale a pena ver é a incrível Alyssa Walters!

Suas bochechas coraram.

— Essa sou eu! A incrível Alyssa Walters! — Ela enfiou a mão no bolso de trás e pegou um ingresso que estava em um saquinho plástico. — Certo. Bem, eu preciso de sua ajuda. Estou paranoica porque minha mãe não pode descobrir que eu tenho tentado falar com o meu pai. Não quero que ele seja visto perto da nossa casa. Eu disse que ele poderia pegar o ingresso aqui com você.

Alyssa me fitou com um olhar esperançoso, confiante de que seu plano daria certo. Não pude deixar de notar que ela o estava chamando de pai novamente, em vez de Mala Sem Alça. Mais uma vez, fiquei triste por ela.

Esperava que ele realmente aparecesse.

— Pode deixar — falei.

Os olhos de Alyssa se encheram de lágrimas, e ela me entregou o guarda-chuva para que pudesse secá-las.

— Você é o melhor amigo que uma garota poderia ter. — Ela se inclinou na minha direção e me deu seis beijos no rosto.

Fingi não notar que meu coração deu seis pulos de felicidade.

Ela não percebia nada, não é? Não percebia que dava vida nova ao meu coração toda vez que estava perto de mim.

Capítulo 6

Alyssa

— Como foi o ensaio? — perguntou minha mãe quando voltei da casa de Logan.

Em vez de ir para o ensaio, fui até a casa dele e pedi que entregasse o ingresso ao meu pai. Mas eu não podia contar isso à minha mãe, ela não entenderia. Ela estava no escritório, digitando algo no computador e fazendo o que sabia fazer de melhor: trabalhando. Havia uma garrafa de vinho e uma taça na mesa. Ela não ergueu o olhar e, antes que eu pudesse responder, disse:

— Se tiver alguma roupa suja por aí, coloque-a no cesto do banheiro. E, se puder, lave as roupas e dobre o que está na secadora.

— Ok — respondi.

— Fiz lasanha. Se puder, coloque-a no forno às quatro e quarenta e cinco e deixe por uma hora.

— Ok.

— E, por favor, Alyssa. — Ela interrompeu a digitação e se voltou para mim. — Você poderia parar de deixar seus sapatos no hall? Sério, basta dar dois passos para a esquerda para colocá-los no armário.

Olhei para o corredor, onde estavam meus tênis Converse.

— Eu os coloquei no armário.

Ela me dirigiu um olhar severo.

— Coloque-os no armário, por favor.

Eu os coloquei no armário.

Quando a comida ficou pronta, nós nos sentamos à mesa da sala de jantar, ela respondendo e-mails no celular, eu comentando posts no Facebook.

— A lasanha está com um gosto diferente — falei, remexendo a comida com o garfo.

— Usei omelete de claras em vez de massa.

— Mas não é lasanha por causa da massa? O nome da massa não é esse, lasanha? Sem ela, estamos apenas comendo ovos, molho e queijo.

— Assim tem menos carboidratos. Você se lembra do que eu disse sobre ficar de olho nos carboidratos antes de ir para a faculdade? Quando digo que você vai ficar igual ao boneco da Michelin no primeiro ano, não estou brincando. E eu li um artigo que dizia que as pessoas que já estão acima do peso tendem a engordar ainda mais do que as pessoas normais.

— Do que as pessoas normais? Você está dizendo que eu não sou normal?

Senti um aperto no peito.

Minha mãe revirou os olhos de modo dramático.

— Você é muito sensível, Alyssa. Queria que fosse mais estável, como a sua irmã. E os hábitos alimentares dela são dez vezes melhores que os seus. Isso é um fato. Você precisa cuidar melhor da sua alimentação, só isso. — Ela mudou de assunto rapidamente. — Você não me contou como foi o ensaio — disse, colocando uma garfada na boca.

— Foi bom. Você sabe que o piano é um velho amigo.

Ela bufou.

— Sim, eu sei. Desculpe não poder ir ao recital esta noite. Tenho muito trabalho.

Foi minha vez de revirar os olhos, mas ela não percebeu. Minha mãe nunca ia a nenhum dos meus recitais, pois achava que a música era um hobby, não uma escolha de vida. Quando descobriu que eu ia para a faculdade estudar musicoterapia, ela quase se recusou a ajudar a pagar meus estudos, até que Erika a convenceu do contrário. Minha irmã era do tipo realista, como minha mãe, mas ainda acreditava em minha música. Talvez porque o namorado dela, Kellan, também era músico, e ela o amava com toda sua complexidade artística.

Às vezes eu fechava os olhos e tentava me lembrar de uma época em que minha mãe não fosse tão dura e cruel. Eu meio que me recordava dela sorrindo. Mas talvez isso fosse apenas fruto da minha imaginação desejando se apegar a uma bela lembrança. Será que ela se tornou fria no dia em que meu pai nos deixou? Ou o calor dele apenas ocultou sua alma gélida por um tempo?

— Acho que vou à sala de concertos me preparar para esta noite. Obrigada pelo jantar, mãe — falei, enquanto ela se servia de mais vinho.

— Ok.

Assim que peguei um casaco leve, o tênis e a bolsa feita à mão que meu pai comprou quando viajou para um concerto na América do Sul, ela me chamou:

— Alyssa!

— Sim, mãe?

— Ligue a lava-louças antes de ir. E coloque aquela roupa para secar. E traga um litro de sorvete da Bally's Cream Shop. Mas não compre sorvete para você. Você sabe, boneco da Michelin e tal.

✦ ✦ ✦

Senti como se meu coração estivesse pegando fogo.

O assento 4A continuava vazio quando espiei de trás do palco. *Ele estava a caminho*, falei para mim mesma. *Ele me ligou, disse que viria*, pensei. *Com margaridas.*

Eu amava margaridas, eram minhas flores favoritas. Meu pai sabia disso e ia trazê-las para mim. Porque ele prometeu que faria isso.

— Você é a próxima, Alyssa — anunciou meu professor.

Meu coração martelava no peito. A cada passo que eu dava em direção ao piano, tinha a sensação de que ia desmoronar. A ausência dele me sufocava; eu tinha vertigens só de pensar que tudo que tinha saído de sua boca era mentira. Mentira. Uma mentira maldosa e inútil.

Então ergui os olhos.

Pró.

O assento 4A estava ocupado.

Ele veio.

Relaxei no banco do piano e me perdi nas teclas. Meus dedos se uniram ao instrumento, e a magia aconteceu; os sons da minha alma invadiram o ambiente. Eu não queria chorar, mas algumas lágrimas caíram enquanto eu tocava. Quando terminei, me levantei e fiz uma reverência. O público deveria aplaudir apenas depois que todos tivessem tocado, assim, aqueles que não fizessem uma apresentação tão boa não se sentiriam mal por não receberem ovações da plateia. Mas o cara do assento 4A estava de pé, com uma única margarida na mão, batendo palmas como um louco, gritando e urrando.

Ele vestia um terno grande demais para o seu tamanho. Sorri.

Sem pensar, corri até a plateia e o abracei.

— O ingresso era para você — menti.

Ele me abraçou ainda mais apertado.

Quem precisava do Mala Sem Alça, afinal? Eu tinha Logan Francis Silverstone.

Isso era mais que suficiente para mim.

Capítulo 7

Logan

— Seu terno está grande demais — comentou Alyssa, puxando as mangas, cujo comprimento passava dos meus dedos. A margarida que dei a ela estava atrás de sua orelha esquerda desde que saímos do recital.

— É do Kellan — expliquei. — Ele me emprestou quando percebi que o Mala Sem Alça não viria.

— Ele está gigante em você. Mas ainda assim ficou bonito. Nunca te vi tão bem-vestido antes. Gostou do recital? Não foi meu melhor desempenho.

— Foi perfeito.

— Obrigada, Lo. Acho que deveríamos fazer algo divertido hoje. Você não acha? Acho que deveríamos fazer... hummm... não sei... algo muito louco!

Ela falava sem parar; era muito boa nisso. Rodopiava, sorria e falava, falava e sorria.

Mas eu não a ouvia direito, pois minha cabeça estava em outro lugar.

Queria apenas continuar dizendo a Alyssa o quanto ela foi incrível no recital, como ela se saiu melhor do que todos os outros que se apresentaram. Como ela fez eu me sentir vivo apenas com o toque de seus dedos nas teclas do piano. Como não consegui tirar os olhos dela. Como não queria soltá-la daquele abraço nunca mais. Como eu pensava nela quando estava fazendo coisas aleató-rias, tipo escovando os dentes, penteando o cabelo ou procurando meias limpas. Queria dizer tudo o que eu estava pensando, porque ela estava em todos os meus pensamentos.

Queria dizer o que sentia por ela. Que estava me apaixonando por ela. Que amava seu cabelo desgrenhado e sua boca sempre falante.

Eu queria...

— Logan... — sussurrou Alyssa na calçada.

Minhas mãos, de alguma forma, tocavam a parte inferior de suas costas e a traziam para perto de mim. Minha respiração pairava a poucos centímetros dos lábios de Alyssa. Sua expiração quente mis-turava-se com minha respiração ofegante, nossos corpos tremiam nos braços um do outro.

— O que você está fazendo? — perguntou ela.

O que eu estava fazendo? Por que nossos lábios quase se toca-vam? Por que nossos corpos estavam tão próximos? Por que eu não conseguia tirar os olhos dela? Por que eu estava me apaixonando pela minha melhor amiga?

— Você quer que eu minta ou que fale a verdade?

— Minta — sussurrou Alyssa.

— Estou ajeitando a flor no seu cabelo. — Coloquei um de seus cachos atrás da orelha. — Agora me pergunte de novo.

— O que você está fazendo? — repetiu ela quando eu me aproxi-mei ainda mais, sentindo as palavras tocarem meus lábios.

— Mentira ou verdade?

— Verdade.

— Não consigo parar de pensar em você. O tempo todo. Você está na minha cabeça de manhã, de tarde e de noite. Não consigo parar de pensar em te beijar. Não consigo parar de pensar em te bei-jar bem devagar. Mas tem que ser bem devagar, porque assim o beijo vai durar mais tempo. E eu quero que dure.

— Essa é a verdade? — perguntou Alyssa suavemente, os olhos fixos em meus lábios, arfante.

— Sim, é a verdade, mas, se você não quiser que eu te beije, não vou fazer isso. Se você quiser que eu minta, vou mentir.

Seus olhos encontraram os meus, e suas mãos se apoiaram em meu peito. Meu coração batia na ponta de seus dedos. Ela mordeu o lábio inferior e sorriu de leve.

— Você é o meu melhor amigo — sussurrou Alyssa, puxando para baixo seu vestido de bolinhas. — Você é a primeira pessoa em quem eu penso quando acordo. Sinto sua falta quando você não está deitado na minha cama. Você é a única pessoa que me faz sentir bem, Lo. E, para ser sincera, quero que você me beije. Não só uma, mas muitas vezes.

Nós nos abraçamos, e eu senti o nervosismo dela.

— Nervosa? — perguntei.

— Sim, nervosa.

Foi estranho, mas, ao mesmo tempo, foi exatamente como eu imaginava. Como se fôssemos feitos um para o outro.

Dei de ombros.

Ela deu de ombros.

Eu ri.

Ela riu.

Entreabri meus lábios.

Ela entreabriu os lábios.

Eu me inclinei na direção dela.

Ela se inclinou na minha direção.

E minha vida mudou para sempre.

Minhas mãos pressionaram suas costas. Ela me beijava com mais intensidade a cada segundo, como se ainda tentasse decidir se aquilo era real ou não.

Era real?

Talvez minha mente perturbada estivesse apenas imaginando coisas. Talvez, na realidade, eu estivesse apenas sonhando. Talvez

Alyssa Walters nunca tivesse existido e fosse apenas uma criação da minha mente para me ajudar a viver meus dias de merda.

Mas então por que parecia tão real?

Afastamos nossos lábios por uma fração de segundo. Nós olhamos um para o outro, como se estivéssemos avaliando se deveríamos continuar com aquele sonho ou se seria melhor pararmos antes que aquilo estragasse nossa amizade.

Alyssa passou as mãos pelo meu cabelo.

— Por favor — sussurrou.

Meus lábios roçaram os dela, e seus olhos se fecharam antes de nossas bocas se unirem novamente. As mãos de Alyssa me puxaram para mais perto, e sua língua se esgueirou entre meus lábios. Retribuí o beijo com ainda mais intensidade. Nós nos apoiamos na parede do prédio mais próximo, as costas de Alyssa indo de encontro às pedras frias. Eu a desejava mais do que algum dia ela poderia me desejar. Nosso beijo se tornou mais febril, nossas línguas se encontravam, minha mente me enganava com a falsa promessa de que eu sentiria Alyssa para sempre junto ao meu corpo.

Eu não estava fazendo isso — seus lábios, os mesmos lábios que eu tinha imaginado nos meus por tanto tempo, os mesmos lábios que sempre davam sorrisos que iluminavam meus dias, agora me beijavam.

Beijei minha melhor amiga, e ela me beijou.

Alyssa me beijou como se realmente quisesse aquilo, e eu a beijei como se ela fosse tudo o que eu tinha no mundo.

E ela era.

Ela era o meu mundo.

Quando nos separamos novamente, estávamos ofegantes.

Dei um passo para trás. Estávamos trêmulos, e era como se não soubéssemos o que fazer a seguir.

Dei de ombros.

Ela deu de ombros.

Eu ri.
Ela riu.
Entreabri meus lábios.
Ela entreabriu os lábios.
Eu me inclinei na direção dela.
Ela se inclinou na minha direção.
E começamos tudo de novo.

Capítulo 8

Alyssa

Ficamos em silêncio.

Eu notava apenas alguns sons em meu quarto. O barulho do ventilador de teto girando enquanto estávamos deitados na cama. O disco de vinil tocando em cima da cômoda, a gravação pulando como se estivesse arranhado. Porém, de alguma forma, parecia em perfeito estado. Um purificador de ar automático que soltava perfume de rosas de vez em quando, o cheiro invadindo nossas narinas. E, por último, nossa respiração.

Meu coração batia violentamente. Eu estava com medo, tinha certeza disso. A cada dia que passávamos juntos, eu me apaixonava mais por ele. Hoje à noite, nós nos beijamos. Nós nos beijamos pelo que pareceu uma eternidade, mas ainda não foi o suficiente.

E agora eu estava com medo.

O coração de Logan estava tão assustado quanto o meu, pensei. *Tinha que estar.*

— Lo? — eu o chamei, a garganta seca fazendo minha voz falhar.

— Sim, Alyssa, meu maior vício?

Naquela noite no letreiro, Logan disse que eu era o seu maior vício.

Amei aquilo mais do que ele poderia imaginar.

Eu me aconcheguei mais a ele, me encaixando nas curvas de seu corpo. Sempre tive a sensação de que ele era como um cobertor macio, que sempre me aquecia e fazia sentir segura quando a vida se tornava gélida. Ele sempre me abraçava, mesmo quando se sentia perdido.

— Você vai partir meu coração, não vai? — sussurrei em seu ouvido.

Logan assentiu, e vi culpa em seus olhos.

— Provavelmente sim.

— E o que vai acontecer depois?

Ele não respondeu, mas vi em seus olhos o medo de me machucar. Ele me amava. Nunca disse isso com todas as palavras, mas o amor estava lá.

Logan tinha um jeito diferente de amar. Era silencioso, quase secreto.

Ele tinha medo de que alguém descobrisse seu amor, porque a vida havia lhe ensinado que esse sentimento não era um prêmio, mas uma arma. E ele estava cansado de ser ferido.

Se ele soubesse que seu amor era a única coisa que fazia meu coração bater... ah, como eu queria que ele me amasse com todas as letras.

Ficamos em silêncio mais uma vez.

— Alyssa? — sussurrou ele, aproximando-se um pouco mais.

— Sim?

— Estou me apaixonando por você — disse ele suavemente, suas palavras refletindo meus pensamentos.

Meu coração parou de bater por um segundo.

Senti o medo e a emoção em sua voz. O medo era muito mais forte, mas o êxtase estava ali, vivo.

Peguei a mão dele; Logan não fez qualquer objeção. Eu a apertei, porque sabia que não tinha mais volta. Esse era o momento que mudava tudo. Estávamos assim havia alguns meses, sentindo coisas que ainda não entendíamos. Amar seu melhor amigo era estranho. Mas, de alguma forma, era certo. Antes daquela noite, ele nunca sequer tinha chegado perto de dizer a palavra "apaixonado". Eu não sabia que havia espaço no coração de Logan para o amor. Sua vida era um inferno. Então, aquelas palavras tinham um significado maior do que qualquer pessoa poderia compreender.

— Isso assusta você — falei.

Ele segurou a minha mão com mais força.

— Muito.

Eu sempre me perguntava como a gente sabe que está se apaixonando. Quais eram os sinais? As pistas? Demorava um tempo ou era de repente? Será que a pessoa acordava uma manhã, tomava seu café e depois olhava o outro sentado à sua frente e se jogava em queda livre?

Mas agora eu sabia. As pessoas não se apaixonam. Elas se fundem. É como se um dia elas fossem gelo e, no seguinte, uma única poça.

Eu queria encerrar aquela conversa. Queria me abraçá-lo e adormecer ali, deitada naquela cama. Eu apoiaria minha cabeça no peito de Logan, e ele colocaria as mãos em meu coração, sentindo as batidas provocadas por seu amor. Ele beijaria meu queixo suavemente e me diria que eu era perfeita. Que minhas manias eram o que me tornava linda. Ele me abraçaria com delicadeza, como se estivesse segurando algo precioso, seu toque cheio de cuidado e proteção. Eu queria acordar sentindo o calor daquele cara ao meu lado, do cara por quem eu estava apaixonada.

Mas nem sempre podemos ter o que queremos.

— Não sei se isso é uma boa ideia — disse ele. Eu nunca deixaria transparecer o quanto essas palavras me machucaram. — Você é minha melhor amiga.

— E você é meu melhor amigo, Lo.

— E eu não posso perder isso. Não tenho muitas pessoas no mundo... Só confio em duas pessoas na vida: você e meu irmão. E eu sei que vou foder com tudo. Sei que vou. Não posso permitir que isso aconteça. Vou te machucar. Eu sempre estrago tudo.

A testa dele tocou a minha. Suas pupilas estavam dilatadas. Minha mão se apoiava em seu peito, e eu podia sentir como suas palavras o magoavam. Ele se aproximou, sussurrando em meus lábios:

— Não sou bom o suficiente para você.

Mentiroso.

Ele era tudo de bom na minha vida.

— Nós podemos fazer isso, Logan.

— Mas... eu vou te magoar. Não quero que isso aconteça, mas vai acontecer de alguma forma.

— Me beije.

Os lábios de Logan encontraram os meus, e ele me beijou bem lentamente. Em seguida, afastou-se ainda mais devagar. Meu corpo formigava enquanto ele passava os dedos pelos meus cachos.

— Me beije de novo.

Ele atendeu meu pedido mais uma vez, erguendo-se um pouco e pressionando meu corpo sob o seu. Nossos olhos se encontraram, e Logan me fitou como se me prometesse a eternidade, mesmo que só tivéssemos o agora. O segundo beijo foi mais intenso, mais quente, mais real.

— Me beije.

Seus lábios vagaram por meu pescoço. Sua língua me acariciava lentamente, sua boca chupava minha pele bem devagar, fazendo-me pressionar meu quadril contra o seu.

— Logan, eu... — Minha voz estava trêmula naquele quarto escuro. — Eu nunca... — Minhas bochechas ficaram vermelhas, e não consegui completar a frase.

— Eu sei.

Senti um frio na barriga e mordi o lábio.

— Quero que você seja o primeiro.

— Você está nervosa?

— Estou.

Ele sorriu.

— Se você não quiser...

— Mas eu quero.

— Você é linda.

Seus dedos colocaram uma mecha do meu cabelo atrás da orelha.

— E um pouco nervosa.

— Você confia em mim? — perguntou ele. Assenti. — Certo. Feche os olhos.

Fiz o que ele pediu, meu coração batendo mais rápido a cada segundo. O que ia acontecer primeiro? Será que ia doer? Será que ele ia odiar? Será que eu ia chorar?

As lágrimas já brotavam em meus olhos.

Eu ia chorar.

Ele beijou o canto da minha boca.

— Confie em mim, Alyssa — prometeu Logan. Suas mãos começaram a levantar a camiseta do meu pijama enorme, e meu corpo enrijeceu. — Não vou te machucar — sussurrou ele em minha orelha, e mordiscou-a de leve. — Você confia em mim? — perguntou mais uma vez.

Meu corpo relaxou, e as lágrimas finalmente caíram, não porque eu estava nervosa, mas porque nunca me senti tão segura.

— Sim. Confio em você.

Cada vez que uma lágrima escorria, ele a beijava.

Logan tirou minha camiseta centímetro por centímetro e jogou-a em um canto do quarto. Seus lábios percorreram meu corpo, descendo pelo pescoço, mordiscando meu peito, explorando a curva do sutiã, beijando cada centímetro de pele nua.

— Alyssa — sussurrou ele antes de chegar à minha calcinha.

Minha respiração estava ofegante, e arqueei o quadril, ansiosa por seu toque. Levei minhas mãos ao peito dele, sentindo Logan controlar as batidas do meu coração.

Sua voz estava repleta de preocupação.

— Me mande parar, ok? Se precisar que eu pare...

— Não, por favor...

Logan começou a tirar minha calcinha, e a cada centímetro que ela deslizava pelas minhas pernas, mas rápido o meu coração batia.

— Alyssa — sussurrou ele mais uma vez.

Nossos olhares se encontraram por uma fração de segundos antes que ele abrisse minhas pernas e abaixasse a cabeça. Quando senti o toque de sua língua, respirei fundo, em êxtase. Meus dedos agarraram os lençóis enquanto sua língua entrava e saía de mim. Minha cabeça rodopiava. Meu coração não sabia se acelerava ou se parava de bater. A sensação que eu tinha era de que eu estava prestes a morrer, e seus lábios, sua língua e sua alma me reanimavam. Eu nunca pensei que algo tão simples pudesse ser tão...

Logan...

— Isso... — Respirei, contorcendo-me quando ele deslizou dois dedos dentro de mim e os tirou bem devagar. Aos poucos seus movimentos foram ficando mais fortes, mais rápidos, mais intensos...

Lo...

Eu estava a poucos segundos de explodir, quase implorando para que ele me levasse ao clímax, quase em queda livre.

— Eu quero você, Logan. Por favor.

Minha respiração estava ofegante, meu corpo se acostumando ao prazer que Logan me proporcionava.

— Ainda não — disse ele, tirando os dedos de mim e se afastando.

Nós nos encaramos, e o modo como ele olhou para mim me fez sentir que eu nunca estaria sozinha.

— Alyssa, eu te amo.

Sua voz estava trêmula, e seus olhos ficaram úmidos. Mais lágrimas brotaram em meus olhos.

Você é meu melhor amigo, Lo, pensei.

Eu não conhecia ninguém que tivesse uma relação tão próxima quanto nós dois. Ele era parte de mim. Nossas vidas se entrelaçavam como se fossem duas chamas ardendo juntas na escuridão da noite.

Quando ele estava prestes a chorar, as lágrimas sempre caíam dos meus olhos primeiro.

Quando o coração dele estava prestes a desmoronar, o meu se despedaçava primeiro.

Você é meu melhor amigo.

Ele se inclinou para a frente e me beijou. Seu beijo tinha as promessas que nunca fizemos um ao outro. Seu beijo pedia desculpas por coisas que ele nunca fez. Seu beijo continha todo seu ser, e eu o beijei com toda minha existência.

Ele se levantou, tirou a calça e a cueca boxer. Mesmo segura da minha decisão, senti um frio na barriga.

— Você pode mudar de ideia, Alyssa. A qualquer momento.

Estendi minhas mãos para ele, que as segurou. Puxei-o de volta para mim. Quando seu quadril roçou minha coxa, soltei um gemido, as pernas formigando de desejo, medo, paixão e amor.

— Eu te amo — sussurrei. Ele se deteve por um instante. Fez menção de falar algo, mas as palavras não saíram. Parecia surpreso com o fato de que alguém pudesse amá-lo. — Eu te amo — repeti, vendo seus olhos se tornarem mais suaves. — Eu te amo.

— Eu também te amo — retrucou ele com um sussurro.

Os lábios de Logan tocaram os meus. Lágrimas caíram de seus olhos e se misturaram com as minhas. Eu sabia como essas palavras eram difíceis para ele. Sabia como ele tinha medo de se expor dessa forma. Mas também sabia o quanto eu o amava.

— Me peça para parar se eu te machucar.

Eu não faria isso. Eu sabia que sentiria dor, mas o desejo era maior. Ele era meu porto seguro, meu refúgio, meu belo Lo. Ele pressionou o quadril contra o meu e me penetrou.

— Eu te amo — sussurrou.

Logan recuou e, em seguida, foi mais fundo.

— Eu te amo...

Mais fundo.

— Eu te amo... — murmurou ele.

Mais fundo.

— Logan... eu...

Céu.

Terra.

Paraíso.

Inferno.

Ele.

Eu.

Nós.

Chegamos ao orgasmo, nossos corpos trêmulos se desintegrando e, ao mesmo tempo, se unindo. Nós nos perdemos, mas encontramos um ao outro.

Eu o amava.

Eu o amava com todo meu coração, e ele me amava também.

Logan cumpriu sua promessa. Ele não me machucou. Era a ele que eu recorria sempre que sentia medo.

Logan era o meu lar.

— Alyssa, isso foi... — Ele suspirou, deitando ao meu lado, sem fôlego. — Maravilhoso.

Sorri, virando a cabeça para o outro lado. Meus dedos secaram as lágrimas, e tentei ao máximo rir, mas a felicidade veio acompanhada de um pingo de preocupação. Como seria a partir de agora?

— Se eu ganhasse um dólar a cada vez que eu ouvisse isso...

Logan semicerrou os olhos; sabia que eu tinha feito aquela piada para esconder meu nervosismo. Ele me puxou para perto de si.

— Você está bem?

— Estou, sim. — Assenti e me voltei para ele. Ele se inclinou e beijou as poucas lágrimas que ainda teimavam em cair. — Estou mais do que bem.

— Quero que seja assim. Para sempre, eu quero isso.

— Eu também. Eu também.

— Para sempre, Alyssa?

— Para sempre, Lo.

Ele respirou fundo, e seus olhos sorriram junto com seus lábios.

— Estou tão feliz.

Essas foram as últimas palavras da noite, e achei que descreviam exatamente como eu me sentia naquele momento.

O ventilador de teto girava, e continuamos deitados na cama. O disco de vinil tocava em cima da cômoda, a gravação ainda pulando, mas, de alguma forma, parecia perfeito. Sentíamos o perfume de rosas de vez em quando. Respiramos fundo.

Ficamos em silêncio.

Capítulo 9

Alyssa

Fazia dois meses que Logan e eu tínhamos assumido nosso amor. Eu não sabia que nossa amizade poderia se tornar ainda mais forte, mas, de alguma forma, foi o que aconteceu. Ele me fazia rir nos dias tristes, o que era mais importante que tudo para mim.

Quando encontramos alguém capaz de nos fazer rir quando nosso coração está triste, não podemos deixá-lo escapar. Esse é o tipo de pessoa que muda nossa vida para melhor.

Havia muitos detalhes a planejar. Em três semanas eu ia me mudar para o campus da faculdade, mas tinha planos de visitar Logan com frequência. Continuaríamos juntos e ainda mais apaixonados. Ele gostava da ideia, o que era ótimo, porque eu o amava com todo o meu coração.

Eu estava andando nas nuvens. Porém, um dia, quando cheguei em casa depois do trabalho, minha mãe estava lá, pronta para me trazer de volta à realidade.

— Alyssa! — chamou ela assim que entrei em casa. Tirei os sapatos no hall e os coloquei no armário.

— Já guardei o sapato! — gritei para ela.

— Não era isso o que eu ia dizer — respondeu ela do escritório. Dei alguns passos na direção de sua voz e olhei para dentro do cômodo. Seus olhos estavam fixos na tela do computador, e ela segurava uma taça de vinho. — Fiz um bolo de carne sem carne, usando proteína em pó e tofu. Coloque no forno para mim.

Isso não é um bolo de carne, mãe.

— Ok.

— E seu pai mandou uma carta.

Meus olhos se arregalaram, e senti uma explosão de alegria.

— O quê?

— Ele mandou uma carta. Está na bancada da cozinha.

Meu pai me mandou uma carta.

Meu pai me mandou uma carta!

Minha empolgação crescia a cada passo que eu dava em direção à cozinha. Peguei o envelope, que não estava fechado, e tirei o papel.

Querida Aly,

Era um começo promissor.

Meus olhos percorreram as páginas lendo cada palavra, cada frase, ansiosos por encontrar pelo menos uma linha que mencionasse o quanto ele sentia a minha falta, me amava e se importava comigo. Eram tantas páginas. As folhas estavam preenchidas frente e verso, com algumas palavras compridas, outras muito curtas. Havia pontos finais, de interrogação e de exclamação.

Ele tinha uma caligrafia maravilhosa, que às vezes era difícil de entender.

Meu peito queimava com cada letra que eu lia, letras que formavam palavras, palavras que formavam frases, frases que formavam desculpas, desculpas que pareciam falsas, porque quem seria capaz de fazer isso com a própria filha?

Não nos veremos muito.

Respirei fundo ao chegar no final de um parágrafo.

Minha música está decolando. Tenho uma banda nova.

Respirei fundo novamente.

Focado em minha carreira...

Levei o polegar aos lábios. Quando cheguei à última página da carta, deixei-a cair e olhei para as cinco folhas de papel totalmente preenchidas.

Não nos veremos muito, querida Aly. Espero que você entenda. Mantenha a música viva em você.

Meu pai "terminou" comigo com uma carta de cinco páginas. Quando o bolo de carne sem carne foi servido naquela noite, minha mãe disse:

— Eu avisei.

Não consegui comer. Passei a maior parte da noite no banheiro, vomitando. Eu não podia acreditar que uma pessoa fosse capaz de fazer algo tão cruel. Ele escreveu as palavras como se elas realmente fizessem sentido, o que me deixou ainda mais enjoada.

Passei o resto da noite no chão do banheiro, perguntando-me o que havia feito de errado e por que meu pai não me amava mais.

* * *

— Ele rompeu com você com uma carta de cinco páginas? — perguntou Logan, chocado.

Eu não o tinha visto nos últimos cinco dias, sentindo-me constrangida com a carta. Durante esse tempo, mal conseguia comer alguma coisa sem vomitar tudo. O que mais me incomodou foi o quanto minha mãe parecia satisfeita por meu pai ter me abandonado. Ela sempre parecia feliz quando eu estava sofrendo.

Eu e Logan estávamos sentados no letreiro. Eu sabia o conteúdo da carta de cor.

— Tecnicamente, foram dez páginas, cinco folhas frente e verso.

— Me dê o envelope — pediu Logan.

Ele estava prestes a soltar fogo pelas ventas, o rosto vermelho de raiva. Eu não imaginei que Logan fosse ficar tão chateado com a carta, mas ele parecia que ia explodir.

— Por quê?

— Provavelmente o endereço do remetente é onde ele mora. Podemos ir até lá. Podemos confrontá-lo. E...

— Não tem endereço no envelope. Acho que ele deixou a carta lá em casa, na caixa do correio.

Logan passou as mãos pelo rosto e suspirou. Começou a folhear as páginas mais uma vez.

— E o nome da banda? Ele falou?

— Não.

— Que absurdo!

— Está tudo bem.

Dei de ombros. A ficha ainda não tinha caído. Uma parte de mim achava que ele ia voltar, mas a esperança era algo perigoso quando depositada em pessoas indignas de confiança.

— Já deixei isso pra lá — assegurei. Era mentira. Eu estava longe de fazer isso.

— *Bem, mas eu, não!* — exclamou Logan, ficando de pé e andando de um lado para outro. — Não é justo. O que fizemos a essas pessoas? Seus pais. Meus pais. O que fizemos de errado?

Eu não tinha resposta. Provavelmente muita gente não conseguia entender por que Logan e eu combinávamos um com o outro. Éramos muito diferentes, exceto pela maior chama que ardia dentro de nós: o desejo de sermos amados por nossos pais.

— Você é uma boa pessoa, Alyssa. Fez tudo para ser uma boa filha para ele. Fez tudo por esse babaca, e ele nem tem coragem de falar com você pessoalmente? Vamos lá, quem faz isso com a filha por carta?! Que tipo de pai diz que nunca mais vai ver o filho?

— Entende agora porque eu falei para você terminar com a Shay pessoalmente em vez de mandar uma mensagem? — Tentei brincar, mas ele não riu. — Logan, vamos lá. Está tudo bem.

— Quer saber? Ele que se dane, Alyssa. Você ainda vai fazer coisas grandiosas. Vai mudar o mundo sem ele. Vai fazer mais sucesso do que ele jamais imaginou. Você não precisa do seu pai.

— Por que você está tão chateado?

— Como ele pôde fazer isso? Como ele pôde virar as costas para você? Pra você, Alyssa? Você é a pessoa mais linda e gentil que já conheci. E ele simplesmente te abandonou. Por quê? Pela música? Pelo dinheiro? Pela fama? Que merda, nada disso é mais importante. — Ele se sentou na beirada do letreiro ao meu lado, irritado, sua respiração ainda ofegante. — Estou tentando entender, só isso — disse, balançando as pernas enquanto olhávamos ao longe.

— Entender o quê?

— Como alguém poderia abrir mão de você.

***

Naquela noite, a ficha finalmente caiu. Meu pai não ia voltar. Ele não queria fazer parte da minha vida. Ele me trocou pela música, o que era irônico, porque, para mim, ele era a minha música. Passei mal a tarde toda, e só queria parar de sentir aquele vazio.

Eu: Você pode vir até aqui?

Logan apareceu em minha casa por volta das onze da noite. Abri um sorriso tenso quando ele olhou para mim e me deu um abraço apertado.

— Você está bem? — perguntou.

— Sim.

Ele estreitou os olhos.

— É mentira?

— É.

— E a verdade?

Dei de ombros, meus olhos se enchendo de lágrimas.

— Me abraça?

Ele pareceu extremamente preocupado e recuou um pouco para observar cada centímetro do meu rosto

— Alyssa... O que houve?

— Ele me deixou. — Engoli em seco. — Ele não me quis.

Lo me levou para meu quarto e fechou a porta. Quando me deitei na cama, ele foi até minha coleção de discos de vinil, e seus dedos percorreram cada um deles. Quando encontrou o que queria, ele o colocou no toca-discos, fazendo-me derramar mais algumas lágrimas.

Assim que a canção "She Will Be Loved", de Maroon 5, começou a tocar, Logan apagou a luz, veio até minha cama e me abraçou. Estremeci quando ele me puxou para mais perto de si e me aconcheguei em seu corpo enquanto ele cantarolava a letra em meu ouvido.

Comecei a chorar muito. Ele me abraçou ainda mais apertado. A música tocava repetidamente. Logan continuou cantando, a canção invadindo minha alma, domando o fogo selvagem que ardia dentro de mim, que me causava dor.

Sua voz me ninou, seus braços fizeram com que eu me sentisse segura.

Quando acordei no meio da noite, chorando por causa de um pesadelo, Logan estava dormindo. Seus braços estavam caídos do outro lado da cama, sua respiração saía pela boca, e fiquei olhando para ele por alguns instantes.

— Lo — sussurrei.

Ele se mexeu.

— O que foi?

— Tive um sonho ruim. Me abraça?

Ele não hesitou; me puxou para perto de si de novo. Apoiei a cabeça em seu peito, sentindo as batidas de seu coração.

— Você está bem, Alyssa Marie Walters.

Ele suspirou, e senti o ar quente em minha pele.

Puxei-o para mais perto de mim, ainda derramando algumas lágrimas.

— Estou bem, Logan Francis Silverstone.

Capítulo 10

Alyssa

Uma desgraça nunca vem sozinha.

Minha mãe sempre dizia isso quando estava no meio de um processo e surgia uma má notícia. Quando uma coisa ruim acontecia, algo pior ainda estava por vir. Nunca acreditei de verdade nessas palavras, pois eu era a otimista da família, a garota do copo meio cheio. Mas parecia verdade. Fazia apenas uma semana que eu havia recebido a carta de meu pai. Não tive tempo de processar o que aconteceu antes que o mundo desabasse sobre mim mais uma vez. Podia ouvir as palavras de minha mãe ecoando em minha cabeça.

— *Uma desgraça nunca vem sozinha, Alyssa. Essa é a verdade universal.*

— Então... — Erika suspirou ao meu lado no corredor de uma farmácia. — Quantos devemos pegar?

Fazia uma semana que eu estava vomitando todos os dias. O que imaginei ser fruto do meu nervosismo se transformou em um medo real quando olhei os testes de gravidez à minha frente. Eu não sabia a quem recorrer além da minha irmã. Depois de ouvir o pânico em minha voz ao telefone, ela chegou em casa em quarenta e cinco minutos. Ainda que Erika fosse realista e objetiva como nossa mãe, não era tão cruel. Ela amava meu jeito criativo e minha personalidade peculiar, e eu sabia que faria qualquer coisa para me ajudar.

— Talvez dois? — sussurrei, nervosa.

Ela pousou a mão em meu ombro para me acalmar.

— Vamos levar cinco. Só para garantir.

Fomos até o caixa, que olhou para nós como se fôssemos loucas por comprar tantos testes. Erika pegou uma garrafa de água também. Eu estava prestes a sair correndo dali, humilhada pelo olhar de reprovação do caixa, quando minha irmã bufou.

— Ninguém nunca disse a você que é grosseiro ficar encarando as pessoas?

Ele passou nossas compras sem erguer os olhos.

Meu telefone apitou quando estávamos indo embora.

Logan: Onde você está? Preciso te ver.

Eu não podia responder. Meu telefone apitou mais quatro vezes antes de chegarmos em casa. Desliguei o aparelho.

Nós nos sentamos no banheiro com a porta trancada. Minha mãe ainda não tinha chegado em casa, e os cinco testes de gravidez estavam ali em cima da pia, esperando que eu fizesse xixi neles. Bebi uma garrafa inteira de água, e Erika fez questão de me explicar:

— Você tem que fazer um pouco de xixi, parar, pegar um teste, fazer, parar...

— Entendi — interrompi, irritada. Não com ela, mas comigo mesma por estar nessa situação. Era para eu estar indo para a faculdade nos próximos dias, não fazendo xixi em cinco testes de gravidez.

Depois que tudo foi feito, esperamos dez minutos. As embalagens diziam que o resultado apareceria em dois, mas achei que seria mais seguro esperar dez.

— O que uma linha rosa significa? — perguntei, pegando o primeiro teste.

— Grávida — murmurou Erika.

Peguei o segundo.

— E um sinal de mais?

— Grávida.

Senti um aperto no peito.

— E duas linhas rosas?

Ela franziu o cenho.

Bile subiu pela minha garganta.

— E outro sinal de mais?

— Alyssa... — Havia nervosismo em sua voz.

— E esse que está escrito "grávida"? O que significa?

Eu não conseguia parar de chorar. Minha respiração estava ofegante, meu coração batia de forma descontrolada. Eu não sabia em que pensar primeiro. Logan? Faculdade? Minha mãe? Minhas lágrimas?

— Aly, está tudo bem. Vamos resolver isso. Não entre em pânico.

A mão de Erika na minha perna era a única coisa que me impedia de me encolher em posição fetal em um canto e ficar me balançando para a frente e para trás.

— Eu ia para a faculdade daqui a alguns dias.

— E você ainda vai. Só precisamos descobrir o que...

— Alyssa! — chamou minha mãe ao entrar em casa. — O que falei com você sobre deixar os sapatos no corredor? Venha guardar isso agora!

Minhas mãos começaram a tremer incontrolavelmente enquanto Erika me ajudava a levantar. Ela colocou todos os testes de gravidez em uma sacola antes de enfiá-los em sua bolsa enorme.

— Vamos lá — disse ela, lavando as mãos e estendendo as minhas embaixo da torneira para que eu as lavasse também. Em seguida, fez um gesto com a cabeça na direção da porta. — Vamos.

— *Não* — sussurrei. — Não posso, não posso vê-la agora. Não posso ir lá fora.

— Você não pode simplesmente se esconder aqui para sempre — disse ela, secando minhas lágrimas. — Não se preocupe. Não vamos dizer nada. Apenas respire.

Ela saiu do banheiro primeiro, e eu a segui.

— Erika? O que está fazendo aqui? — indagou minha mãe em um tom de voz elevado.

— Pensei em visitar vocês. Talvez ficar para o jantar.

— É muito grosseiro da sua parte aparecer sem ser convidada. E se eu não tivesse comida suficiente para você? Além disso, vou pedir comida hoje à noite. Alyssa tem que terminar de arrumar a mala, apesar de eu ter dito que ela deveria ter feito isso na semana passada. E...

— Estou grávida.

Os olhos de minha mãe se voltaram para mim. Erika estava boquiaberta.

— O que você disse?

No instante em que repeti a palavra, a gritaria começou. Ela falou que eu era uma decepção, que eu era um desgosto. Disse em alto e bom som que sabia que eu estragaria tudo e chamou Logan de parasita.

— Você vai fazer um aborto — anunciou com naturalidade. — É a única opção. Vamos a uma clínica esta semana para resolver esse contratempo, e depois você vai para a faculdade.

Minha mente ainda não havia registrado o fato de que eu esperava um bebê, mas minha mãe já estava me dizendo para pôr um fim na gravidez.

— Mãe, pare com isso. Não vamos ser tão irracionais — interveio Erika em minha defesa, porque as palavras foram incapazes de sair da minha garganta.

— Irracionais? — Minha mãe cruzou os braços, ergueu uma sobrancelha e me dirigiu um olhar indiferente. — Não, irracional é descobrir que está grávida poucos dias antes de começar a faculdade. Irracional é namorar um perdedor que não tem futuro. Irracional é Alyssa ter um filho quando nem cresceu ainda.

— Ele não é um perdedor.

Tive que defender Logan. Ele estava longe de ser um perdedor.

Minha mãe revirou os olhos e começou a caminhar até o escritório.

— Tenho uma audiência amanhã, mas vamos a uma clínica ainda essa semana. Caso contrário, você vai ter que descobrir uma maneira de pagar a faculdade sozinha. Não vou investir meu dinheiro em alguém que vai acabar desistindo de tudo e se tornando um nada. Você é igualzinha ao seu pai.

Respirei fundo, e o punhal se enterrou ainda mais em meu coração.

Erika ficou em casa naquela noite, mudando os móveis da sala de lugar. Rearranjar as coisas era sua forma de lidar com a frustração. Às vezes, ela quebrava pratos e copos.

— Mamãe não está sendo sensata, Aly. Você não tem que dar ouvidos a ela, sabia? Se ela te ameaçar de novo, não leve a sério. Vou te ajudar a resolver isso.

Sorri e franzi o cenho.

— Preciso contar ao Logan. Ele me enviou mensagens a tarde toda, e eu ainda não respondi. Não sei o que dizer.

— Vai ser uma conversa difícil, mas terá que acontecer mais cedo ou mais tarde.

Engoli em seco; sabia que eu precisava contar a ele ainda naquela noite.

— Estou preocupada, Alyssa. Conheço Logan há um bom tempo, e ele não é uma pessoa estável.

Erika não gostava muito de Logan, e eu não podia culpá-la. Ele quase tinha incendiado o apartamento dela e de Kellan um ano atrás, quando ficou chapado depois de ter discutido com os pais e levado uma surra.

— Isso é só cinco por cento do tempo — murmurei.

— O quê?

— Ele não é assim em noventa e cinco por cento do tempo, Erika. Em noventa e cinco por cento do tempo, ele é gentil. É bondoso. Mas, às vezes, esses cinco por cento tomam conta de Logan, e ele fica fora de si. Ele perde a luta contra as mentiras dos pais. Mas não podemos julgá-lo por esses momentos.

— Por que não? — perguntou ela.

— Porque, se você julgá-lo só pelas poucas coisas que ele faz de errado, não vai ver o quanto ele é maravilhoso.

* * *

Uma desgraça realmente nunca vinha sozinha.

Eu já tinha visto Logan passar por momentos difíceis algumas vezes nos últimos dois anos. Sempre que isso acontecia, ele se transformava em uma pessoa que eu não conhecia. Sua fala ficava arrastada, seu corpo parecia perder o equilíbrio, e sua voz era sempre alta demais. Ele ficava com raiva de si mesmo sempre que usava alguma outra coisa que não fosse maconha. Eu sabia que, na maioria das vezes, isso acontecia quando os pais dele o magoavam, quando deixavam cicatrizes em seu coração. As feridas na alma eram sempre mais difíceis de curar, ficavam abertas por mais tempo. Nessas horas, eu sabia que o melhor era esperar, porque ele sempre voltava a ser o Logan que eu amava e adorava.

Cinco por cento ruim, noventa e cinco por cento bom.

Quando eu finalmente peguei o telefone naquela noite, havia quinze mensagens de texto não lidas.

Logan: Onde você está?

Logan: Preciso de você.

Logan: Por favor. Estou arrasado. Meu pai acabou de ir embora, e eu não estou bem.

Logan: Alyssa?

Logan: Deixa pra lá.

Ah, não. Ele estava péssimo. Aquilo me assustava.

Eu: Estou aqui.

Ele não respondeu minha mensagem até as três da manhã. Quando me ligou, ouvi em sua voz que ele tinha ido longe demais.

— Estou na sua varanda.

Abri a porta da frente e, por um momento, não consegui respirar. O olho esquerdo de Logan estava inchado e fechado, o lábio, cortado. Sua pele, normalmente bronzeada, estava repleta de hematomas roxos.

— Lo... — Estendi a mão para tocar seu rosto. Ele se retraiu e deu um passo para trás. — Seu pai?

Ele não respondeu, e eu o levei para dentro de casa.

Notei os espasmos primeiro; em seguida, a coordenação motora prejudicada. Ele arranhava a pele freneticamente e passava a língua pelos lábios.

A que ponto você chegou, Logan?

— Posso tomar banho ou algo assim? Não posso ir para casa hoje à noite.

Ele fungou e tentou abrir o olho esquerdo, mas não conseguiu.

— Sim, sim, claro. Vamos.

Eu o levei cambaleante até o meu banheiro. Fechei a porta, peguei um pano e o umedeci com água morna. Ele se sentou na tampa do vaso sanitário. Quando comecei a pressionar o pano contra seu rosto, ele sibilou.

— Está tudo bem — disse Logan, afastando-se.

— Não. Não está. Você não consegue abrir o olho.

— Mas eu ainda posso te ver. — Ele abriu a boca antes de umedecer os lábios novamente. — Você estava ocupada mais cedo?

Não consegui encará-lo. Molhei ainda mais a toalha.

— Sim.

— Estava tão ocupada que não conseguiu responder minhas mensagens?

— Sim, Lo. Sinto muito.

Minha respiração acelerou, e olhei para a porta do banheiro. Eu precisava de um pouco de ar.

— Ei — sussurrou ele, segurando meu queixo com delicadeza, erguendo meu rosto para que eu olhasse dentro do olho que estava aberto. — Estou bem.

— Você está chapado?

Ele hesitou antes de rir.

— Vá se foder. Olha para a minha cara. O que você acha?

Recuei. Ele nunca falava comigo daquele jeito, exceto quando estava completamente desorientado. Eu devia ter respondido suas mensagens.

— Vou pegar um pouco de gelo para o seu olho, ok? Você pode ir tomando banho.

Eu me levantei para sair, mas Logan me chamou.

— Alyssa?

— Lo?

Ele engoliu em seco, e uma lágrima caiu do olho que estava inchado.

— Desculpe. Não sei por que falei desse jeito com você.

Dei um sorriso tenso e saí correndo do banheiro.

Minhas mãos tremiam ao pegar um saquinho para colocar gelo. Eu nunca tinha visto Logan daquele jeito antes. *O que seu pai fez com você?* Por que ele era um monstro?

— Alyssa?

Tive um sobressalto ao ouvir a voz de Logan atrás de mim. Senti um arrepio quando me virei e o vi segurando algo.

— O que é isso?

— Meu Deus. Logan, eu queria falar com você sobre isso...

Olhei para o teste de gravidez na mão dele. Erika devia ter esquecido um no banheiro.

— O que duas linhas cor-de-rosa significam? — perguntou ele, mal conseguindo ficar de pé.

Você está muito fora de si para termos essa conversa hoje.

— Vamos conversar sobre isso amanhã — sugeri, aproximando-me de Logan e pousando a mão em seu ombro. Ele se afastou.

— Não, vamos falar sobre isso agora — disse ele num tom de voz alto.

— Lo, pode falar baixo? Minha mãe está dormindo.

— Eu não dou a mínima. Você está grávida?

— É melhor não falarmos sobre isso esta noite.

— O que está acontecendo? — perguntou uma voz atrás de mim. Eu me retraí ao ver minha mãe entrar na cozinha de robe. Quando seus olhos cansados encontraram os de Logan, ela despertou. — O que você está fazendo aqui? Vá embora agora.

— Mãe, pare com isso — implorei, vendo o ódio nos olhos dela.

— Você não está vendo que estamos conversando, porra? — disse Logan, com a voz arrastada.

Isso não melhorava a situação.

Minha mãe foi até ele e agarrou seu braço.

— Você está invadindo minha casa. Saia antes que eu chame a polícia.

Ele puxou o braço, cambaleou para trás e bateu na geladeira.

— Não toque em mim. Estou falando com a sua filha.

Os olhos de minha mãe se voltaram para mim.

— É exatamente por isso que vamos fazer o aborto. Ele é um desastre.

Logan se recompôs o melhor que pôde, os olhos arregalados de tristeza.

— Aborto? Você vai fazer um aborto?

Meus olhos se encheram de lágrimas.

— Não. Espere. Mãe, pare. Você não está ajudando.

— Você realmente pensou em fazer um aborto? — indagou Logan.

— Vamos fazer na quinta. Já liguei para marcar — anunciou minha mãe, o que era mentira. Eu tinha dezoito anos, tinha o direito de fazer o que quisesse com o meu corpo, não o que ela achava que era certo.

Logan soltou um suspiro.

— Uau. Você ia fazer isso sem falar comigo? Você não acha que eu seria um bom pai ou algo assim?

Minha mãe riu com sarcasmo.

Mais uma vez, ela não estava ajudando.

— Eu não disse que ia fazer isso, Lo.

— Disse, sim! É exatamente o que você está dizendo! — gritou ele, seus olhos opacos, como se a luz que eu tanto amava tivesse sido sugada de todo o seu ser.

— Você não está me ouvindo porque está chapado, Logan.

— O que não é novidade — murmurou minha mãe, suas palavras repletas de repugnância.

— Mãe, pode parar? — implorei.

— Não. Ela está certa. Estou sempre chapado, não estou? Isso é tudo o que as pessoas pensam de mim. — Logan apontou para nós duas. — Pessoas como vocês, com toda a porra do seu dinheiro, nessa porra dessa casa que vocês compraram sem esforço nenhum.

Logan tropeçou, derrubando acidentalmente um conjunto de facas. Elas caíram no chão, e eu e minha mãe tivemos um sobressalto.

Ah, Lo... Volte para mim...

— Você precisa ir embora. Agora. — Minha mãe pegou o celular e o ergueu. — Vou chamar a polícia.

— Mãe, não. Por favor.

— Não. Vou embora. Você pode ficar com tudo isso aí... Seu dinheiro. Sua casa. Sua vida. Seu aborto. A porra toda. Estou fora.

Ele foi embora.

As lágrimas continuavam a rolar pelo meu rosto. Voltei-me para minha mãe.

— Qual é o seu problema?!

— Meu problema? — gritou ela, chocada. — Ele é um desastre! Eu sabia que você era ingênua, Alyssa Marie, mas não sabia que era burra. Ele é um viciado. Está doente e não vai melhorar. Ele vai te arrastar para o fundo do poço antes que você consiga tirá-lo de lá. Você precisa desistir desse garoto. Ele é uma causa perdida. Você e Kellan permitem que ele faça esse tipo de coisa. Vocês permitem que essas coisas aconteçam, e a situação só vai piorar.

Respirei fundo antes de sair correndo atrás de Logan.

Ele seguia em direção ao portão para pulá-lo de novo.

— Logan, espere! — gritei.

Ele se virou para mim, seu peito subindo e descendo.

— Deixei você entrar no meu coração — disse ele, a voz ressentida.

Minha voz era o completo oposto. Fraca. Dolorida. Assustada.

— Eu sei.

— Eu deixei você entrar, mesmo sabendo que não era uma coisa boa. Não sou o tipo de pessoa que ama, Alyssa. Mas você me fez te amar.

— Eu sei.

— Você me fez te amar. E eu te amei muito, porque não tinha como ser de outra forma. Eu te amei muito, porque você fazia a vida valer a pena. E então, do nada, você acabou comigo. O que eu fiz? Por que você... Eu te contei meus sonhos. Eu te contei tudo. — Logan se aproximou de mim, sua voz baixando, trêmula. Quando nossos olhos se encontraram, ele meneou a cabeça e deu um passo para trás. — Pare de me olhar assim.

— Assim como? — perguntei, confusa.

— Eu não sou a minha mãe.

— Eu sei que não é.

— Então por que você está olhando para mim como se eu fosse?

— Logan... Por favor, me escuta.

Ele veio até mim, e nós nos fundimos um no outro, como sempre acontecia. Sua testa se apoiou na minha, suas lágrimas roçaram minha pele, e minhas mãos tocaram seu peito. Nós nos abraçamos, nossos corpos emanando calor, ávidos por saber por que a vida tinha que ser tão difícil. Os lábios de Logan tocaram minha orelha, e sua respiração quente acariciou minha pele quando ele disse as palavras que destruíram minha alma.

— Não quero te ver nunca mais.

* * *

Ele desapareceu naquela noite.

Desapareceu da minha vida em um piscar de olhos. Não recebi mais ligações tarde da noite. Não ouvi mais sua voz suave. Toda noite eu me perguntava onde ele estava, se estava em segurança. Sempre que ia ao seu apartamento, ele não estava lá. Sempre que eu telefonava para ele, caía direto na caixa postal. Kellan disse que também não conseguia falar com o irmão. Ele não o via há algum tempo e estava tão apavorado quanto eu.

Quando eu disse a minha mãe que não ia desistir do bebê, ela gritou comigo, cumpriu suas ameaças e cancelou o pagamento da faculdade. Erika e Kellan deixaram que eu me mudasse para o pequeno apartamento deles enquanto eu tentava encontrar um canto para mim.

Toda noite Kellan e eu saíamos e andávamos de carro pela cidade, circulando pelos lugares onde Logan poderia estar. Falamos com os amigos dele, mas aparentemente sempre chegávamos tarde demais.

Ele ia a muitas festas, mas, sempre que chegávamos em uma delas, desaparecia em um piscar de olhos. Seu amigo Jacob nos disse que Logan estava usando muitas drogas ultimamente, mas ainda não tinha conseguido falar com ele.

— Vou ficar de olho — prometeu. — Se encontrar com ele de novo, aviso vocês.

Senti um aperto no estômago.

E se Logan fosse longe demais?

E se ele não conseguisse superar a dor que estava sentindo?

Era tudo culpa minha.

Capítulo 11

Alyssa

Passei a odiar telefonemas no meio da noite. Eles sempre me deixavam nervosa. Nenhuma boa notícia viria às três e meia da manhã. Infelizmente, nos últimos meses, essas ligações começaram a fazer parte da minha rotina, tudo culpa de um cara que roubou meu coração. Sempre que o telefone tocava, eu imaginava as piores situações possíveis: doença, acidente, morte. Algumas noites eu ficava acordada, com as pálpebras pesadas, esperando as ligações. Quando o telefone não tocava, às vezes eu pensava em ligar para o número de Logan só para ouvir sua voz, só para ter certeza de que ele estava bem.

— Estou bem, Alyssa Marie Walters — diria ele.

— Que bom, Logan Francis Silverstone — eu responderia, antes de adormecer ao som de sua respiração.

Mas fazia tempo que não nos falávamos.

Quando eu ficava preocupada, não podia ligar para ele.

Quando eu sentia medo, não ouvia o som de sua respiração do outro lado da linha.

Quando o telefone tocou naquela noite, eu entrei em pânico.

— Alyssa? — soou uma voz ao meu ouvido, mas não era Logan, mesmo que o nome dele tivesse aparecido na tela.

— Quem é? — perguntei, o sono ainda deixando minhas pálpebras pesadas.

— É Jacob... amigo do Logan. Eu... — Ele hesitou. — Olha, estou em uma festa e encontrei Logan. Ele não está muito bem. Eu não sabia para quem ligar.

Eu me sentei na cama.

— Onde ele está?

Jacob me deu todas as informações e eu me levantei da cama, procurando papel e caneta para anotar tudo.

— Obrigada, Jacob. Estarei aí em breve.

— Está bem. É melhor você trazer Kellan.

Corri até o quarto de Kellan e Erika e bati à porta. Meu coração estava acelerado, e tive que fazer um grande esforço para conter as lágrimas. Quando ele abriu a porta, respirei fundo. Sua voz era tão parecida com a do irmão que, por um momento, fiquei abalada. Fazia algumas semanas desde que Logan tinha parado de falar comigo. Tudo o que eu queria era ouvir a voz dele novamente.

— Alyssa? *O que houve?* — perguntou Kellan, preocupado. Ele sabia tanto quanto eu que, com Logan usando drogas por aí, uma ligação tarde da noite não era sinônimo de boas notícias. — Ele...

— Não sei — respondi.

Contei a Kellan tudo o que sabia, e saímos de casa em poucos minutos.

Quando chegamos à festa, Jacob estava na varanda de uma casa caindo aos pedaços. Logan estava deitado em um banco. Ele mal conseguia abrir os olhos, e a saliva escorria pela boca.

— Meu Deus — murmurou Kellan, indo até o irmão.

— Ele não está reagindo.

— O que ele usou? — perguntou Kellan.

— Ele estava com um pouco de heroína, acho que a usou mais cedo. Mas não sei se teve mais alguma coisa.

— Por que você não chamou a polícia? — gritei.

Corri até Logan e tentei erguê-lo. Ele se retraiu e começou a vomitar na varanda.

— Não sei, cara. Normalmente Logan é bem resistente a esse troço, mas, nas últimas semanas, ele tem se afundado cada vez mais. Eu não chamei a polícia porque... Olha, eu não sabia o que fazer. Então liguei para vocês.

Eu conhecia Jacob há um tempo. Logan não tinha muitos amigos, e Jacob era uma das poucas pessoas que ele considerava como tal. Mas discordei dele naquela noite. Um amigo de verdade jamais deixaria alguém chegar ao fundo do poço daquele jeito sem sequer estender a mão.

— Você deveria ter chamado uma ambulância — sibilei, irritada. Assustada. Irritada e assustada.

— Preciso de ajuda para levá-lo até o carro — disse Kellan a Jacob. Os dois o colocaram no banco de trás, e eu me sentei com ele. — Logan pode vomitar de novo, Alyssa. Talvez você queira se sentar na frente.

— Estou bem aqui — respondi.

Kellan agradeceu a Jacob, e seguimos para o hospital mais próximo. Eu nunca tinha visto Logan daquele jeito e estava a segundos de enlouquecer.

— Mantenha-o acordado, ok? — pediu Kellan.

Assenti, minhas lágrimas caindo nas bochechas de Logan.

— Você tem que ficar acordado, tá? Fique de olhos abertos, Lo.

Ele deitou a cabeça no meu colo. Eu tinha medo de que, se ele fechasse os olhos, talvez não conseguisse abri-los novamente. Seu corpo estava encharcado de suor, e cada inspiração parecia dolorosa. Cada expiração, exaustiva.

Ele riu.

— Oi.

Dei um sorriso torto.

— Oi, Logan.

A cabeça dele balançou para a frente e para trás, e ele se apoiou nos cotovelos.

— Estou chapado. C-H-A-P-A-D-O.

Eu odiava quando ele dizia isso. Odiava quando ele se perdia, quando deixava de ser meu melhor amigo e se transformava em meu maior medo. *O que aconteceu com você, Logan?* O que o fez ir tão fundo na escuridão?

Fiz uma pausa, sabendo a resposta.

Fui eu.

Eu fiz isso com ele.

Eu o fiz ir em busca de seus demônios.

Sinto muito, Logan.

As palavras de minha mãe ecoaram em minha mente enquanto eu olhava nos olhos de Logan. *Está doente e não vai melhorar. Ele vai te arrastar para o fundo do poço antes que você consiga tirá-lo de lá. Você precisa desistir desse garoto. Ele é uma causa perdida. Você e Kellan permitem que ele faça esse tipo de coisa. Vocês permitem que essas coisas aconteçam, e ele só vai piorar.*

— Alyssa? — sussurrou Logan, a cabeça tombando novamente no meu colo.

— O quê?

— Você me chama de Lo, uma palavrinha de nada, insignificante. Eu sou insignificante, porra. Mas você? — Ele riu e fechou os olhos. — Você acabou comigo.

Senti uma imensa tristeza me invadir e o abracei.

— Fique de olhos abertos, Lo. Está bem? Só fique de olhos abertos.

Olhei para o banco do motorista; Kellan passava a mão pelo rosto para secar as lágrimas. Eu sabia que ver o irmão daquele jeito era muito difícil para ele.

Eu sabia que o coração de Kellan estava tão dilacerado quanto o meu.

— Me leve de volta — murmurou Logan, tentando se sentar no banco de trás.

— Fique calmo, Logan. Está tudo bem — disse Kellan.

— Não, eu quero voltar! — gritou Logan, levantando-se de repente e lançando-se ao volante. Kellan conseguiu evitar uma colisão. — Me leve de volta!

Nós dois tentamos detê-lo e acalmá-lo, mas Kellan acabou perdendo o controle do carro.

O veículo deu uma guinada à esquerda.

E tudo ficou escuro.

Capítulo 12

Logan

Quando abri os olhos, estava em uma cama de hospital, e a luz do sol entrava reluzente pela janela. Tentei mudar de posição, mas tudo doía.

— Merda — murmurei.

— Você está bem? — indagou uma voz.

Virei a cabeça e vi Kellan sentado em uma cadeira com algumas brochuras na mão e um grande curativo na testa. Ele usava um casaco com capuz e calça de moletom, e em seu rosto não havia o sorriso de sempre.

— Não. Parece que fui atropelado por um caminhão.

— Ou talvez você tenha batido com o carro em um prédio, seu idiota — murmurou alguém.

Virei o rosto para o outro lado e vi Erika. Ela estava de braços cruzados, e seu olhar era duro. Ao seu lado, um homem de gravata-borboleta segurava um bloco de anotações, e Jacob estava sentado em um canto.

O que aconteceu? Por que Jacob estava com Kellan?

— Você não lembra? — perguntou Kellan, parecendo um pouco ríspido comigo.

— Eu não me lembro do quê?

— De ter batido com o carro em um maldito prédio! — exclamou Erika, com a voz trêmula.

O homem ao lado dela pousou a mão em seu ombro, tentando confortá-la. Fechei os olhos, tentando me lembrar do que aconteceu, mas tudo parecia um borrão.

— Logan... — Kellan esfregou os olhos. — Nós encontramos você passando mal na varanda de uma casa. Tentamos levá-lo ao hospital, mas você surtou e tentou pegar o volante, e o carro bateu em um prédio.

— O quê? — Minha garganta ficou seca. — Você está bem?

Ele assentiu, mas Erika discordou.

— Mostre a ele a lateral do seu rosto, Kellan.

— Pare, Erika.

— Não. Ele precisa ver. Precisa ver o que fez.

Kellan abaixou a cabeça e encarou os próprios sapatos.

— Deixa pra lá, Erika.

— Mostre — pedi.

Ele puxou o capuz e mostrou o lado esquerdo do rosto, que estava repleto de hematomas roxos, azulados e pretos.

— Puta merda! Eu fiz isso?

— Está tudo bem — disse Kellan.

— Não está tudo bem — retrucou Erika.

Ela tinha razão, não estava tudo bem.

— Kel, eu sinto muito. Eu não queria...

— Isso nem é o pior de tudo! Você quase matou a minha irmã! — gritou ela.

Senti um aperto no peito.

Alyssa.

Meu maior vício.

— O que aconteceu com Alyssa? Onde ela está? — murmurei, tentando me sentar, mas foi impossível com a dor que senti nas costas.

— Logan, relaxe. Os médicos estão cuidando dela. Agora precisamos falar de você. Nós trouxemos uma pessoa aqui para te ajudar — disse Kellan.

— Me ajudar com o quê? Não preciso da ajuda de ninguem. O que aconteceu com Alyssa?

Senti as paredes do quarto me sufocando. O que eu estava fazendo aqui? Por que todo mundo olhava para mim com tanto desprezo? *Por que eles não me contavam o que tinha acontecido com Alyssa?*

— Estamos todos aqui porque amamos você... — começou Kellan.

A ficha caiu. Entendi porque o homem de gravata-borboleta estava ali no quarto. Minha atenção se voltou para as brochuras que Kellan tinha nas mãos, e fechei os olhos com força. *Eles queriam me colocar na reabilitação. Em um quarto de hospital.*

— Porque me amam? — sussurrei. À medida que eu me dava conta do que estava acontecendo, minha voz se enchia de amargura. — Quanta bobagem.

— Qual é, Logan, isso não é justo — retrucou Kellan.

Ao virar o rosto na direção dele, deparei-me com seus olhos tristes e seu semblante repleto de medo e preocupação.

— Não me venha com "Qual é, Logan". E aí? Vão me mandar para a reabilitação? Vocês acham que eu estou tão fodido que precisam se reunir em um quarto de hospital e me encurralar? Acham que sou perigoso? Precisam trazer pessoas que não dão a mínima para mim? Cometi um erro ontem. — Fiz um gesto na direção de Jacob. — É muita hipocrisia trazer até aqui o idiota que passou a semana toda chapado comigo, não acha? Jacob, tenho quase certeza de que você está drogado.

Jacob franziu o cenho.

— Qual é, Logan...

— E, Erika, eu nem sei por que você está aqui. Você não me suporta.

— Eu não odeio você, Logan. — Ela engoliu em seco. — Qual é, isso foi grosseiro.

— Eu realmente gostaria muito que vocês parassem de dizer "qual é", como se fossem melhores que eu. Vocês não são melhores que eu. — Ri de maneira sarcástica e tentei me sentar. Bem lá no fundo, eu estava na defensiva, pois sabia que eles tinham razão. — Tudo isso é muito engraçado. Estamos aqui falando que eu só sei fazer merda, mas o quarto está cheio de gente que é tão ou mais fodido que eu. Kellan não pode dar um pio sobre ser músico em vez de advogado perto do merda do pai. Jacob é viciado em pornografia estranha, com garfos e tal. Erika quebra um prato e compra cinquenta para substituí-lo, só para garantir, caso a porra do prato novo quebre também. Ninguém acha que isso é maluquice?

— Acho que todos nós só queremos que você fique bem, Logan — disse Kellan. Eu só queria saber se o coração dele batia tão frenético quanto o meu. — Eu imagino o que você passou morando com a nossa mãe. Deve ser difícil não usar drogas morando com ela.

— Você deve estar se sentindo muito bem, Kellan — falei, esfregando o nariz. — Porque você é o Kellan, o menino de ouro. Aquele que tem o pai rico. O que tem futuro. O que tem passagem garantida para uma das melhores faculdades do país, que vai se tornar um grande advogado. E eu sou só o irmão fodido, com uma mãe drogada e um pai traficante. Bem, parabéns, Kellan. Você é o vencedor. É o melhor filho que nossa mãe poderia ter. O filho que conquistou algo, e eu sou só um merda que provavelmente vai morrer antes dos vinte e cinco anos.

Kellan respirou fundo.

— Por que você sempre diz essas baboseiras? — Ele começou a andar pelo quarto, irritado. — Qual é o seu problema, Logan? Acorda. *Acorda*. Queremos te ajudar, e você está gritando com a gente como se fôssemos seus inimigos, quando, na realidade, seu inimigo é você mesmo. Você está se matando. Porra, você está se matando e não se importa com isso — gritou Kellan.

Ele nunca levantava a voz, nunca.

Fiz menção de dizer algo, mas o olhar de Kellan me deteve. Por um segundo, pensei ter visto ódio nele.

Meu irmão passou as mãos pelo rosto algumas vezes, tentando se acalmar. Fungou para conter as lágrimas e atirou os panfletos em minha direção. Quando eles caíram no meu colo, li as palavras várias vezes.

Clínica de Saúde e Reabilitação St. Michaels
Waterloo, Iowa

— Então vocês acham que eu preciso de tratamento? — perguntei.
— Eu estou bem.

— Você bateu com o carro em um prédio — disse Erika pela centésima vez.

— Foi um acidente, Erika! Você nunca cometeu um erro?

— Sim, Logan, mas não um erro que quase matou o meu namorado e a minha irmã. Você está no fundo do poço e, se não se ajudar, vai machucar mais pessoas.

Onde está Alyssa?

— Olha, estamos perdendo o foco. Logan, queremos ajudar. Meu pai vai pagar seu tratamento em Iowa. É uma das melhores instituições do país. Acho que lá você realmente vai encontrar ajuda — explicou Kellan.

Fiz menção novamente de dizer algo, mas Kellan me silenciou. Por um segundo, pensei ter visto amor em seu olhar.

Esperança.

Súplica.

— Posso ficar sozinho com meu irmão? — murmurei, fechando os olhos.

Todos os outros saíram do quarto. A porta finalmente se fechou.

— Sinto muito, Kel — eu disse, brincando com os dedos. — Não tive a intenção de causar o acidente. Eu não queria que isso tivesse acontecido. Mas depois que Alyssa disse que ia fazer um aborto...

— O quê? — interrompeu Kellan.

— Você não sabia? Alyssa estava grávida. Mas ela fez um aborto há algumas semanas. A mãe providenciou tudo, e isso fodeu com a minha vida, Kel. Sei que fiquei fora de mim nos últimos dias, mas estou confuso.

— Logan... — Kellan se aproximou e puxou uma cadeira para se sentar ao lado da cama. — Ela não fez o aborto.

— O quê? — Meu coração começou a acelerar, e meus dedos agarraram a estrutura de metal da cama. — Mas a mãe dela disse...

— A mãe de Alyssa a expulsou de casa quando ela resolveu que ia ficar com o bebê. Ela queria te contar, mas você desapareceu.

Eu me sentei, cheio de dor, mas também cheio de esperança.

— Ela não fez o aborto?

Kellan baixou os olhos, encarando as próprias mãos, que estavam entrelaçadas.

— Não.

— Então... — Respirei fundo, tentando controlar as emoções que me invadiam. — Vou ser pai?

— Logan... — começou Kellan, balançando a cabeça. Sua boca se abriu, mas ele não disse nada por alguns instantes. Massageou as têmporas. — Alyssa não estava usando cinto de segurança quando sofremos o acidente. Ela tentou te segurar quando você foi pegar o volante. No momento da batida, o vidro de trás quebrou, e ela foi lançada para fora do carro.

— Não. — Balancei a cabeça.

— Ela está bem, mas...

— Não, Kellan.

— Logan, ela perdeu o bebê.

Tentei conter as lágrimas.

— Não diga isso, Kel. Não diga isso. — Eu o empurrei. — Não diga isso.

— Sinto muito, Logan.

Levei as mãos ao rosto e comecei a chorar, histérico. *Eu sou o culpado. Eu causei o acidente, sou o culpado. É tudo culpa minha.* Kellan me abraçava enquanto eu desabava, incapaz de falar, incapaz de fazer a dor parar, incapaz de respirar. Inspirar era doloroso; expirar, uma tortura.

Capítulo 13

Alyssa

— Oi — sussurrou Logan ao entrar em meu quarto.

Ele já não usava roupas de hospital, e os poucos hematomas em seu rosto não estavam tão feios. Esperava que ele soubesse como era sortudo por ter saído vivo daquele acidente.

— Oi.

Passei o dia anterior sentada na cama, pensando no que eu ia dizer a ele. Por um tempo, meus sentimentos variaram entre a dor e a raiva. Eu queria gritar. Queria dizer o quanto eu o culpava, o quanto me ressentia por ele não ter sequer perguntado o que eu pensava com relação ao bebê. Eu conhecia seus sonhos e seu coração. Sabia que podia encontrar uma maneira de fazer as coisas darem certo. Mas ele desapareceu. Queria odiá-lo, mas, no momento em que o vi, tudo dentro de mim mudou.

Eu só estava de coração partido.

Ele fez menção de dizer algo, mas se deteve. Passou os dedos pelo cabelo, sem olhar para mim. Tudo parecia surreal; estávamos tão perto, e, ao mesmo tempo, tão longe. Eu não conseguia acordar daquele sonho ruim e queria que Logan me ajudasse a despertar.

Queria que ele dissesse que aquilo era só um sonho, um pesadelo cruel, e que eu acordaria ao amanhecer.

Eu queria acordar. Por favor, meu Deus... me acorde.

Sentei na cama, com os joelhos junto ao peito. Minha respiração era ofegante. O ar no quarto estava abafado, tóxico, morto. Tive vontade de chorar. Só de olhar para Logan eu sentia meu coração se dilacerar, mas não derramei uma lágrima.

— Estou bem — eu disse finalmente, sendo desmentida por cada osso do meu corpo.

— Posso te abraçar?

— Não.

— Ok.

Olhei para as minhas mãos trêmulas. Eu estava confusa.

— Pode.

— Posso? — perguntou ele, elevando um pouco o tom de voz.

— Pode.

Ele pousou a mão em meu ombro antes de se sentar ao meu lado na cama do hospital e me abraçar. Estremeci ao sentir seu toque em minha pele pela primeira vez em muito tempo.

— Sinto muito, Alyssa.

Seu toque era tão acolhedor...

Você voltou para mim.

Não consegui conter as lágrimas. Meu corpo tremia incontrolavelmente, mas Logan se mantinha forte, recusando-se a me soltar. A testa dele se apoiou na minha, e suas lágrimas quentes se misturaram às minhas.

— Eu sinto tanto...

Continuamos abraçados, sentindo o peso do mundo em nossos ombros, até que adormecemos.

Ele voltou.

Quando acordei, Logan ainda estava me abraçando como se eu fosse sua tábua de salvação. Virei-me para olhar o rosto dele. Ele estava dormindo; sua respiração era quase um sussurro. Minhas mãos procuraram as dele, e nossos dedos se entrelaçaram. Ele se mexeu um pouco antes de abrir os olhos.

— Alyssa, não sei o que dizer. Eu não sabia que você estava... Eu não...

Nunca tinha ouvido aquela vulnerabilidade em sua voz. O Logan que foi embora da minha casa semanas atrás estava tão distante de mim, de suas emoções. Agora, suas lágrimas e o toque de suas mãos dilaceravam aquela pequena parte do meu coração que ainda se mantinha firme.

— Eu não deveria ter ido tão longe — continuou ele, soltando minha mão e segurando meu rosto. — Deveria ter ficado com você. Deveria ter conversado com você. Mas, por minha causa, por minha culpa... — Ele enterrou a cabeça em meu ombro, chorando copiosamente. — Eu matei o bebê, é minha culpa.

Segurei seu rosto, da mesma forma que ele segurava o meu.

— Logan, não faça isso com você.

Os olhos dele transbordavam remorso. Aninhei a cabeça na curva de seu pescoço, e minha respiração aquecia sua pele. Meus olhos estavam exaustos, e pisquei algumas vezes antes de fechá-los e sussurrar novamente em seu ouvido:

— Não faça isso com você.

Eu não conseguia odiá-lo. Não importava o que tinha acontecido; eu não era capaz de odiar Logan. Mas amá-lo? O amor sempre estaria ali. Tínhamos que descobrir como seguir em frente juntos, como superar aquele acidente terrível e trágico. Éramos nós dois contra o mundo. Nós iríamos nos reerguer, juntos.

— Estou indo embora — disse ele, levantando-se e enxugando os olhos.

Eu me sentei, alarmada.

— O quê?

— Vou embora. Vou para uma clínica de reabilitação em Iowa.

Meus olhos se iluminaram. Kellan havia me contado sobre a clínica de reabilitação, e nós esperávamos que Logan fizesse o tratamento de noventa dias. Isso não acabaria com o nosso sofrimento mas o ajudaria a lidar melhor com a perda.

— Isso é bom, Lo. É uma boa notícia. E, quando você voltar, podemos começar tudo de novo. Podemos ser *nós dois* de novo — prometi.

Ele franziu o cenho, balançando a cabeça negativamente.

— Eu não vou voltar, Alyssa.

— O quê?

— Eu vou embora de True Falls e não vou voltar. Nunca mais vou voltar ao Wisconsin e nunca mais vou voltar aqui.

Eu recuei.

— Pare com isso.

— Não vou voltar. Sempre acabo machucando as pessoas. Eu destruo a vida de todo mundo, Alyssa. E não posso continuar destruindo sua vida, ou a do Kellan. Preciso sumir.

— Cale a boca, Logan! — gritei. — Pare de dizer isso.

— Sei como essas coisas acontecem. Ficaríamos como um hamster na roda, presos em um ciclo, e eu estragaria sua vida. Não posso fazer isso com você. E não vou.

Logan se levantou da cama, enfiou as mãos nos bolsos e deu um sorriso triste.

— Sinto muito, Alyssa.

— Não faça isso, Lo. Não me deixe assim — implorei, pegando as mãos dele e puxando-o para junto de mim. — Não me deixe de novo. Não fuja. Por favor. Eu preciso de você.

Eu não podia passar por aquilo sem Logan. Precisava que ele me ajudasse a ficar de pé novamente. Precisava ouvir a voz dele tarde da noite, precisava sentir seu amor de manhã cedo. Precisava de alguém que tivesse perdido o mesmo que eu para chorar comigo. Precisava que Logan ficasse ao meu lado.

Seus lábios beijaram minha testa, e, em seguida, ele sussurrou algo em meu ouvido antes de se virar e me abandonar ali, gritando seu nome.

A última coisa que ele me disse ficou ecoando em minha mente por um longo tempo. Aquelas palavras me marcaram mais profundamente do que qualquer outra coisa no mundo.

— Eu teria sido um merda — sussurrou Logan, e senti um arrepio. — Eu teria sido um merda de pai. Mas você? — Ele engoliu em seco. — Você teria sido a melhor mãe de todas. Seu amor seria uma honra para o nosso filho.

E se foi.

Com essas palavras simples e o som de seus passos afastando-se no corredor, eu descobri a dor de um coração partido.

Parte dois

Das cinzas, eles se ergueram
e queimaram uma vez mais.

Ele nunca se esqueceu do brilho dela,
e ela não se esqueceu dele jamais.

Mensagem 1:

*Ei, Logan, é Alyssa. Só estou ligando para saber como você está. Eu só...
Bem, não gostei de como ficaram as coisas entre nós. Nossos últimos encontros não foram os melhores do mundo. Odeio sentir tanto a sua falta.
Odeio o quanto isso dói.*

Mas vou te ligar todos os dias, mesmo que você não atenda. Quero que você saiba que não está sozinho nesse barco. Não importa o quanto esteja ruim. Você não está sozinho.

Até mais, Lo.

Mensagem 5·

Oi, sou eu.

Você já está na clínica há cinco dias, e eu queria ouvir sua voz. Kellan disse que falou com você e que está tudo bem. Você está bem? Espero que sim. Sinto sua falta, Logan. Muito mesmo.

Estou feliz que você esteja se cuidando.

Você merece.

Até mais, Lo.

Mensagem 14:

Duas semanas. Você já está aí há duas semanas, e Kellan disse que você está indo bem. Ele falou que você está sofrendo um pouco com a abstinência, mas sei que é mais forte que seus maiores demônios.

Deitei na cama ontem à noite, ouvindo o disco de vinil arranhado, e isso me fez lembrar de você. Se lembra da primeira vez que...

Deixa pra lá.

Só estou com saudades, só isso. Alguns dias são mais difíceis do que outros.

Até mais, Lo.

Mensagem 45:

Você está no meio do tratamento. Como vão as coisas? Está se alimentando bem? Como está sua cabeça? Espero que eles tenham documentários em DVD para você assistir. Se quiser, talvez eu possa ir até aí e levar alguns. Vi um novo sobre os Beatles e achei que você poderia gostar.

Quer que eu leve?

Se quiser, eu vou.

É só falar.

Tenho deixado mensagens em sua caixa postal todos os dias e vou continuar fazendo isso. Só queria poder ouvir sua voz. Gostaria que você atendesse o telefone.

Lo...

Por favor.

Caramba. Sinto sua falta.

Até mais, Lo.

Mensagem 93:

Ei, é a Alyssa.

Você terminou o tratamento, e tenho vontade de chorar. Estou tão, tão orgulhosa de você. Isso é bom. É demais...

Kellan disse que você está bem. Que está saudável e de bom humor.

Ele também disse que levou alguns DVDs. Por que você não me pediu? Por que atende as ligações dele, mas não as minhas? O que eu fiz de errado?

Eu teria levado os DVDs para você, Logan. Teria, sim.

Mas isso não importa.

Até mais, Lo.

Mensagem 112:

Ele disse que você não vai voltar a True Falls. Que você vai ficar em Iowa. Não acreditei quando você me disse isso. Não quis acreditar.

Ele disse que você está morando em um pequeno loft e arrumou um emprego...

Isso é bom. Se você precisar de alguma coisa, móveis, comida... companhia.

Sinto sua falta.

Não acredito que você não vai voltar.

Mas isso é bom. É bom para você.

Eu te amo.

Até mais, Lo.

Mensagem 270:

Você sabia que o bebê teria nascido este mês? Eu estaria no hospital, e você estaria lá segurado a minha mão. Sei que provavelmente você deve pensar que estou chorando, mas não estou.

Só estou um pouco bêbada.

Eu não bebo, por isso não preciso de muita bebida para ficar meio alta. Uma amiga me levou para sair, para me ajudar a esfriar a cabeça.

Ouvir a sua voz me ajudaria.

Mas você não me ligou.

Talvez este nem seja mais o seu número.

Talvez você já tenha seguido em frente.

Talvez você nem se importe mais. Eu não me importo que você não se importe mais!

Não importa.

Vá se foder, Logan. Você não me ligou. Nem uma única vez.

Desculpe.

Estou um pouco bêbada.

Até mais, Lo.

Mensagem 435:

O que você faz no meio da noite, quando está chovendo?
Eu deito na cama e penso na sua voz.
Até mais, Lo.

Mensagem 756:

Decidi que te odeio. Odeio tudo que tenha qualquer relação com você. Mas, ainda assim, espero te ver em breve, Lo.

Mensagem 1090:

Estou levantando a bandeira branca, Logan. Estou cansada e desisto. Agora vou parar.

Cinco anos.

Não vou mais deixar mensagens.

Eu te amo.

Sinto sua falta.

Desejo tudo de bom a você.

Mensagem 1123:

Logan, é o Kellan. Sei que você recomeçou sua vida em Iowa e que as coisas estão indo bem. Eu nunca pediria para você voltar a essa cidade de merda se eu não precisasse de você e...

Erika e eu vamos nos casar, mas não posso fazer isso sem o meu irmão. Não posso subir ao altar sem a única família que tenho ao meu lado.

Sei que é pedir muito.

Mas prometo nunca mais te pedir nada.

Além disso, eu comprei para você aquele documentário sobre a NASA de que falamos há algumas semanas.

Você só vai ganhá-lo se for meu padrinho, porra.

Sim. Estou tentando comprar o seu amor e não me sinto culpado.

Nos falamos em breve.

Capítulo 14

Logan

Cinco anos depois

Todas as noites eu acendia um cigarro e me sentava na janela. Enquanto ele queimava, eu me permitia lembrar do passado. Eu me permitia sofrer e lamentar até o momento em que a chama chegava ao filtro. Então, eu desligava meu cérebro e esquecia tudo, porque a dor era grande demais. Eu me mantinha ocupado para que as recordações não voltassem. Assistia a documentários, arrumava empregos sem perspectivas, ficava exausto — fazia todo o possível para não me lembrar de nada.

Mas agora meu irmão me pedia para voltar ao lugar do qual passei os últimos cinco anos fugindo. Quando cheguei na estação de trem de True Falls, eu me sentei e considerei por um instante se deveria comprar uma passagem só de ida para Iowa.

— Acabou de chegar ou está de partida? — perguntou uma mulher a dois assentos de mim. Voltei-me na direção dela, ligeiramente atraído por seus olhos verdes intensos. Ela me deu um sorriso e mordeu a unha do polegar.

— Não sei ainda — respondi. — E você?

— Acabei de chegar. Para ficar, acho. — Quanto mais ela sorria, mais triste parecia. Eu não sabia que sorrir podia ser algo tão doloroso. — Só estou tentando fugir um pouco da minha vida.

Aquilo era algo que eu entendia.

Eu me recostei no banco, tentando não me lembrar da vida que tinha deixado para trás há alguns anos.

— Até reservei um quarto em um hotel para passar a noite. — Ela mordeu o lábio inferior. — Assim tenho mais algumas horas para esquecer tudo, sabe? Antes de voltar ao mundo real.

Assenti com a cabeça. Ela se arrastou pelo banco, vindo se sentar ao meu lado, e sua perna roçou a minha.

— Você não se lembra de mim, não é?

Inclinei ligeiramente a cabeça em sua direção, e ela me deu aquele sorriso triste de novo. Passou os dedos pelos cabelos longos.

— Eu deveria? — perguntei.

— Provavelmente não. Meu nome é Sadie. — Ela piscou, talvez imaginando que seu nome significaria algo para mim. Então deu um sorriso torto. — Deixa pra lá. Você parece ser do tipo que quer esquecer tudo por um tempo. Se quiser, pode vir comigo ao hotel.

Eu deveria ter dito que não. Deveria ter ignorado o convite. Mas ela parecia tão triste... Era como se sua alma ferida queimasse como a minha. Então, peguei a mochila, joguei-a por cima do ombro e segui Sadie rumo à terra do esquecimento.

* * *

— Estudamos nas mesmas escolas durante anos — explicou Sadie enquanto estávamos deitados na cama daquele quarto de merda.

Eu já tinha estado ali antes, há muitos anos, desmaiado em uma banheira imunda. Aquele lugar não me trazia as melhores recordações, mas, desde que cheguei ao Wisconsin, percebi que todas as lembranças seriam uma droga.

Seus lábios tingidos de vinho se moveram.

— No último ano, você copiou todas as minhas provas de matemática. Você só se formou graças a mim. — Ela se apoiou nos cotovelos. — Escrevi quatro das suas redações. E você sabe falar espanhol por minha causa! Sadie? Sadie Lincoln?

Não fazia a mínima ideia de quem ela era.

— Não falo espanhol.

— Bem, você poderia falar. Não se lembra mesmo de mim?

Os olhos de Sadie ficaram tristonhos, mas ela não deveria se sentir assim. Não era nada pessoal. Eu não me lembrava de muitas coisas.

E ainda havia muito que eu queria esquecer.

— Para ser sincero, passei a maior parte do colegial fodido.

Isso não era mentira.

— Ou com aquela garota, Alyssa Walters — completou ela.

Senti um aperto no peito e fechei a cara. Só de ouvir o nome de Alyssa eu era inundado por recordações.

— Ela ainda mora aqui na cidade? — perguntei, tentando soar indiferente. Alyssa tinha parado de deixar mensagens há meses, e eu e Kellan nunca falávamos dela quando ele me ligava.

Sadie assentiu.

— Ela trabalha no Hungry Harry's Diner. Também a vi trabalhando na Sam's Furniture. Toca piano em alguns bares. Não sei. Está em todos os lugares. Estou surpresa por você não saber disso. Vocês dois viviam grudados um no outro, o que era estranho, porque não tinham nada em comum.

— Tínhamos muito em comum.

Ela soltou uma risada sarcástica.

— Sério? Como uma musicista que só tirava dez e um cara drogado que só passava de ano graças a mim e tinha uma mãe viciada em cocaína podiam ter muito em comum?

— Pare de falar como se soubesse alguma coisa sobre nós — resmunguei, irritado

Naquela época, Alyssa e eu tínhamos mais em comum do que quaisquer outras pessoas no mundo. E Sadie não sabia absolutamente nada sobre a minha mãe. *Vá se foder.*

Eu deveria ter ido embora. Deveria ter dito a ela para ir para o inferno e encontrar outra pessoa para encher o saco, mas eu odiava ficar sozinho. Passei os últimos cinco anos na solidão, com exceção do rato que de vez em quando vinha me visitar.

Sadie ficou em silêncio pelo máximo de tempo que conseguiu, o que não era muito. Ela não sabia o quanto o silêncio trazia paz.

— E aí, é verdade que você estava na reabilitação?

Eu já estava me sentindo desconfortável com aquele falatório. Odiava conversar sobre a reabilitação, porque uma parte de mim desejava voltar para a clínica, e a outra queria estar em um beco fazendo duas carreiras de cocaína em cima de um latão de lixo. Fazia muito tempo que eu tinha parado de usar drogas, mas ainda pensava nelas quase todos os dias. A Dra. Kahn tinha dito que o retorno ao mundo real seria difícil, mas ela acreditava que eu conseguiria passar por isso. Prometi que, se sentisse vontade de usar drogas, esticaria a pulseira de elástico vermelho que ela me deu e a deixaria bater em minha pele, como um lembrete de que as escolhas que fiz eram reais, assim como a dor.

No elástico estava escrito "força", o que era estranho, porque eu tinha a sensação de não ter nenhuma.

Ele chicoteava meu braço desde que Sadie tinha começado a falar.

— Todo mundo na cidade achava que você estava morto. Acho que foi a sua mãe que espalhou esse boato.

— Sabe o quanto seus olhos são bonitos? — perguntei, mudando de assunto. Comecei a beijar o pescoço de Sadie e a ouvi gemer.

— Eles só são verdes.

Ela estava errada. Eram de um tom único, verde-folha com um toque cinza.

— Há alguns anos, assisti a um documentário sobre porcelana chinesa e coreana. Seus olhos são da cor do verniz que eles usam.

— Você assistiu a um documentário sobre porcelana chinesa? — murmurou ela com uma risada, tentando recuperar o fôlego enquanto meus lábios se moviam por seu pescoço. Senti seu corpo estremecer. — Você devia estar muito mal mesmo.

Eu ri, porque ela acertou em cheio.

— No Ocidente, as pessoas costumam chamar esse tom de verde-acinzentado, mas, no Oriente, há um nome específico para essa cor, *qingci*.

Pressionei os lábios contra os dela, e ela retribuiu o beijo, pois esse era o motivo de estarmos naquele quarto de hotel sujo. Estávamos ali para confundir alguns amassos com paixão. Confundir solidão com totalidade. Era incrível o que as pessoas eram capazes de fazer para não se sentirem sozinhas.

— Você pode passar a noite aqui? — perguntou Sadie.

— Claro. — Suspirei, passando a língua em sua orelha.

Eu queria passar a noite com ela porque a solidão era um saco. Queria passar a noite com ela porque eu estava perdido na escuridão. Queria passar a noite com ela porque ela me pediu. Queria passar a noite com ela simplesmente porque eu estava com vontade.

Ela tirou minha camisa e passou as mãos pelo meu peito.

— Nossa, você é forte!

Sadie deu uma risadinha. *Porra.* Será que eu realmente quero passar a noite com ela?

Sem responder, tirei sua calça e, em seguida, a minha. Deitei em cima dela, meus lábios percorrendo seu pescoço e seu peito, passando pela barriga e detendo-se no elástico da calcinha. Quando meu polegar começou a roçar o tecido, ela gemeu.

— Isso…

Cara, ela era meu vício naquela noite. Eu me sentia um pouco menos sozinho. Até pensei em ligar para ela no dia seguinte, encontrá-la novamente no hotel e trepar com ela naquela merda de cama.

Não demorei muito para tirar minha cueca boxer e ficar novamente por cima. Coloquei um preservativo, mas, antes de penetrá-la, ela protestou.

— Não, espere! — Tive um vislumbre de medo naqueles olhos *qingci*. Sadie imediatamente levou as mãos à boca, e lágrimas brotaram em seus olhos. — Não posso. Não posso.

Parei imediatamente. A culpa me atingiu como um soco no estômago. Ela não queria fazer sexo comigo.

— Cara, desculpa. Eu pensei...

— Tenho namorado — disse ela. — Tenho namorado.

Espera aí.

— O quê?

— Tenho namorado.

Namorado?

Que merda.

Ela era uma mentirosa.

Ela era falsa.

Ela tinha namorado.

Eu me afastei e me sentei na beirada da cama. Minhas mãos agarraram a lateral do colchão, e eu a ouvi se mover, o lençol farfalhando.

Ela falou suavemente:

— Desculpa. Achei que conseguiria fazer isso. Achei que conseguiria seguir adiante, mas não consigo. Pensei que seria fácil, sabe? Deixar rolar... Achei que conseguiria esquecê-lo por um tempo.

Sem me voltar para ela, dei de ombros.

— Sem problemas. — Levantei-me e segui na direção do banheiro. — Volto logo.

Fechei a porta e passei as mãos no rosto. Tirei o preservativo e o joguei na lata do lixo antes de me apoiar na porta e começar a me masturbar.

Que patético.

Eu era patético.

Pensei na cocaína. O barato que ela proporcionava costumava liberar uma onda de calor em meu corpo. Uma sensação de completa paz e felicidade. Acelerei os movimentos, lembrando-me de como ela me livrava de todos os problemas, medos e conflitos. Eu me sentia como se estivesse no topo do mundo, invencível. Euforia. Júbilo. Amor. Euforia. Júbilo. Amor. Euforia. Júbilo. Amor.

Ódio. Ódio. Ódio.

Respirei fundo.

Gozei.

Senti um imenso vazio.

Abri a torneira da pia, lavei as mãos e me encarei no espelho, olhando profundamente os olhos castanhos e sem importância. Os olhos castanhos tristes. Olhos castanhos ofuscados por uma leve depressão.

Afastei a tristeza, sequei as mãos e voltei para o quarto.

Sadie estava se vestindo, enxugando as lágrimas.

— Está indo embora? — perguntei.

Ela assentiu.

— Você... — Pigarreei. — Você pode passar a noite aqui — falei. — Não sou um babaca que vai te expulsar às três da manhã. Além disso, o quarto é seu. Eu é que tenho que ir embora.

— Eu disse ao meu namorado que iria para casa quando chegasse à cidade.

Ela deu um sorriso forçado. Apenas de sutiã e calcinha, Sadie foi até a sacada e abriu a porta, mas não foi até lá fora. Estava caindo um dilúvio, pingos de chuva batiam na grade de metal. A chuva sempre me fazia lembrar de Alyssa e do quanto ela odiava tempestades à noite. Eu me perguntei como ela estaria naquele momento. Como estaria lidando com o som da água batendo em sua janela.

— *Não consigo dormir, Lo. Pode vir para cá?*

A voz de Alyssa parecia uma gravação em minha mente, tocando várias e várias vezes, o som percorrendo meu cérebro, até que eu o afastei.

Sadie passou os dedos pelo cabelo longo. Seu sorriso forçado logo se transformou em uma careta.

— Ele provavelmente ainda não está em casa. Eu odiava dormir sozinha quando era solteira. E agora que tenho um namorado, ainda me sinto sozinha.

— Eu deveria sentir pena de você, mesmo que esteja traindo seu namorado? — perguntei.

— Ele não me ama.

— Mas com certeza você o ama.

— Você não entende — disse ela na defensiva. — Ele é controlador. Afastou todo mundo que se preocupava comigo. Eu não usava drogas, assim como você agora. Nunca tinha usado drogas até conhecê-lo. Ele me prendeu em uma armadilha, e, agora, quando chegar em casa, vai deitar na cama e não vai sequer me tocar.

Alguns pensamentos surgiram em minha cabeça, mas eu sabia que eram uma má ideia.

Fique comigo esta noite.

Fique comigo pela manhã.

Fique comigo.

A solidão era a voz que ecoava bem lá no fundo, que nos forçava a tomar decisões equivocadas quando o coração estava dilacerado.

— É estranha a sensação? De voltar? — perguntou Sadie, mudando de assunto.

Jogada inteligente. Ela girou o corpo lentamente, e nos encaramos de novo. Suas bochechas coraram, e juro que senti um aperto no peito com a simples ideia de deixá-la ali sozinha.

— Um pouco.

— Você já viu Kellan?

— Você conhece meu irmão?

— Ele toca nos bares da cidade. Ele é muito bom também. — Eu não sabia que ele estava tocando novamente. Sadie arqueou a sobrancelha, curiosa. — Vocês dois são próximos?

— Estive em Iowa por cinco anos, e ele ficou aqui, no Wisconsin.

Ela assentiu.

Pigarreei.

— Sim, somos próximos.

— Melhores amigos?

— Só amigos.

— Estou realmente chocada por saber que sua amizade com Alyssa não durou. Achei que um dia ela teria um filho seu, sei lá.

Houve uma época em que eu também achei isso.

Pare de falar da Alyssa. Pare de pensar na Alyssa.

Se eu ficasse com Sadie essa noite, talvez Alyssa não entrasse em minha mente. Se eu dormisse com Sadie em meus braços, talvez eu parasse de pensar que estava de volta à cidade da garota que amei. Eu me aproximei de Sadie e acariciei seu queixo.

— Olha, você pode...

— Eu não devo. — Ela suspirou, me cortando. Sadie era estranha. Ela desviou os olhos dos meus, baixando-os. — Ele nunca me traiu. Ele é... Ele me ama.

Sua súbita confissão fez minha cabeça girar.

Ela era uma mentirosa.

Ela era falsa.

Ela vai embora.

— Fique — falei, soando mais desesperado do que pretendia. — Eu durmo no sofá.

Não era exatamente um sofá, parecia um futon que tinha mais manchas do que estofamento. Para ser sincero, eu provavelmente estaria mais confortável no chão sujo acarpetado. Ou poderia ligar para Kellan e dormir na casa dele.

Mas eu não estava pronto para isso.

Eu sabia que, quando encontrasse alguém do meu passado — alguém de quem eu realmente me lembrava —, eu estaria de volta ao velho mundo. O mundo de onde fugi. O mundo que quase me matou. Eu não estava pronto para isso. Como alguém poderia estar pronto para encarar seu passado e fingir que toda a mágoa e toda a dor tinham ido embora?

Sadie se vestiu e me olhou por cima do ombro. Seus olhos estavam cheios de tristeza e compaixão.

— Pode fechar?

Dei três passos na direção dela e fechei o zíper do vestido que abraçava cada curva de seu corpo. Minhas mãos pousaram em sua cintura, e ela se voltou para mim.

— Pode chamar um táxi para mim?

Sim, eu podia, e foi o que eu fiz. Ao ir embora, Sadie me agradeceu e disse que eu poderia passar a noite no hotel, pois já tinha pagado a diária. Aceitei a oferta, mas achei estranho o agradecimento. Não fiz nada por ela. Na verdade, eu quase a transformei em uma pessoa infiel.

Não.

Uma pessoa que trai alguém provavelmente sente algum tipo de culpa na primeira vez.

Ela só parecia vazia.

Eu esperava nunca mais vê-la, porque estar perto de outras pessoas vazias drenava minhas energias.

Depois que Sadie saiu, fiquei vagando pelo quarto durante uma hora. Havia outros como eu lá fora? Que se sentiam tão sozinhos que preferiam passar a noite com pessoas que não tinham qualquer importância, só para poder olhar nos olhos de alguém?

Eu odiava ficar sozinho, porque isso me lembrava de todas as coisas que eu odiava em mim mesmo. Eu me lembrava de todos os erros do passado que me fizeram chegar ao ponto de apenas existir, em vez de viver. Se eu realmente vivesse minha vida, certamente ia acabar machucando alguém próximo de mim, e eu não podia mais fazer esse tipo de coisa. Então, era melhor ficar sozinho.

No passado, eu nunca me sentia sozinho, pois tinha as drogas, minhas amigas destrutivas e silenciosas. Nunca me sentia sozinho quando tinha meu maior vício.

Alyssa...

Merda.

Minha mente estava me deixando louco, as palmas das minhas mãos coçavam. Tentei assistir à televisão, mas só estava passando porcaria. Tentei desenhar um pouco, mas a caneta do quarto não tinha tinta. Tentei desligar meu cérebro, mas continuava pensando na melhor coisa que eu havia tido na vida.

Quando eu a veria?

Será que eu a veria?

Claro. A irmã dela vai se casar com o meu irmão.

Eu queria vê-la?

Não.

Eu não queria.

Cara, eu queria.

Queria abraçá-la e, ao mesmo tempo, nunca mais tocar nela de novo.

Queria beijá-la e, ao mesmo tempo, nunca mais me lembrar de suas curvas.

Queria...

Cale a boca, cérebro.

Peguei meu celular e pressionei o dois. A voz tinha mudado, mas a saudação era a mesma. A gravação me agradecia por ligar para o número de apoio para ex-usuários de drogas e álcool. Ela me deu boas-vindas e se colocou à disposição para me ouvir falar de meus conflitos e necessidades em um ambiente estritamente confidencial.

Desliguei, como sempre.

Porque pessoas como eu, com um passado como o meu, não mereciam ajuda, e sim solidão.

Meus passos me levaram à varanda, e eu acendi um cigarro, apoiando-o em um pequeno ponto seco no chão. Fiquei escutando a chuva cair sobre True Falls, e meus olhos se fecharam. Respirei fundo e me permiti sofrer durante os poucos minutos em que o cigarro queimava.

Pensei em Alyssa. Pensei em minha mãe. Pensei nas drogas.

Então, como sempre, pensei no filho que eu poderia ter tido se não fossem os demônios dentro de mim.

Às vezes, o cigarro queimava por oito minutos. Outras vezes, dez.

Mas o que nunca mudava, não importava quanto tempo ele durasse, era o fato de que meu coração, já devastado, sempre se dilacerava um pouco mais.

Capítulo 15

Alyssa

Todo dia eu pegava carona para o trabalho com a minha vizinha, uma garçonete de setenta anos chamada Lori. Nós duas trabalhávamos no turno da manhã no Hungry Harry's Diner e odiávamos cada segundo. Lori trabalhava lá havia vinte e cinco anos e sempre me dizia que seu plano B era se casar com um Chris — podia ser o Evans, o Hemsworth ou o Pratt, ela não era exigente. Todos os dias, a caminho do Hungry Harry's, ela reclamava que estava cinco minutos adiantada e dizia que o pior lugar do mundo para se chegar cedo era o trabalho. Eu não a culpava.

Fazia cinco anos que eu trabalhava lá. A pior coisa era chegar todos os dias cheirando a perfume de rosas e xampu de pêssego e sair com cheiro de hambúrguer e batatas fritas. A única coisa que me mantinha no emprego era saber que cada hora que eu passava ali me deixava mais perto do sonho de abrir um piano-bar.

— Você vai conseguir, meu bem — falou Lori durante uma pausa no trabalho. — Você ainda é jovem, cheia de disposição. Tem tempo de sobra para transformar esse sonho em realidade. O segredo é não ouvir o que as pessoas dizem. Elas sempre gostam de se meter na vida dos outros. Mantenha a cabeça erguida e não ouça essas baboseiras.

— Bom conselho.

Sorri. Eu sabia que Lori só estava falando aquilo para que não tivéssemos que voltar ao trabalho um segundo antes do que deveríamos.

— Sabe o que minha mãe me dizia quando eu era criança e sofria bullying?

— O quê?

— Um dia de cada vez. É só isso de que precisamos para conseguir qualquer coisa. Não pense muito no futuro nem no passado. Concentre-se no agora. Aqui e agora. Essa é a melhor maneira de viver a vida. No momento. Um dia de cada vez.

Um dia de cada vez. Um dia de cada vez.

Repeti essas palavras em minha cabeça quando um cliente grosseiro gritou comigo porque seus ovos mexidos estavam crus, quando um bebê jogou um prato de comida no chão e os pais me culparam e, ainda, quando um cara bêbado vomitou em meus sapatos.

Eu odiava meu trabalho, mas era bom conhecer os prós e contras desse tipo de lugar. Quando eu abrisse o piano-bar, seria parte das minhas atribuições cuidar do bom funcionamento da cozinha.

Apenas um dia de cada vez.

— Você sempre mexe os quadris assim quando anota os pedidos? — zombou uma voz.

Sorri ao perceber a quem ela pertencia.

— Só quando sei que vou ganhar boas gorjetas.

Eu me virei e vi Dan de pé, com as mãos cheias de papéis. Ele estava lindo de calça azul-marinho e camisa de botão azul-clara com as mangas dobradas. Seu sorriso era largo e reluzente como sempre, e era dirigido a mim. Peguei o bloco de papel e a caneta no avental e fui até ele.

— O que veio fazer aqui tão cedo?

— Estava dando uma olhada naquele lugar que tínhamos pensado em comprar.

— É?

— É. Eu amei. Adorei mesmo, mas tem cupins. Você tem um minuto para conversarmos sobre isso? Trouxe mais algumas plantas de outros lugares que poderíamos visitar.

Fiz uma careta, olhando ao redor.

— Acho que meu chefe me mandaria embora se eu parasse de trabalhar para conversar sobre possíveis lugares para um piano-bar.

Conheci meu amigo Dan há alguns anos em um piano-bar. Atualmente, ele trabalhava para uma das melhores imobiliárias do estado, e, quando contei a ele minha ideia, ele se animou para me ajudar a procurar o lugar ideal — mesmo que eu tenha dito que levaria um bom tempo até que meus planos se tornassem realidade.

— Ah, não, claro. Eu estava por perto e pensei em parar para comer batatas fritas e tomar um café. Estou a caminho do trabalho mesmo.

Abri um grande sorriso, e ele também.

— Podemos dar uma olhada nisso amanhã à noite, se você estiver livre.

— Sim, sim! — exclamou Dan, a animação tomando conta dele. — A gente conversa sobre isso na sua casa. Podemos pedir comida chinesa, e eu posso levar um vinho. Posso até preparar algo para você, uma carne ou algo assim... — Ele diminuiu o tom de voz, mas sua alegria só aumentava. Passou as mãos pelo cabelo e deu de ombros. — Você que sabe, tanto faz.

— Por mim, está ótimo. Só tem um pequeno porém. Minha casa ainda está em obras. E, com a chuva, houve alguns vazamentos no telhado.

— Se você quiser ficar lá em casa até terminar a obra, a oferta ainda está de pé. Sei que essas coisas podem ser uma dor de cabeça.

— Obrigada, mas acho que vou continuar perdida naquela confusão mesmo.

— Está bem. Bom, é melhor eu ir para o trabalho, mas encontro você amanhã para falarmos sobre isso. — Ele agitou os papéis no ar e piscou para mim.

— Mas você não disse que ia tomar um café e comer batatas fritas?

— Ah, sim, mas me dei conta de que... — Dan pareceu um pouco nervoso, e eu não pude deixar de sorrir novamente. — De que eu tinha que chegar um pouco mais cedo no trabalho para resolver umas coisas para o meu chefe.

— Então está combinado amanhã. Deixa o álcool comigo, você leva as plantas.

Com isso, ele foi embora. Deixei escapar um suspiro. Havia uns três anos que Dan era apaixonado por mim, praticamente desde que nos conhecemos, mas nunca senti nada parecido por ele. Dan era importante na minha vida, e eu esperava que ele lidasse bem com o fato de sermos apenas amigos.

— Ele tem casa própria, um bom emprego, diz que quer comer batatas fritas só para te ver, tem um sorrisinho apaixonado e se oferece para cozinhar. Mas você não consegue nem aceitar o convite de se mudar para a casa dele durante a obra? — perguntou Lori, carregando uma bandeja com ovos mexidos, batatas e salsichas.

Eu ri.

— Minha casa é ótima. Passei todos esses anos economizando para comprar a casa que eu sempre quis, e agora que a tenho, não vou sair de lá. Ela só precisa de alguns reparos, só isso.

— Meu bem, sua casa precisa de um pouco mais do que alguns reparos. — Lori sorriu, colocando os pratos de comida em cima da mesa cinco antes de se virar para mim com a mão no quadril e um sorriso insolente nos lábios. — Se Dan me oferecesse uma cama para dormir, eu moraria com ele e o faria me mostrar suas plantas em cada centímetro do meu corpo e em cada canto da casa.

— Lori! — eu a repreendi, minhas bochechas queimando.

— Só estou falando. Você tem três empregos para pagar por uma casa que precisa de reformas, e tudo isso só para provar que pode ser uma mulher independente. Você poderia reformar a casa *e* ir morar com Dan, sabia?

— A casa não precisa de tantos reparos assim — argumentei.

— Aly — resmungou Lori, levando as mãos ao rosto. — A última vez que fui até sua casa para beber com você, usei o banheiro e não fechei a porta. Sabe por quê? *Porque não tinha porta.*

Eu ri.

— Tá. Entendi. Certo, ela precisa de muitos reparos. Mas eu gosto do desafio.

— Humm. Você deve ser muito boa de cama para ele ficar rastejando desse jeito.

— O quê? Não, nós nunca dormimos juntos.

— É mesmo? Quer dizer que ele está caidinho por você, e vocês dois nunca chegaram aos finalmentes?

— Nunca.

— Mas... aquele sorriso!

Eu ri.

— Eu sei, mas ele é só um amigo. E tenho uma regra para meus relacionamentos: não namorar nenhum dos meus amigos. Nunca.

Eu já havia seguido por esse caminho antes e não tinha a menor intenção de percorrê-lo novamente. Ainda pensava em Logan e lamentava a amizade que tinha perdido.

Teria sido melhor se nunca tivéssemos nos apaixonado.

— Sabe, Charles e eu éramos grandes amigos quando começamos a namorar. Ele foi o amor da minha vida, nunca encontrei ninguém igual. Ele me fazia rir antes mesmo que eu soubesse o que era o amor. Algumas das melhores coisas da vida vêm das amizades mais fortes — comentou Lori. Com a cabeça baixa, ela segurou o relicário que tinha junto ao pescoço com uma foto do seu casamento. — Puxa, sinto tanta falta dele...

Ela quase nunca falava de Charles, seu falecido marido, mas, sempre que o fazia, havia um brilho em seus olhos. Era como se voltasse ao dia em que se apaixonou por ele.

Nosso chefe nos mandou parar de conversar e voltar ao trabalho, e foi o que nós fizemos. Sempre ficávamos muito ocupadas no período da manhã, servindo mais pessoas do que parecia humanamente possível. Quanto mais ocupada eu estivesse, menos tempo teria para pensar na vida.

Segurei o bule de café com firmeza e comecei a passar pelas mesas que eu estava atendendo.

— Gostaria de mais café? — perguntei a uma mulher sentada perto da janela.

— Aceito. Obrigada.

Sorri para ela. Quando ergui a vista e olhei pela janela, meu coração quase parou. Meus dedos tocaram o vidro, tentando alcançar a figura do outro lado da rua. Pisquei, e o que pensei ter visto desapareceu como em um passe de mágica. Um arrepio percorreu meu corpo.

Lori olhou na minha direção.

— Você está bem, Alyssa? Parece que viu um...

— Fantasma? — perguntei, terminando a frase.

— Exatamente. — Ela se aproximou e olhou pela janela. — O que foi?

Um fantasma.

— Nada. Não foi nada — respondi, e me dirigi à próxima mesa com meu bule de café.

Era minha imaginação, só isso.

Nada mais, nada menos.

Capítulo 16

Logan

Meu olhar estava focado em Alyssa enquanto ela andava pelo restaurante, atendendo os clientes. Eu me sentei em um canto nos fundos do salão, um lugar onde dificilmente ela conseguiria me ver. *Eu não deveria estar aqui.* Minha mente conhecia todos os motivos pelos quais eu não deveria ter vindo ao restaurante, mas meu coração parecia atraído por Alyssa.

Ela ainda tinha o mesmo sorriso. Isso me deixou feliz e triste ao mesmo tempo. Quantos sorrisos eu perdi? Para quem ela sorria agora?

— Aqui está sua omelete — disse a garçonete, colocando o prato na minha frente. Seu rosto estava um pouco pálido, e o suor escorria por sua testa. Ela deu um sorriso forçado. — Deseja mais alguma coisa?

— Suco de laranja seria ótimo.

Ela assentiu e saiu.

Peguei o saleiro e comecei a colocar sal na omelete. Uma risada alta soou ao longe, e eu respirei fundo. A risada de Alyssa. Ainda era a mesma. Fechei os olhos e senti um aperto no peito. As recordações me atingiram como um furacão, e minha mente foi invadida por todas as vezes que me deitei ao seu lado, ouvindo sua risada atravessar minha alma.

— Se você queria um prato de sal com omelete, e não o contrário, poderia ter pedido — disse uma voz, trazendo meus pensamentos de volta. Olhei para a comida. Havia me descuidado e passado os últimos cinco minutos colocando sal nela.

— Desculpe — murmurei, pousando o saleiro na mesa.

— Não precisa se desculpar. Todos temos nossas preferências. Bem, a equipe de garçons está bastante atarefada, Jenny foi para casa porque está com gripe, e fui designada para trazer seu suco de laranja.

Ergui os olhos para a garota. Ela tinha lábios carnudos, com batom rosa, e seus olhos azuis eram mais do que familiares para mim; eram a única coisa que aquela cidade tinha de extraordinário. Aqueles olhos podiam sorrir por conta própria. O cabelo loiro agora era liso, e a franja caía sobre as sobrancelhas.

Nós permanecemos em silêncio.

Ela ficou me encarando.

Eu não desviei o olhar.

Alyssa.

Meu maior vício.

Ela estava linda, mas isso não me surpreendia. Não havia um dia em que eu não me lembrasse do quanto ela era bonita. Mesmo quando eu estava tão mal que não conseguia nem abrir os olhos, me lembrava da beleza de suas palavras suaves me implorando para voltar para ela, para continuar a respirar.

— Logan — sussurrou Alyssa, colocando o copo de suco na mesa.

Eu me levantei da cadeira, e ela deu um passo na minha direção. No começo, achei que ia me abraçar, me perdoar por eu ser desse jeito e por nunca ter retornado suas ligações. Mas ela não ia me abraçar. A palma de sua mão estava aberta, e soube naquele momento que ela ia me dar um tapa. *Com força.* Sempre que Alyssa fazia algo, era com força total. Ela nunca fazia nada meia-boca.

Seu braço se ergueu e veio na minha direção rapidamente. Eu estava pronto para o merecido tapa na cara. Fechei os olhos, mas não senti seu toque. Meu Deus, como eu queria sentir seu toque. Abri os olhos e encontrei a mão trêmula pairando no ar a centímetros do meu rosto. Nossos olhos se encontraram, e eu vi lágrimas brotando dos seus. Vi também sua mente confusa, o coração ferido.

— Oi, Alyssa.

Ela se retraiu e fechou os olhos. Sua mão continuou pairando no ar, e eu ergui a minha para levar seus dedos ao meu rosto. Um pequeno gemido de dor escapou de seus lábios quando ela tocou minha pele. Eu a puxei para perto e a abracei. E parecia que tudo tinha acontecido ontem. Sua pele estava fria como sempre, e meu corpo aqueceu o dela. Alyssa passou os braços em torno do meu pescoço, abraçando-me como se me perdoasse por todas as ligações não atendidas e pelo meu silêncio.

Seus dedos me agarraram, quase se enterrando em minha pele, como se eu fosse uma miragem prestes a desaparecer. Eu não a culpava — eu já tinha feito isso antes.

Cheirei seu cabelo.

Pêssegos.

Cara, eu odiava pêssegos até aquele dia.

Ela tinha o perfume do fim do verão. Suave, doce, perfeito.

Porra, meu maior vício.

— Senti sua falta... — disse ela no meu ouvido.

— Eu sei.

— Você foi embora...

— Eu sei.

— Como você se atreve...

— Eu sei.

O corpo de Alyssa se retesou, e ela se afastou de mim. A tristeza em seus olhos tinha desaparecido. Só a raiva permaneceu.

Aquilo parecia certo.

— Você sabe? — sussurrou ela.

Alyssa estava de pé, mas ainda assim parecia tão pequena. De braços cruzados, ela mordia o lábio inferior. Surgiram pequenas rugas nos cantos de seus olhos, e ficou claro para mim que ela não era a mesma garota que eu deixei para trás há alguns anos. Era uma mulher adulta agora, e uma chama ardia bem no fundo de sua alma.

— Eu te liguei — continuou ela.

— Eu sei.

Sua testa franziu.

— Não, você não sabe. Eu te liguei, Logan. Deixei mais de quinhentas mensagens.

Mil e noventa mensagens.

Não quis corrigi-la.

— Você desapareceu. Você me deixou. Você nos deixou. Deixou Kellan. Deixou todos nós. Eu entendo que precisava de um tempo, mas você simplesmente foi embora. Depois do que passamos, do que aconteceu, você me deixou sozinha para lidar com tudo aquilo.

— Eu fui me tratar. Estava tentando lidar com os problemas da minha mãe, com o que aconteceu com você, e sim, eu estava mal, mas só precisava de tempo.

— Eu te dei um tempo, e mesmo assim você sumiu.

— Você me ligou todos os dias, Alyssa. Isso não é dar um tempo.

— Kellan e eu salvamos sua vida e achamos que você ia voltar. Eu te liguei todos os dias para que você soubesse que eu estava aqui, te esperando. Achei que ia voltar para mim. Para nós.

— Você não pode salvar a vida das pessoas e não pode esperar que elas voltem, Alyssa. Você deveria saber disso depois do que aconteceu com...

Eu me interrompi, mas não podia voltar atrás em minhas palavras. Alyssa sabia o que eu ia dizer. *Você deveria saber disso depois do que aconteceu com seu pai.*

— Isso foi cruel.

— Eu não disse nada.

— Para alguém que não disse nada, você com certeza foi bastante claro. — A voz dela falhou. — Mais de quinhentas mensagens, e nenhuma resposta.

Mil e noventa mensagens.

Não a corrigi.

— Eu não tinha nada a dizer a você — menti.

Eu estava construindo uma muralha em torno de mim; sabia que precisava fazer isso ao voltar para True Falls. Precisava manter a cabeça no lugar e as emoções sob controle para não entrar na vida de Alyssa novamente. Da última vez que fiz isso, eu a arruinei. Então, eu tinha que ser frio e cruel.

Porque ela merecia mais do que ficar esperando por um telefonema de alguém como eu.

— Nada? — Alyssa recuou, espantada. — Nem uma palavra? Nem mesmo um oi?

— Sempre fui melhor em despedidas.

— Uau...

Ela respirou fundo.

Tudo que eu sentia por ela estava voltando, mais forte do que nunca. Senti raiva de mim mesmo por não ter retornado as ligações; estava triste, feliz, confuso, apaixonado. Eu sentia todas as emoções que Alyssa sempre despertava em mim.

Minha cabeça estava a segundos de explodir.

— Sabe de uma coisa? — Ela pigarreou e me deu um sorriso tenso. — Não vamos fazer isso.

— Fazer o quê?

— Brigar. Discutir. Porque, se fizermos isso, significa que temos algum tipo de relacionamento, o que não é verdade. Você se tornou um estranho no momento em que desapareceu nos campos de milho de Iowa.

Fiz menção de dizer algo, mas Alyssa se virou e saiu para atender outra mesa. Ela tinha um falso sorriso no rosto ao falar com os clientes e batia o pé sem parar no chão quadriculado.

Seus olhos me encaravam.

— Acho que vou querer os ovos mais moles e... — dizia um cliente, mas se deteve quando Alyssa se voltou como um furacão para mim. — Bacon...

— Por acaso Kellan sabe que você está aqui? Ou você também vai atacá-lo de surpresa no trabalho?

Ela levou as mãos aos quadris e ergueu uma sobrancelha.

Franzi o cenho.

— Sim. É por causa dele que estou aqui. Para o casamento.

— O quê? — perguntou Alyssa, confusa.

— O casamento... Você sabe, meu irmão vai se casar com a sua irmã.

— Mas... — Ela fez uma pausa, ficando irritada. — O casamento é só daqui a um mês. Você voltou um mês antes para ajudar nos preparativos?

— Kellan me disse que era este fim de semana.

— Bem, isso com certeza seria novidade para mim. Mas, com tudo que está acontecendo, eu não ficaria chocada.

— O que você quer dizer? O que está acontecendo?

Alyssa abriu a boca, mas as palavras não saíram. Tentou novamente, mordendo o lábio inferior.

— Você está usando drogas, Logan?

— O quê? — perguntei, na defensiva. — Como assim?

— Você sabe o que eu quero dizer. Eu só... — Ela começou a tremer, nervosa. — Preciso saber se você não está chapado. Se está usando alguma coisa.

— Isso não é da sua conta. Se falássemos sobre esse assunto, isso significaria que temos algum tipo de relacionamento, e, como você disse, nós...

— Lo — sussurrou ela.

O apelido me fez repensar minha indignação e minha atitude defensiva.

Os olhos dela.

Os lábios dela.

Alyssa.

Meu maior vício.

— Diga — sussurrei de volta.

— Você está usando alguma coisa?

— Não.

— Nem maconha?

— Só maconha — respondi. Um suspiro escapou dos lábios dela.

— Qual é, Alyssa, dá um tempo. Maconha é permitida em alguns estados.

— Não em Iowa.

Ela começava a parecer preocupada, o que significava que ainda se importava um pouco comigo, que ainda restava uma esperança. Por que eu estava pensando em ter esperança? Eu precisava deixar Alyssa do lado de fora da muralha que não pretendia derrubá-la tão cedo. Se o casamento não fosse naquele fim de semana, eu pegaria o próximo trem para dar o fora dali.

— Só maconha? — perguntou ela.

— Só maconha.

— Jura?

— Juro.

Ela deu um passo para trás antes de dar dois para a frente e estendeu o dedo mindinho em minha direção.

— Mesmo?

Olhei para o seu dedo mindinho por um tempo, lembrando-me de todas as promessas que fazíamos dessa forma quando éramos jovens.

Meu dedo mindinho envolveu o dela. Tudo que eu sentia era aquele toque.

— Mesmo.

Quando soltamos os dedos, ela hesitou antes de estender as mãos na minha direção, e, sem pensar, eu a puxei para junto de mim. Seus braços me envolveram. Ela me abraçou tão forte que minha intuição logo me disse que havia alguma coisa errada.

— Alyssa, o que houve?

Ela me abraçou ainda mais forte, e eu me recusei a soltá-la. Seus lábios moveram-se próximos ao meu ouvido, sua respiração quente dançou em minha pele.

— Nada. Não foi nada.

Quando nos afastamos, ela uniu as mãos como se fizesse uma oração e pressionou-as contra os lábios.

— Lo...

Passei os dedos pelo cabelo e assenti.

— Alyssa...

— Bem-vindo de volta ao lar.

— Aqui não é meu lar. Logo eu irei embora de novo.

Alyssa deu de ombros.

— Lar é sempre lar, mesmo quando você não quer que seja... E, Logan? — disse ela, balançando-se para a frente e para trás sobre os calcanhares.

— Sim?

Ela não disse mais nada, mas ouvi sua voz em alto e bom som.

Também senti sua falta, Alyssa.

Capítulo 17

Logan

Deixei a mochila no chão da varanda da casa de Kellan e Erika antes de bater à porta. Senti certa apreensão, pois não sabia como seria ver os dois depois de tantos anos. O tempo mudava as pessoas, e eu me perguntava o quanto eles tinham mudado. Deixei mais alguns segundos se passarem antes de criar coragem.

Quando a porta se abriu, deixei escapar um suspiro. Kellan deu um enorme sorriso antes de me puxar para um abraço apertado.

— Seu trem deveria ter chegado ontem. Se perdeu, maninho?

Eu ri.

— Peguei o caminho mais longo.

— Certo, me deixe olhar para você. — Ele recuou, cruzou os braços e riu. — Você parece musculoso... Com certeza deixou a cidade como Peter Parker e retornou como Homem-Aranha.

— Essas aranhas radioativas de Iowa não brincam em serviço, cara. E olhe só para você! — brinquei, fingindo dar um soco no estômago dele. — Parece um amendoim. Talvez agora eu possa chutar seu traseiro, e não o contrário.

— Rá, não conte com isso. Vejo que você continua cuidando do seu cabelo como uma mulher — disse Kellan, bagunçando meu cabelo perfeitamente arrumado.

— A inveja é um dos sete pecados capitais, irmãozinho.

— Não vou me esquecer disso.

Kellan riu. Droga. Era bom revê-lo. Ele parecia ótimo, como sempre. Nunca percebemos o quanto sentimos falta de alguém até encontrarmos essa pessoa depois de tanto tempo.

— Kellan, quem está aí? — perguntou Erika, saindo do banheiro e secando o cabelo com uma toalha. Quando ela me viu, pareceu chocada. — O que você está fazendo aqui?

— É bom te ver também, Erika.

— O que você está fazendo aqui? — repetiu ela.

Meus olhos foram de Kellan para Erika, e de volta para Kellan.

— Estou começando a me perguntar a mesma coisa. O que estou fazendo aqui, Kel? O que está acontecendo? Estive com Alyssa e...

— Você esteve com Alyssa? — indagou Erika.

Engraçado como não senti a menor falta do seu jeito dramático.

— Foi o que falei. Bem, ela disse que o casamento não é neste fim de semana.

— Mês que vem — corrigiu Erika. — É no mês que vem. Por que você está com uma mochila?

— Humm, porque me disseram que eu ficaria com vocês? Para o casamento, que parece que não vai acontecer agora?

— É no mês que vem — repetiu Erika. — Só no mês que vem. Eu nem sabia que você viria. Ficar com a gente? — Ela coçou a nuca, sua pele pálida ficando vermelha. Ela se parecia muito com a irmã, mas as personalidades eram tão diferentes que as duas poderiam nem fazer parte da mesma família. — Amor, posso falar com você lá no quarto um minuto?

Dei um passo adiante para segui-la. Kellan sorriu, mas Erika resmungou algo, irritada.

— Ah, desculpa. Quando você disse *amor*, pensei que estivesse falando comigo. Agora entendi que foi com o meu irmão.

Kellan riu.

— Não seja escroto.

— Não consigo evitar. Eu tenho um, então...

Os dois seguiram para o quarto, a porta batendo atrás deles. Eu me sentei no sofá e, assim que enfiei a mão no bolso, a porta do quarto se abriu.

— Logan? — chamou Erika.

— Sim?

— Não toque em nada.

Ergui as mãos em sinal de rendição, e ela entrou no quarto, batendo a porta novamente.

— *Não acredito* que você não me contou que ele estava vindo, Kellan!

O grito de Erika ecoou pela casa, e não pude deixar de rir. Mesmo que eu não fizesse ideia do motivo de eu estar de volta à cidade habitada por todos os meus demônios, me senti em casa pentelhando Erika.

Coloquei a mão no bolso, peguei o maço de cigarros e acendi um deles. Ao dar uma olhada ao redor, me lembrei de como Erika era maníaca por limpeza e organização. Não conseguia entender de jeito nenhum como Kellan podia ser apaixonado por ela. Eu tinha certeza de que os dias dele deviam ser muito irritantes.

Quando as cinzas começaram a surgir na ponta do cigarro, entrei em pânico; Erika ia pirar se eu deixasse cair alguma coisa em sua mesa de centro caríssima. Corri em direção à mesa da sala de jantar, que estava posta como se estivesse acontecendo um grande banquete, e peguei um pires. Bati as cinzas nele e levei-o para o sofá, onde relaxei um pouco.

— Kellan, eu só... já estamos sob tanto estresse. Tem tanta coisa acontecendo com você, no trabalho. Estou fazendo meu mestrado. E estamos organizando os últimos detalhes do casamento. Você acha que é uma boa ideia Logan ficar aqui? — perguntou ela, enquanto eu ouvia tudo do outro lado das paredes finas.

— Ele é meu irmão.

— Você está... nós... não sei se isso é uma boa ideia.

— Ele é meu irmão.

— Mas você sabe como Logan é. Vai arrastá-lo para a vida maluca que ele leva. É o que ele sempre faz.

— Erika, ele não usa drogas há anos.

Eu podia ouvir a irritação na voz de Kellan e me senti um pouco frustrado. Meu irmão sempre foi um dos poucos que realmente acreditou que eu seria capaz de parar. Ele e Alyssa. Todo mundo me considerava uma causa perdida.

A voz de Erika tinha o mesmo tom agressivo.

— Isso é o que ele fala. Sério, quantas vezes ele já disse isso? Você tem essa necessidade de ser pai do seu irmão e da sua mãe. Você não pode tomar as rédeas da vida deles, meu amor. E você não é o pai do Logan. Poxa, e ele é só seu meio-irmão, nem é seu irmão de pai e mãe!

Ouvi um estrondo, e meu estômago revirou. Não consegui me conter e fiquei de pé. Segurando o pires cheio de cinzas, segui na direção do quarto, mas me detive ao ouvir a voz de Kellan.

— Se você falar algo assim de novo, vou embora sem olhar para trás. Sim, Logan teve um passado de merda. Ele estragou as coisas com você e com muitas outras pessoas. Muita gente não o perdoaria. Mas ele é meu irmão. Não tem essa merda de "meio". Ele é cem por cento meu irmão. Vou cuidar dele, e nunca vou abrir mão disso, Erika. Então, se isso te incomoda, bem, provavelmente temos um problema.

Os dois baixaram o tom de voz, e tive que chegar muito perto do quarto para escutar as desculpas dela, seguidas de "eu amo você", e mais desculpas.

Quando a porta se abriu, eu estava com o cigarro nos lábios. Os dois me encararam, chocados ao me ver ali tão perto.

— Escutem... — comecei.

— Você está fumando dentro de casa? — perguntou Erika, quase gaguejando, arrancando o cigarro da minha boca. — E está colocando as cinzas na minha porcelana chinesa? — Ela pegou o pires das minhas mãos. — Meu Deus. Minha mãe vai chegar daqui a algumas horas, e agora o lugar está cheirando a fumaça!

A mãe de Erika. A única pessoa na Terra que era mais dramática e irritante que minha futura cunhada. *Como Alyssa podia ter qualquer parentesco com essas pessoas?*

Erika correu até a pia, onde afogou meu cigarro, e o jogou na lixeira. Começou a esfregar o pires com uma esponja várias vezes, murmurando algo consigo mesma. Eu e Kellan ficamos observando-a por alguns minutos; ela parecia totalmente fora de si. Um silêncio constrangedor tomou conta da sala.

— Então... — disse Kellan finalmente. — Quer conhecer o restaurante do Jacob?

— Quero — respondi mais rápido que a velocidade da luz.

Jacob era um velho amigo, apesar de termos brigado por causa de sua coleção de revistas pornôs quando éramos mais novos. Eu não sabia como seria esse reencontro, mas tinha esperanças de que fosse melhor do que rever Erika.

Corremos para fora de casa antes que ela pudesse ficar ainda mais irritada.

— Você acha que ela ainda não superou o fato de eu quase ter colocado fogo em seu último apartamento? — perguntei com um sorriso no rosto.

— Ah, ela com certeza não superou isso. — Kellan riu.

— Dá um tempo. Eu errei, reconheço.

— Um erro que custou quatro mil dólares. Um erro caro. Mas ela vai superar, não se preocupe.

— Kellan, por que estou aqui?

Antes que ele pudesse responder, a porta da frente se abriu.

— Você pode ficar em um dos quartos de hóspedes — disse Erika. Seus olhos encontraram os meus, e ela parecia mais calma. Talvez a limpeza do pires tenha feito com que ela recuperasse o equilíbrio. — Vou colocar sua mochila lá.

— Obrigado, Erika. Não vou me esquecer disso — respondi.

— Estaremos de volta para o jantar — disse Kellan, dando um beijo no rosto dela.

— Estaremos? — perguntou ela, com um tom de voz preocupado.

— Sim — disse ele, apontando para si mesmo e para mim.

Ela tentou não esboçar reação, mas acabou se retraindo.

— Ah, maravilha. Vou dar um jeito de fazer comida suficiente para quatro pessoas em vez de três. E vou colocar um lugar extra na mesa.

Senti a irritação de Erika no ar, mas ela sorriu, voltou para dentro de casa e fechou a porta.

— Acho que somos oficialmente melhores amigos.

— Os melhores dos melhores — concordou ele. — Falando nisso... como foi ver Alyssa?

— Tudo bem — menti. — Só planejo evitá-la o máximo que puder.

— Ótimo — disse Kellan, descendo da varanda. — Que bom que aqueles sentimentos do passado não existem mais, não? Melhor assim. Talvez vocês possam perdoar um ao outro, esquecer tudo e seguir em frente.

— É. Na verdade, não senti nada ao vê-la. Então, isso é bom.

Isso era verdade também. Não, era a mentira mais deslavada. Eu me lembrei das palavras de Alyssa no restaurante.

Lar é sempre lar, mesmo quando você não quer que seja.

Depois de todos esses anos e da distância, de alguma forma, Alyssa Marie Walters ainda parecia ser o meu lar.

Eu não sabia como lidar com esse fato, e era exatamente por isso que eu precisava de uma passagem só de ida para bem longe de True Falls, Wisconsin.

Rápido.

Capítulo 18

Alyssa

— Você sabia que Logan estava na cidade antes de me ligar? Se essa fosse uma questão de múltipla escolha, qual seria a resposta certa? A opção "a" seria "não fazia ideia", a opção "b", "eu sabia, mas esqueci de contar", e a opção "c", "eu sabia e odeio secretamente a minha irmã"? — perguntei a Erika por telefone, fazendo malabarismos com as chaves para tentar entrar em casa. Fiquei muito abalada depois do encontro com Logan no restaurante. Não conseguia pensar direito. Sentia náuseas, raiva... alívio?

Uma parte de mim às vezes duvidava de que Logan ainda estivesse vivo, embora Kellan sempre me desse notícias dele.

— Acredite em mim, eu não fazia ideia — assegurou Erika.

Finalmente consegui abrir a porta e me atirei no sofá.

— Acho que Kellan pediu para ele vir. É uma confusão. Parece que ele vai ficar um tempo com a gente.

— Um tempo? — perguntei, me animando. — Quanto tempo? Ele está aí agora?

Pensei em ir até a casa de Erika só para ver o rosto dele novamente. Só para ter certeza de que ele era real.

— Aly — repreendeu Erika, sua voz soando um pouco como a da nossa mãe quando nos dava bronca na infância. — De novo, não.

— Não o quê?

— Não faça isso. Logan Silverstone está fora da sua vida. E é melhor que continue assim.

Como ele ficaria fora da minha vida se estava a poucos metros de distância, hospedado na casa da minha irmã?

— Só estava curiosa, Erika. Sério.

Fiz uma pausa, ouvindo os sons ao fundo. Ela estava mudando a disposição dos móveis na casa, eu tinha certeza disso. Sempre que Erika ficava nervosa ou chateada, mudava as coisas de lugar ou acidentalmente quebrava alguma louça e corria até uma loja para substituí-la. Era uma característica estranha da personalidade dela, mas eu sou a pessoa que passou cinco anos deixando uma mensagem por dia para um cara. Todo mundo era estranho de alguma forma.

— Uau, ele realmente deve ter te deixado irada — eu disse, pegando um batom e passando nos lábios. — Estou ouvindo você mudar as coisas de lugar.

— E você pode me culpar? É como se o destino dissesse: "Ah, você está estressada? Bem, vou deixar sua vida um pouco mais difícil."

— Quebrou quantos pratos até agora?

— Só um, felizmente. — Erika suspirou. — Mas eu tenho pratos extras no armário. — É claro que sim. Ela estava sempre pronta para qualquer tipo de incidente. — Ele fumou e deixou as cinzas no meu pires, Alyssa! Quem faz isso?

Eu ri.

— Melhor do que na mesinha de centro de quinhentos dólares.

— Você acha isso engraçado?

Um pouco.

— Não, não é engraçado. Desculpa. Olha, tenho certeza de que depois de alguns dias as coisas vão voltar ao normal. Provavelmente você nem vai se dar conta da presença dele.

— Você acha que ele ainda está usando drogas? — sussurrou ela ao telefone. — Kellan disse que não, mas eu não sei. Acho uma péssima ideia deixar Logan ficar aqui, péssima mesmo. O momento não poderia ser pior.

— Ele parecia bem — respondi, indo até o banheiro e olhando meus lábios pintados de vermelho no espelho. Peguei um lenço umedecido e comecei a limpar o batom. Pensei nos olhos de Logan, que me lembraram tanto do passado. — Ele realmente parecia bem. Saudável.

— Mas você não tem medo de que ele tenha uma recaída? Pode não ser bom para Logan voltar ao lugar onde ele teve tantos problemas.

— Acho que não devemos pensar muito nisso. Um dia de cada vez. Um prato quebrado por vez, Erika.

Ela riu.

— Tem certeza de que não quer vir para o jantar? Nossa mãe estará aqui para receber Logan.

Ah, não. Pobre Logan.

Minha mãe estava longe de gostar dele. E o último encontro dos dois tinha sido um completo desastre.

— Eu adoraria fazer parte dessa catástrofe, mas acho que vou recusar o convite. — Ver Logan me deixou tonta. Eu não sabia se conseguiria olhar para ele novamente. Mesmo que uma parte de mim quisesse fazer isso, só para ter certeza de que ele estava ali, de verdade. — Bom, divirta-se esta noite e me mande mensagem de texto com todos os detalhes desastrosos.

— Pode deixar. E, Alyssa?

— Sim?

— Não se envolva com Logan de novo. Nada de bom pode vir disso.

— Ok. E Erika?

— Sim?

— Não quebre mais nada.

— Combinado.

* * *

Peguei a caixa.

A caixa que deveria ter sido destruída há anos. A caixa da qual Erika pensou que eu tivesse me livrado quando desisti de Logan depois das milhares de mensagens de voz sem resposta. Mas ela estava escondida embaixo da minha cama e continha todas as nossas recordações.

Tirei a tampa e olhei todas as fotos que tiramos juntos quando éramos mais novos. Peguei a margarida amassada que estava atrás da minha orelha quando ele me beijou. O urso de pelúcia que ele roubou do parque de diversões quando o dono da barraca mentiu dizendo que eu não tinha ganhado o prêmio principal.

Os canhotos de ingressos de quando fomos ao cinema.

Os cartões de aniversário que ele sempre fazia para mim.

O isqueiro.

— Por que você fez isso comigo? — perguntei num sussurro, erguendo o moletom vermelho que ele me deu na primeira vez que saímos. Aproximei-o do meu rosto e quase pude sentir o cheiro da fumaça do cigarro dele no tecido. — Por que você voltou?

No fundo da caixa havia um garfo de prata.

Fechei os olhos ao segurá-lo.

Fiquei ali com aquela pilha de recordações por um tempo, até que coloquei tudo de volta na caixa e guardei-a novamente embaixo da cama.

Um dia eu me livraria dela, tinha certeza disso.

Mas não seria hoje.

Capítulo 19

Logan

Fiquei espantado quando entramos no restaurante do Jacob, o Bro's Bistrô. Era legal ver como ele tinha mudado de vida. Quando éramos mais jovens, fumávamos maconha e falávamos, de brincadeira, que queríamos ser chefs e donos de restaurantes. Era bom ver que o sonho dele tinha se tornado realidade.

— Cara, eu não acredito! Quem é vivo sempre aparece! — exclamou Jacob de trás do balcão do bar. — Logan Silverstone. Achei que nunca mais veria você por essas bandas.

O cabelo de Jacob estava curto e bagunçado, e ele tinha o mesmo grande sorriso bobo de alguns anos atrás.

Eu sorri.

— Com certeza faz um tempão, cara.

— Você parece bem. — Ele veio em minha direção e me deu um abraço de apertado. — Saudável.

— Estou me esforçando, cara. Estou me esforçando. Este lugar é incrível, Jacob.

— Sim, sim. Ainda está cedo. Vai ficar cheio a partir das sete ou oito horas. E amanhã é noite de karaokê, e você vai poder ver seu irmão tocar.

— É mesmo? Não ouço você tocar violão e cantar há um tempão, Kellan.

— Pois é, estou tentando voltar a fazer as coisas que eu gosto, sabe? A vida é muito curta para deixarmos de lado o que nos faz felizes.

— Isso é verdade. Mas esse lugar é muito legal, Jacob. Não é todo dia que alguém consegue realizar um sonho — comentei enquanto ele me guiava pelo local, me mostrando tudo. — Mas você conseguiu. Está vivendo o seu sonho.

— Estou tentando. — Ele riu. — Administrar o próprio restaurante é realmente muito difícil.

— É cansativo só de pensar.

— É verdade que você se formou em gastronomia em Iowa? — perguntou ele, nos levando de volta ao bar.

— É verdade. Achei que não seria capaz, mas... — *Alyssa sempre soube que sim.* — Eu consegui.

Jacob abriu um enorme sorriso.

— Cara, isso é demais. Quem imaginaria que dois garotos fodidos como nós iriam para a faculdade? O que vocês vão beber? Cerveja? Martínis coloridos, como as garotas gostam? — perguntou Jacob, passando um pano na bancada.

— Quero água — respondeu Kellan.

Eu ri.

— Continua o mesmo cara superfesteiro de antes. Quero uma Bud Light.

Kellan arqueou uma sobrancelha.

— Estou vendo que você é tão festeiro e louco quanto eu.

Jacob serviu as bebidas e apoiou os cotovelos na bancada. Com as mãos entrelaçadas e a cabeça apoiada nelas, perguntou:

— Então, Iowa, hein? O que diabos há para se fazer em Iowa?

— Exatamente o que você está pensando: nada. Minha vida é basicamente trabalhar, dormir, mulheres e fumar maconha.

Assim como Alyssa, Kellan fez uma careta quando mencionei a maconha.

— Dá um tempo, Kellan. Não estou usando mais nada. Só um baseado de vez em quando.

— Não quero que você tenha uma recaída, só isso.

— Há anos que não tenho uma recaída. Estou bem. — Pigarreei. — A propósito, obrigado por me ajudar com o aluguel no mês passado. E no outro mês também... — Minhas palavras se tornaram um sussurro. — E no outro... — Mesmo com um diploma, era bem difícil encontrar um emprego de verdade.

— Sempre que precisar, estou aqui. — Kellan sorriu, percebendo que eu queria mudar de assunto. — Só queria pedir a vocês que não mencionem isso a Erika, tudo bem?

Jacob riu.

— Isso deve ser estranho, Kellan.

— O quê?

— Ser pau-mandado de uma mulher.

Eu ri.

— Estou surpreso por ele ainda ter pau.

— Vão se foder. Erika é um pouco... — Kellan franziu o nariz, procurando a palavra certa.

— Controladora? — sugeriu Jacob.

— Intrometida? — perguntei.

— Dramática?

— Extremamente dramática?

— Maternal?

— Estável — disse Kellan, bebendo sua água. — Erika é estável. Ela me mantém com os pés no chão. Sim, ela tem um temperamento difícil, mas eu quero ela ao meu lado todos os dias, porque ela é forte. Ela é minha âncora.

Jacob e eu ficamos em silêncio, um pouco atordoados.

— Uau. — Jacob soltou um suspiro. — Isso foi... — Seus olhos lacrimejaram. — Isso foi tão brega.

Eu ri.

— Cafona demais.

178

— Vão se foder. Eu jamais esperaria que dois caras encalhados e idiotas entendessem alguma coisa sobre relacionamentos — falou Kellan. — Então, gostou do lugar?

— Se eu gostei? É incrível. Aposto que a comida é tão boa quanto parece. Se eu morasse na cidade, viria aqui todos os dias.

Um sorriso malicioso surgiu no rosto de Kellan, e não demorei muito a ver o mesmo olhar de deleite no rosto de Jacob.

— Foi bom você mencionar isso, porque Jacob e eu estávamos conversando... se você ficasse na cidade, ia precisar de um emprego. Ele está à procura de um chef.

— O salário é bom. Quer dizer, o dono do restaurante é um completo idiota, mas o emprego é legal — acrescentou Jacob.

Eu ri, porque aquela era uma ideia ridícula, mas parei quando vi que os dois estavam falando sério.

— Não me leve a mal, Kellan, mas como o casamento não vai acontecer em breve, vou pegar o primeiro trem de volta para Iowa.

— Ah, é? E você pode pagar pela passagem de trem? — indagou ele.

— O quê? Você disse que pagaria a passagem.

— Não é verdade. Eu disse que pagaria a passagem para você vir. Não falei nada sobre a volta.

— Vá se foder. — Bufei e, com um olhar confuso, encarei meu irmão. — Você está falando sério, não está? — Olhei para Jacob. — Ele está falando sério mesmo?

— Essa é sua casa. E você é sempre bem-vindo em casa.

— Você está me mantendo como refém — retruquei, perplexo.

— Estamos te oferecendo um emprego! Olha, se você realmente quiser uma passagem para Iowa, posso comprá-la amanhã de manhã. Mas minha oferta sempre estará de pé.

Kellan realmente estava tentando me convencer a ficar e recomeçar a vida em True Falls, mas eu não conseguia entender o porquê. Eu não considerava mais aquela cidade como o meu lugar. Era só o local onde eu havia deixado os fantasmas do passado.

— Quero a passagem para Iowa. É sério, Kellan, eu te amo muito. Mas essa cidade? Eu não conseguiria ficar aqui e manter a sanidade. Não mesmo.

Kellan assentiu.

— Entendi. Só não podia deixar de fazer a proposta.

Agradeci a oferta.

— Então, você encontrou Alyssa? Qual é o seu plano se isso acontecer de novo? — perguntou meu irmão.

— Vou ignorá-la e me afastar. Não podemos voltar no tempo. Não posso repetir os mesmos erros, e ela definitivamente está melhor sem mim. Mas, mudando de assunto, é bom ver que você está limpo, Jacob.

Ele assentiu.

— Não foi muito tempo depois que você saiu da cidade. Um dia acordei e cheguei à conclusão de que eu não podia deixar as coisas como estavam. Não fui para a reabilitação, mas frequentei a igreja por um tempo, e isso me ajudou muito. Não vou lá há anos, mas a religião me tocou de uma forma que cheguei a ser nomeado pastor.

Eu ri.

— Não acredito.

Ele apontou para si mesmo.

— Se um dia você quiser se casar, lembre-se desse belo rapaz aqui. — Do nada, Jacob se inclinou para a frente com a expressão mais solene que já vi. — Logan, falando sério, tenho que te perguntar uma coisa muito importante...

Eu suspirei, ciente de que não poderia evitar as perguntas que muitas pessoas provavelmente queriam me fazer. O mesmo tipo de pergunta que Sadie me fez. *Como foi a reabilitação? Teve recaída? Ainda pensa em usar drogas?*

— Sim, Jacob?

— Como você consegue manter essa porra de cabelo tão perfeito? É mais brilhante do que qualquer coisa que já vi. E quanto volume!

Que merda. Fiquei meio calvo e tive que passar máquina no cabelo para ter uma aparência mais ou menos decente.

— Cara, não comece a falar desse cabelo... — resmungou Kellan.

— Já te disse, Kel, inveja é pecado. — Eu ri. — Uma vez por mês faço hidratação com gema de ovo e abacate.

— Sério?

— Sério. Mas, depois de quarenta e cinco minutos, quando for lavar o cabelo, não use água quente. Caso contrário, vai ter ovos mexidos no cabelo e vai passar uma semana tirando-os da cabeça. Além disso, a água fria é boa para os folículos capilares, porque ajuda os fios a crescer mais fortes e saudáveis. Posso fazer uma lista de todos os produtos que eu uso, se você quiser.

— Jura? Pode fazer isso?

— Claro, sem problemas.

— Não acredito que essa conversa está realmente acontecendo... — comentou Kellan.

Ele soltou um suspiro e revirou os olhos de uma forma que eu pensei que fossem sair de órbita. Kellan podia ter tido uma vida melhor que a minha, mas hoje ele era a piada do dia. Até porque meu cabelo estava incrível, enquanto o dele também estava ficando escasso.

Permanecemos no restaurante por mais algum tempo, sem falar sobre o passado ou o futuro, apenas nos divertindo.

— Odeio ter que encerrar esse encontro, mas é melhor a gente voltar para ajudar Erika com o jantar — anunciou Kellan.

Eu me levantei e apertei a mão de Jacob.

— Bom te ver, cara.

— Você também, Logan. Você parece bem. Bem mesmo, cara.

— Você também. E, hum, nunca tive oportunidade de dizer isso, mas sinto muito sobre o que falei naquela época. Com relação ao seu vício em pornografia, e o comentário sobre garfos e tal.

Ele riu.

— Eu te perdoo, cara. Mesmo que não fosse um garfo, e sim uma colher bem geladinha. Ah! Não se esqueça de me dar a lista de produtos para o cabelo!

Não sei se isso tornava as coisas mais normais ou mais estranhas, mas, de qualquer forma, era bom estar entre pessoas conhecidas.

Capítulo 20

Logan

— Vocês estão atrasados! — reclamou Erika quando entramos em casa. O local parecia completamente diferente de quando saímos. Tudo havia sido trocado de lugar: a mesa de jantar, os sofás, a televisão. Senti como se tivesse entrado em outra dimensão. — Minha mãe vai chegar logo.

— Vou tomar um banho antes do jantar — falei.

— Ótimo. Deixei um jogo de toalhas no quarto de hóspedes e algumas coisinhas de que talvez você precise. — Erika fez um gesto em direção à cozinha. — Kellan, venha experimentar o purê de batatas que eu fiz.

— Ei, espere aí. Erika fez o jantar? — perguntei, amedrontado. Kellan me cutucou, mas não consegui me conter. — Da última vez que comemos algo que ela cozinhou, o frango ainda estava cacarejando, Kellan!

— Cara... Vai tomar banho.

Ao seguir para o quarto, ouvi Erika dizer que ia ter que se controlar muito para não me matar, e não pude deixar de rir. Em cima da cama havia uma caixa com toalhas limpas, escova de dentes, fio dental, alfinetes, sabonete líquido, desodorante e tudo mais que uma pessoa poderia precisar.

Eu sabia que Erika não havia ido ao mercado, então com certeza ela tinha aquilo tudo em casa. Às vezes, ser um pouco excêntrico vinha a calhar.

A água do chuveiro caiu forte e quente em meu corpo. Enquanto passava xampu e condicionador no cabelo, tentava reproduzir cada momento do encontro com Alyssa. Seu cheiro, seu toque, seu sorriso, seu semblante fechado.

A ideia de ficar na cidade apenas pela possibilidade de cruzar com ela de vez em quando passou pela minha cabeça. Mas muita coisa podia ter mudado em cinco anos, especialmente depois de todas as ligações não atendidas.

Eu deveria ter retornado as ligações. Deveria ter atendido ao telefone.

Afastei aqueles pensamentos minutos depois, quando ouvi uma batida na porta da frente. Desliguei o chuveiro, me enxuguei e vesti uma calça jeans e uma camiseta.

— Alguém fumou aqui? — perguntou a mãe de Erika, Lauren, sua voz ecoando pelos corredores.

— O quê? Não, entra, mãe.

— Está com cheiro de cigarro — insistiu ela, a voz cheia de decepção.

De outro cômodo, pude ouvir Lauren, chocada, murmurando alguma coisa ao saber do meu retorno à cidade. Respirei fundo e puxei o elástico em meu pulso. *Não importa o que pensam de mim. Eu não sou mais a mesma pessoa. A opinião dos outros não me define.*

Quando eu estava na clínica de reabilitação e a Dra. Khan dizia isso para mim, eu achava que era conversa para boi dormir, mas, naquele momento, o papo chato dela me deu forças para sair do banheiro e enfrentar meu passado.

— Ele ainda está usando drogas? — indagou Lauren no mesmo instante em que cheguei à sala.

— Hoje, não — respondi, abrindo um falso sorriso reluzente. *Fica frio, Lo. É apenas um jantar, logo você estará em um trem de volta para Iowa.* — Lauren, é bom te ver.

Estendi a mão para cumprimentá-la, mas ela se retraiu, puxando a bolsa para junto do corpo.

— Achei que seríamos apenas nós para o jantar — disse Lauren, o tom de voz irritado. — E também achei que iríamos a um restaurante. — Seu sorriso era ofuscado por sua expressão de contrariedade, e, mesmo que tivesse os olhos de Alyssa, nunca teria sua gentileza.

— Achamos que seria melhor uma reunião mais íntima, sem todo o barulho do restaurante. Venha, temos garrafas de vinho na mesa, e Erika preparou um ótimo jantar — retrucou Kellan com um grande sorriso. Eu queria saber se seu sorriso era tão falso quanto o meu.

Antes que pudéssemos nos sentar para comer, outra batida soou à porta. Quando Erika a abriu, senti um frio na barriga ao ver Alyssa segurando duas garrafas de vinho.

Sempre que a via, eu parecia prestes a derreter. Mantenha a muralha erguida, Logan.

— Tem espaço para mais um? — perguntou ela, sorrindo.

— Sim, claro — respondeu Erika, correndo para arrumar outro lugar na mesa.

Lauren bufou.

— É extremamente deselegante aparecer na casa de alguém e se convidar para o jantar.

— É bom ver você também, mãe — retrucou Alyssa de modo rude.

Meu olhar se fixou nela, e seus olhos encontraram os meus. Alyssa abriu um sorriso discreto, e tive que desviar minha atenção para outra coisa antes que eu perdesse a cabeça. Estar de volta, ficar perto dela, era muito mais difícil do que qualquer coisa que já tive que fazer.

E eu já tinha feito um monte de coisas bem difíceis.

Nós nos sentamos para comer. Meu lugar era ao lado de Lauren, que parecia bem nervosa. Kellan serviu vinho a todos. Rapidamente, ergui a taça e tomei um grande gole.

— Você pode beber? — perguntou Lauren.

— Provavelmente não — respondi, terminando a primeira taça e servindo-me de mais vinho.

Começamos a comer a comida nojenta de Erika. Tive que mastigar cinco vezes a mais do que o normal para conseguir engolir aquilo, mas não abri a boca para reclamar.

— Como estão as coisas no escritório de advocacia, Kellan? — indagou Lauren.

Ela era advogada, e uma das coisas de que mais gostava em Kellan era o fato de ele ter estudado direito e conseguido um ótimo emprego, onde ganhava um bom salário, mas meu irmão odiava o trabalho.

Kellan pigarreou, limpando a boca com um guardanapo.

— Na verdade, eu saí de lá há pouco mais de um mês.

Arqueei a sobrancelha, chocado.

— Sério?

— O quê? — Lauren parecia surpresa. Ela se virou para Erika. — Por que você não me contou?

— Não cabia a mim contar, mãe.

— Mas por quê? Por que você saiu?

— Não estava feliz, eu acho — disse Kellan, apertando a mão de Erika. Os dois sorriram um para o outro, e, por um momento, vi o amor que ele dizia sentir por ela. Esses dois realmente se gostavam.

— Agora estou livre para me dedicar às minhas outras paixões.

— Como o quê? — perguntou Lauren.

— Música. Tocar violão.

— Isso é um hobby, não um trabalho — retrucou ela, franzindo o cenho. Sempre desagradável.

— Mãe, você sabe que eu trabalho em um piano-bar, não? — lembrou Alyssa.

— Ah, querida, você trabalha em um restaurante, em uma loja de móveis e ainda toca piano em bares de quinta categoria à noite. Isso não é algo que você possa considerar como sucesso.

Você continua uma escrota.

— Acho que a música é realmente importante em minha vida. — Kellan assumiu um tom de voz pacificador. — É divertido. Minhas apresentações rendem um bom dinheiro. É algo que eu amo fazer. E a vida é muito curta para a gente não fazer o que ama.

— Isso aí! — zombei, enchendo minha taça. — É por isso que eu bebo tanto vinho. — Sorri, piscando para Lauren e adorando o quanto eu a deixava desconfortável.

— Você vai ver o show de amanhã. Vou tocar no restaurante de um amigo.

— O quê? Você disse que íamos ao teatro amanhã — falou Lauren, virando-se para Erika.

— Não... eu disse que íamos a um show — disse a filha. As duas eram tão parecidas que era quase impossível entender como Alyssa se encaixava naquela equação.

— Vai ser divertido — garantiu Kellan. — Além disso, depois do show, podemos dar um pulo no salão onde será a festa do casamento no mês que vem.

— O quê? — indagou Lauren.

Erika começou a tossir sem parar.

— Alguém quer mais vinho? — perguntou ela.

— O que você quis dizer com o casamento ser no mês que vem?

— Você não contou à sua mãe? — perguntou Kellan.

— Não me contou o quê?

— Esqueci — respondeu Erika.

Uau. Eu tinha a impressão de que estava assistindo a um programa humorístico que não tinha a menor graça.

— Trocamos a data do casamento para o mês que vem — explicou Erika. — Mas não se preocupe! Você não precisa fazer nada, só aparecer.

— Não. O casamento será no ano que vem. Achei que estávamos esperando você terminar o mestrado, Erika. Além disso, sou eu que vou pagar pelo casamento. Você não acha que eu tinha o direito de saber disso? Já pagamos o sinal do salão para a festa! E agora você me diz que encontrou um novo local?

— Vamos devolver o dinheiro. Foi uma mudança de última hora.

— Mudança de última hora? Me dê um motivo. Uma boa razão para a gente apressar isso. Há tantas coisas para escolher. Flores, bolo, cardápio. Vestidos, convites, tudo. Não vai dar tempo.

— Não precisamos de tudo isso, mãe. Vamos fazer algo mais simples.

De vez em quando, eu flagrava Alyssa olhando para mim, e ela desviava o olhar rapidamente. Em outros momentos, era eu quem olhava em sua direção. Eu não queria prestar atenção naquela conversa. Estava muito mais interessado em ver como Alyssa e eu tentávamos evitar um ao outro.

— Faz anos que você planeja o casamento dos seus sonhos, Erika Rose. E agora você simplesmente não se preocupa com esses detalhes? Não. Nós tínhamos um plano. Vamos mantê-lo. Além disso, Kellan nem tem emprego agora!

— Ele tem os shows à noite — eu intervim com um sorriso, entrando na conversa.

Alyssa riu. Amei aquela risada. Por que ela tinha que ser tão bonita? Eu achava que voltaria à cidade e a encontraria igual a um monstro.

Não tive sorte.

— Não entendo a pressa. Você deveria esperar até o ano que vem, como tínhamos planejado — sugeriu Lauren. — Deveríamos manter o plano.

— Planos mudam, mãe. Está tudo bem.

— Quero saber o porquê. Por que agora? É uma mudança muito radical. Você não acha que deveria considerar o fato de Kellan estar desempregado? Como vocês vão lidar com as despesas desta casa? Hein? Já pensou nisso? É caro manter uma casa desse tamanho, nesse bairro. Falei tanto para vocês não comprarem uma casa tão grande, mas você não quis me ouvir. O que vocês vão fazer?

Eu me senti mal por Erika. Seu rosto estava vermelho, e seus nervos, à flor da pele.

— Eu amo Kellan! Eu amo Kellan, mãe. Que diferença faz se vou me casar hoje ou daqui a alguns anos? Eu quero ficar com ele.

— Isso não é racional. Você está parecendo sua irmã, Erika.

Alyssa suspirou.

— Estou aqui, mãe.

— Bom, é verdade. Você sempre foi incontrolável, Alyssa. Mas, Erika, você é sensata. Você tem a cabeça no lugar. Mas agora está agindo como se não tivesse bom senso.

Vi os olhos de Alyssa se encherem de lágrimas. Fiz menção de mandar Lauren calar a boca, mas Alyssa me impediu, fazendo um gesto negativo com a cabeça.

Por que eu deveria me importar? Não era meu papel defendê-la.

Erika abriu a boca para responder à mãe, mas as palavras de Kellan saíram primeiro, instaurando o silêncio na sala.

— Estou com câncer.

Espere aí.

O quê?

Não.

Senti um aperto no peito e a bile subindo pela minha garganta.

— Descobrimos há algum tempo, mas não sabíamos como dar a notícia — explicou Kellan. — Já fiz uma cirurgia para remover um tumor e vou começar a quimioterapia em breve, mas...

— Desculpa. Começa de novo. O quê? — eu o interrompi.

Meu sangue estava fervendo, e me senti à beira de um colapso. Meus dedos afundaram nas laterais da cadeira, meu corpo estava trêmulo. De que diabos ele estava falando? Kellan não tinha câncer. Kellan era saudável. Sempre foi. Ele era o único que prestava na família. Não podia estar doente.

— Você está brincando comigo? — perguntei.

Não.

Não.

Vi nos olhos de Alyssa o quanto a notícia a entristecia, e ela quase estendeu a mão para segurar a minha, mas foi minha vez de fazer um gesto negativo com a cabeça. Kellan abriu a boca para falar algo, mas me levantei, sem querer ouvir a explicação. Eu não queria que ele dissesse nada, porque suas palavras envenenariam a minha alma. Eu precisava de ar. Muito ar. Fui até a porta e saí. Senti o ar frio em meu rosto quente e soltei um suspiro de dor. Eu me apoiei no parapeito da varanda e olhei para o céu escuro, respirando fundo e me esforçando para não desmoronar.

Fechei os olhos e puxei o elástico no meu pulso uma vez.

Isso não é real...

Eu não podia abrir os olhos.

Ele estava bem. Era saudável.

Puxei o elástico em meu pulso duas vezes.

Isso não é real. Isso não é real...

A porta de correr se abriu, e eu ouvi passos se aproximando. Kellan se apoiou no parapeito ao meu lado.

— Você escondeu isso de mim — falei.

— Eu não queria te contar desse jeito. Não sabia como dizer.

— Onde?

— No cólon.

Que merda.

— Eu... — comecei, mas minha voz falhou.

Senti que deveria dizer algo, mas não sabia o quê. Havia algo a ser dito em uma situação como essa?

Meus dedos seguraram o parapeito com mais força.

— Temos que ir no JV. Não vou acreditar até que ele diga isso na minha cara.

JV era o médico que cuidava de nós quando éramos crianças. Ele era amigo do pai de Kellan e, mesmo que eu não tivesse dinheiro ou plano de saúde para ir a um consultório médico, ele sempre me atendia de graça. Era um cara estranho, mas um bom homem, e o único médico em quem eu confiava. Só ele poderia me dizer qual era o verdadeiro estado do meu irmão.

— Logan — a voz de Kellan se tornou mais suave —, já conversei com JV. Além disso, ele não é oncologista.

— Eu confio nele — retruquei, com os dentes cerrados. — Confio nele, Kellan. E só nele.

Kellan passou a mão pela nuca.

— Ok, vamos ver JV amanhã. Se isso vai fazer você se sentir melhor...

— Vai. — Pigarreei. — Mas, por enquanto, me conte o que você sabe. Em que estágio está? Tem cura, não tem? Como podemos nos livrar disso? O que eu posso fazer? Como posso ajudar? Como podemos superar isso?

O que eu posso fazer para você superar isso?

— Estou no estágio três. — *Não. Isso não é bom.* — Mas, por enquanto, vamos esperar. Como eu disse, fiz uma cirurgia para remover o tumor e dois nódulos linfáticos. Vamos começar a quimioterapia em uma semana e teremos que aguardar um pouco para ver se ela funciona. A quimio vai ajudar a conter as células que podem ter se espalhado para outros lugares do meu organismo

— O que acontece se elas tiverem se espalhado para outros lugares? Ele ficou em silêncio.

Não.

Não.

Não.

— Você deveria ter me contado.

— Eu sei.

Nós nos viramos e ficamos de frente para a casa. Erika e a mãe estavam discutindo aos berros. Alyssa tentava ao máximo amenizar a situação, mas sem sucesso.

— Você não pode se casar com uma pessoa que tem câncer, Erika. Isso não faz sentido! Você está pensando com o coração, não com a razão.

Que merda, que coisa horrível de se dizer!

— Cara, a mãe delas é louca. Tinha me esquecido do quanto ela faz Erika parecer... normal?

— Ela é uma pessoa difícil, com certeza. — Kellan baixou a cabeça e olhou para os sapatos. — Mas não está totalmente errada.

— O quê?

— Erika está em pânico. Quer se casar comigo às pressas porque está com medo de algo acontecer. De as coisas darem errado. Não me leve a mal, quero me casar com ela, mas... — Suas palavras se desvaneceram, e Kellan olhou novamente para a casa, que parecia a poucos segundos de explodir.

Eu queria conversar mais sobre o casamento, saber o que ele pensava sobre o assunto, mas, pela sua linguagem corporal, vi que meu irmão não estava de bom humor.

A briga dentro da casa devia ter chegado a um ponto crítico, porque Lauren saiu porta afora a toda velocidade. Erika rapidamente começou a tirar a mesa de jantar, quebrando pratos na pia e reorganizando cadeiras. Alyssa permaneceu junto à parede, observando.

— Hum, devemos ajudá-la? — perguntei.

Kellan balançou a cabeça.

— É parte do processo. A gente só precisa deixar acontecer.

Puxei o elástico em meu braço mais uma vez. Ou duas. Talvez quinze.

— Sabe o que é mais louco? Eu fumo, e você é quem tem câncer.

— O que é seu é meu...

— E o que é meu é seu — retruquei.

— Se isso faz você se sentir melhor, cigarro não causa câncer de cólon. Mas você deveria parar de fumar.

Bufei diante de seu tom paternal.

Mas ele não estava errado.

— Nosso avô teve câncer de cólon — eu disse com a voz embargada. O câncer tinha matado ele.

— Sim, eu sei.

A única pessoa da minha família que me amou tanto quanto meu irmão foi meu avô. Ver o câncer tirar a vida dele foi a coisa mais difícil que presenciei. O pior foi a rapidez com que tudo aconteceu. Um dia ele estava bem; alguns meses depois, estava péssimo. Eu nem tive a chance de me despedir, porque ele morava muito longe de nós.

— Olha, talvez eu deva ficar por um tempo. Não tenho nada que me prenda em Iowa.

— Sério?

Kellan fungou e colocou as mãos na nuca.

— Sério. Nada mesmo. Eu até poderia ir visitar nossa mãe. Ver como ela está.

— Isso não é uma boa ideia. Devo levar o vale-refeição dela e alguns mantimentos no fim da semana.

— Posso levá-los amanhã.

Ele se retraiu.

— Não sei, Logan... Você acabou de se livrar das drogas, e agora o câncer... Não quero que você entre nesse mundo novamente.

— Está tudo bem — assegurei a ele. — Eu dou conta de tudo.

— Tem certeza?

Eu ri e dei um cutucão nele.

— Cara, é você quem está com câncer e está aí todo preocupado comigo. Pare. Você cuidou de mim e da nossa mãe a vida toda. É a minha vez agora, está bem?

Quando a palavra câncer saiu de meus lábios, senti como se estivesse morrendo por dentro.

— Ok. — Kellan cruzou os braços. — Eu tenho algumas coisas para fazer amanhã depois da consulta com JV, mas Erika pode te dar uma carona.

— Ela faria isso?

— Se eu pedir, sim. Mas não se surpreenda se tiver que fazer umas paradas no caminho.

Ergui o ombro esquerdo.

Ele ergueu o direito.

Vimos Erika destruir a casa antes de colocar tudo no lugar de novo, e eu passei o tempo todo me perguntando se era realmente forte o suficiente para enfrentar meu passado. Eu não sabia como seria ficar cara a cara com minha mãe.

Eu não sabia o quanto eu era forte.

Capítulo 21

Alyssa

— Logan? — sussurrei ao bater à porta do quarto dele.

Fazia mais ou menos meia hora que Logan tinha se trancado no quarto, e eu não conseguia nem imaginar como estava a cabeça dele depois que Kellan havia lhe contado sobre o câncer. Eu o ouvi se mover pelo cômodo antes de a porta se abrir. Ele fungou um pouco e passou a mão pelo rosto antes de olhar para mim.

— O que foi?

Seus olhos estavam vermelhos e um pouco inchados. Eu queria abraçá-lo, trazê-lo para junto de mim, consolá-lo, aliviar suas mágoas e seu sofrimento.

Você estava chorando.

— Eu só queria dizer oi e ver como você está — falei suavemente.

— Estou bem.

Dei um passo na direção da porta, aproximando-me dele. Eu sabia que Logan não devia estar nada bem. Kellan era tudo para ele. Quando foi embora para Iowa, o irmão foi a única pessoa com quem Logan manteve contato. Ele ignorou todos os meus telefonemas, mas atendeu todas as ligações de Kellan.

— Você não está bem.

— Estou. — Ele balançou a cabeça com um olhar frio. — Estou bem. Não vou ter uma recaída, Alyssa. Pessoas têm câncer todos os dias. Pessoas vencem o câncer todos os dias. Ele está bem, eu também. Tudo bem.

Para qualquer outra pessoa, o leve tremor em seus lábios teria passado despercebido, mas não para mim. Vi como seu coração estava cheio de dor.

— Lo, vamos lá. Sou eu. Você pode conversar comigo.

— E quem é você, exatamente? — sussurrou ele, seu tom amargurado. — Há quanto tempo você sabe? Há quanto tempo você sabe que ele está doente?

Fiz menção de responder, mas ele continuou falando.

— Então você sabia? Mil e noventa mensagens, Alyssa. Você me deixou mil e noventa mensagens. Ligou para o meu telefone mil e noventa vezes, mas não conseguiu deixar uma mensagem dizendo que meu irmão estava com câncer, o mesmo tipo de câncer que matou nosso avô?

A mão de Logan agarrou a maçaneta, e ele fechou a porta, o que não me surpreendeu. Suas palavras eram duras, mas o que ele dizia não era mentira. Eu sabia sobre o câncer de Kellan há um tempo, mas não era meu papel dar a notícia a ele. Kellan me fez jurar que não contaria nada.

Meus dedos tocaram a porta, e eu fechei os olhos.

— Eu moro na esquina da Cherry Street com Wicker Avenue. É uma casa amarela, com um vaso de flores em formato de piano na varanda. Você pode ir até lá se precisar, Logan. Se quiser conversar com alguém. Pode vir sempre, a qualquer hora.

A porta se abriu, e eu respirei fundo quando Logan deu um passo na minha direção, ficando bem próximo de mim. Seu rosto estava duro, e os olhos, antes avermelhados de tanto chorar, agora pareciam furiosos.

— Porra, qual parte você não entendeu? — sussurrou ele.

Logan deu outro passo na minha direção, e eu recuei, até que minhas costas tocaram a parede do corredor e seu corpo ficou a centímetros do meu. Nossas bocas estavam tão próximas que, se eu me movesse, poderia sentir o toque dos lábios pelos quais ansiei por tanto tempo. Quando ouvi suas palavras, cada sílaba me feriu profundamente.

— Eu não preciso de você, Alyssa. Eu. Não. Preciso. De. Você. Então, se puder me fazer um favor e parar de agir como se fôssemos amigos, seria ótimo. Porque não somos amigos. Nunca seremos amigos de novo. Eu não preciso de você. E não preciso apoiar a cabeça no seu ombro, porra.

Ele voltou para o quarto e fechou a porta. Respirei fundo algumas vezes, abalada. Meu coração ainda batia freneticamente no peito quando voltei para a sala para pegar meu casaco.

Quem era aquela pessoa?

Esse não era o mesmo cara que eu conheci há alguns anos. Ele não era meu melhor amigo.

Ele era um completo estranho para mim.

— Você está bem? — perguntou Erika, franzindo o cenho.

Dei de ombros.

— Pode pegar um pouco mais leve com ele, Erika?

— Sério? — Minha irmã bufou, irritada. — Ele foi grosseiro com você! E você está me pedindo para pegar leve? Estou a dois segundos de mandá-lo cair fora da minha casa.

— Não — falei rapidamente, balançando a cabeça. — Não. Não. Ele está passando por um momento difícil. Quer dizer, nem consigo imaginar... Se fosse com você... — Não consegui terminar a frase. Eu não tinha a menor ideia de como lidaria com a situação se descobrisse que minha irmã estava com câncer. — Só dê um tempo a ele.

Ela relaxou um pouco.

— Ok. — Erika me abraçou e cochichou no meu ouvido: — Tudo bem se você quiser ficar longe dele, Aly. Você sabe disso, certo? Sei que vê-lo novamente deve magoá-la um bocado.

— Está tudo bem. Estou bem.

— Sim, mas talvez seja melhor manter uma distância segura. Para o coração dos dois.

Concordei. Além disso, eu não via possibilidade de encontrá-lo tão cedo.

Capítulo 22

Logan

Apoiei as costas na porta do quarto até ouvir Alyssa ir embora. Ia ser difícil ficar longe dela, porque uma grande parte de mim queria trazê-la sempre para perto.

Sentei na cama com o celular e busquei na internet informações sobre câncer de cólon. Meus olhos percorreram as páginas, deixando-me com mais medo do que eu imaginava ser capaz de sentir. Durante um tempo, li muitos relatos de pessoas que sobreviveram à doença, mas, em seguida, não sei como, fui parar em uma espécie de submundo da internet onde só existiam histórias de pessoas que haviam morrido muito rápido por causa desse tipo de câncer.

Encontrei remédios naturais. Relatos mentirosos. Fiquei acordado até o sol nascer e seus raios de luz entrarem pela minha janela.

Quando meus olhos ficaram tão pesados quanto o meu coração, deixei o telefone de lado.

As únicas coisas que aprendi naquela noite foram que os sites médicos são coisa do demônio e que Kellan provavelmente não sobreviveria a mais uma noite.

Peguei um cigarro e o acendi com o isqueiro. Abri a janela, coloquei-o no parapeito e me permiti ter aqueles poucos momentos de dor.

Capítulo 23

Logan

O consultório do Dr. James Petterson estava frio. Mais frio do que o necessário. Lá fora provavelmente devia estar uns trinta graus — o que era quente para o Wisconsin —, mas o médico não precisava transformar o lugar em um cubo de gelo. James — ou James Vareta (JV), como todo mundo na cidade o chamava por causa do seu corpo alto e magro — era o único médico em quem confiava. Ele não era um médico comum. Muitas vezes eu me perguntava se JV realmente era formado em medicina ou se, num sábado à noite, ele ficou entediado, comprou um estetoscópio, vestiu um jaleco branco e nunca mais o tirou. Ele morava em um apartamento acima do consultório.

Aliás, até seu consultório parecia uma farsa. Em cima da lareira atrás da mesa havia uma grande cabeça de veado. JV jurava tê-lo abatido de olhos fechados há alguns anos. Ao lado da cabeça empalhada havia o que ele alegava ser pele de um urso preto, mas, na verdade, não era nada além de um tapete que provavelmente tinha comprado no Walmart. JV sempre dizia que havia matado o urso com uma lata de cerveja na mão direita e a espingarda na esquerda.

No canto da mesa, à esquerda, havia um pote de jujubas. À direita, balas de alcaçuz. Eu sempre achei estranho um médico incentivar os pacientes a comer doces, mas, para JV, isso fazia sentido, pois sua esposa, Effie, era uma das poucas dentistas da cidade, e ela estava sempre à procura de novos pacientes.

JV e a esposa deveriam ter mais bom senso ao escolher os doces, porque ninguém em seu juízo perfeito comeria alcaçuz.

Cruzei os braços e me encolhi, na tentativa de afastar o frio. *Merda*. Eu estava congelando. Meus olhos se voltaram para a cadeira ao meu lado, onde Kellan estava sentado.

Quando olhei para JV, vi que seus lábios ainda se moviam rapidamente. Ele continuava falando, explicando a situação milhares de vezes. Pelo menos foi o que eu imaginei, pois já não estava mais ouvindo.

Eu não me lembrava do momento exato em que tinha parado de ouvi-lo, mas, nos últimos cinco ou dez minutos, fiquei simplesmente observando os movimentos de sua boca. Sons sem sentido fluíam rapidamente de seus lábios.

Minhas mãos agarraram a lateral da cadeira.

O choque foi a pior parte. Quando JV confirmou o diagnóstico, eu não sabia se chorava ou não, se ficava apenas chateado ou socava a parede. Não sabia quanto tempo eu ainda tinha com o meu irmão. A sensação esmagadora de isolamento me fez perder o fôlego por alguns instantes. As batidas irregulares do meu coração eram aterrorizantes, mas a sensação não era desconhecida para mim. O medo e raiva tornavam cada momento insuportável.

— Logan — disse JV, trazendo-me de volta à conversa —, esse não é o fim do seu irmão. Ele está sendo atendido pelos melhores médicos do estado. Está recebendo o melhor tratamento.

Kellan assentiu.

— Esse não é o fim, Logan. É apenas um percalço.

O movimento que ele fez com a cabeça não combinava com sua escolha de palavras, e isso me confundiu. Se aquele não era o fim, Kellan não deveria fazer que não com a cabeça em vez de assentir?

Passei a mão pelo rosto.

— Precisamos de uma segunda opinião. — Comecei a andar pela pequena varanda do consultório. — E então, de uma terceira. E de uma quarta.

Era isso que as pessoas faziam, certo? Procuravam uma resposta que fosse mais fácil? Mais promissora?

Precisávamos de uma resposta melhor.

— Logan... — JV deu um sorriso. — Uma segunda opinião só vai nos atrasar. Já estamos enfrentando o problema e temos esperança de que...

Então aconteceu novamente. Parei de ouvir.

A consulta continuou, mas eu não disse mais nada. Não havia nada a dizer.

Kellan e eu permanecemos em silêncio por todo o caminho de volta para casa, e minha mente não conseguia se calar, repetindo a palavra câncer o tempo todo.

Meu irmão, meu herói, meu melhor amigo estava com câncer.

E eu não conseguia mais respirar.

* * *

Quando Kellan me disse que Erika ia fazer paradas no caminho antes de me deixar na casa da minha mãe, eu não imaginei que ficaríamos mais de vinte minutos no corredor de uma loja. Fazia apenas um dia que Kellan havia me contado sobre seu estado de saúde, e a cada minuto eu pensava em usar drogas para lidar com isso — o que era melhor do que a cada segundo. Erika tinha um tipo diferente de vício para lidar com o estresse, a loja Pottery Barn.

— Quanto tempo vamos ficar aqui? — perguntei. Estávamos em frente a uma prateleira com louça caríssima pelo que pareciam horas, e Erika escolhia atentamente o novo jogo de pratos, já que tinha quebrado praticamente toda a porcelana da casa.

— Fique quieto — ordenou ela, os braços cruzados, olhos semicerrados, completamente fora de si. — Isso leva tempo.

— Não mesmo. — Fiz um gesto em direção a um jogo de pratos. — Veja. Pratos. Ah, olhe, mais pratos. Caramba, o que temos aqui, Erika? Eu acho que são pratos.

— Por que você tem que ser tão difícil o tempo todo? Eu realmente esperava que você tivesse amadurecido nesses cinco anos.

— Sinto muito desapontá-la. Mas, sério, podemos ir?

Ela me dirigiu um olhar irritado.

— Por que está com tanta pressa para ver a sua mãe? Há cinco anos você foi embora e deixou tudo nas mãos de Kellan. Era ele quem ia até lá quando ela surtava, e você nunca telefonou para saber como ela estava. Você nunca a procurou, então por que quer vê-la agora?

— Porque meu irmão está com câncer, minha mãe é viciada em drogas, e eu me sinto um filho e um irmão de merda por ter ido embora. É isso que você quer ouvir, Erika? Eu sei, sou um merda. Mas, se você conseguisse parar de jogar isso na minha cara por uns dois segundos, seria ótimo.

Ela bufou e desviou o olhar, voltando-o para os pratos. Ficamos em silêncio.

Cinco minutos. Dez. Quinze malditos minutos.

— Aqueles. Vou levar aqueles ali. Pegue dois jogos, Logan.

Erika se virou e seguiu para o caixa, me deixando perplexo.

— Por que eu tenho que pegar dois jogos? — gritei.

Ela não se preocupou em responder, apenas continuou andando.

Tentando equilibrar os dois jogos de pratos em meus braços, fui até a parte da frente da loja e coloquei-os diante do caixa. Erika e eu ficamos em silêncio até ele nos dizer o valor total.

— Cento e oito dólares e vinte e três centavos.

— Você só pode estar de brincadeira — falei. — Você vai pagar mais de cem dólares em pratos?

— O que eu faço com o meu dinheiro não é da sua conta.

— Eu sei, mas qual é, Erika. Você poderia comprar pratos mais baratos em uma loja de um e noventa e nove, já que provavelmente você vai quebrá-los amanhã mesmo.

— Eu não fico perguntando a Kellan o que ele faz com o dinheiro dele. Ou melhor, com *quem* ele gasta o dinheiro dele. Então, prefiro que você não questione minhas escolhas.

— Você sabia que Kellan me dava dinheiro?

— Claro que sabia, Logan. Se tem uma coisa que Kellan não consegue fazer é mentir. Não me importo que ele dê dinheiro a você, mas... — Ela suspirou, e seus olhos se tornaram mais suaves quando se voltaram para mim. Pela primeira vez desde que voltei, Erika parecia derrotada. — Não o desaponte, Logan. Ele está cansado. Não vai demonstrar isso, mas está. Está exausto. Sua presença aqui deixa ele muito feliz. Está sendo bom para ele. Mas fique bem, ok? Por favor, não o decepcione.

— Juro que não estou usando drogas, Erika. Não menti. Realmente estou limpo.

Cada um de nós pegou uma caixa com um jogo de pratos e nos dirigimos até o carro. Colocamos as compras no porta-malas, entramos no carro, e ela começou a dirigir rumo ao apartamento de minha mãe.

— Eu acredito — disse Erika. — Mas estamos prestes a ver sua mãe, e sei o quanto ela influenciava o seu vício.

— Não sou o mesmo de antes.

— Sim. Acredito em você, mas confie em mim: sua mãe continua a mesma. Às vezes, acho que as pessoas não mudam de verdade.

— Mudam, sim. Se elas tiverem uma oportunidade, são capazes de mudar.

Ela engoliu em seco.

— Espero que você esteja certo.

Quando chegamos à casa de minha mãe, perguntei a Erika se ela ia entrar, mas ela recusou, olhando ao redor.

— Vou ficar aqui.

— É mais seguro lá dentro.

— Não, tudo bem. Não me sinto muito bem quando vejo... certos estilos de vida.

Eu não a culpava.

— Volto logo.

Meus olhos dispararam pelas ruas escuras, e vi algumas pessoas paradas na esquina, como acontecia quando eu era mais novo. Talvez Erika estivesse certa. Talvez algumas pessoas, algumas coisas, alguns lugares nunca mudassem.

Mas eu tinha a esperança de que alguns deles conseguiam mudar, sim.

Caso contrário, o que exatamente estava acontecendo comigo?

— Só não demore muito, tá? O show do Kellan começa em quarenta e cinco minutos — lembrou Erika.

— Acho que não deveríamos ter passado duas horas tentando escolher pratos, hein?

Ela me enxotou. Um gesto carinhoso, eu tinha certeza disso.

— Serei rápido. Vai ficar bem aqui fora?

— Estou bem. Só vá logo.

— Ei, Erika? — falei, saindo do carro.

— O que foi?

Mais uma vez observei as pessoas nas esquinas, olhando em nossa direção.

— Tranque as portas.

***

Eu não sabia no que estava me metendo. Sabia que ia ser ruim, mas não tinha ideia do quanto minha mãe estava mal. Kellan sempre falava muito pouco dela. Dizia que eu tinha que me preocupar em ficar bem, em vez de me preocupar com nossa mãe.

Agora era a vez de meu irmão seguir aquele conselho.

Mas isso significava que alguém tinha que cuidar dela, e esse alguém era eu. Eu não podia deixar Kellan na mão quando ele mais precisava de mim.

A porta estava aberta, e fiquei tão preocupado que senti um aperto no peito. O apartamento estava completamente imundo, com latas de cerveja, garrafas de vodca, frascos de comprimidos vazios e roupas sujas espalhadas por todos os lugares.

— Meu Deus, mãe... — murmurei para mim mesmo, um pouco chocado.

O mesmo sofá quebrado continuava diante da mesma mesa de centro nojenta. Eu estaria mentindo se dissesse que não notei o saquinho de cocaína em cima da mesa.

Puxei a pulseira de elástico.

Respire fundo.

— Saia daqui!

O grito veio da cozinha, e percebi o medo na voz de minha mãe. Eu estava de volta ao inferno. Corri até lá, pronto para afastar meu pai dela. Eu sabia que, sempre que minha mãe gritava, os punhos dele estavam esmurrando sua alma.

Mas, quando entrei na cozinha, minha mãe estava sozinha, tendo um ataque de pânico. Ela arranhava a pele com força, deixando-a vermelha.

— Saia de perto de mim! Fique longe de mim!

Fui até ela.

— Mãe, o que você está fazendo?

— Elas estão em cima de mim!

— O que está em cima de você?

— As baratas! Estão em toda parte! As baratas estão em cima de mim. Me ajude, Kellan! Tire essa merda de cima de mim!

— Sou eu, mãe. Logan.

Seus olhos opacos fixaram-se em mim e, por uma fração de segundo, eles me lembraram da versão sóbria da minha mãe.

Então ela começou a se arranhar novamente.

— Tudo bem, tudo bem. Vamos. Vamos tomar banho, está bem?

Tive um pouco de trabalho, mas consegui que ela se sentasse dentro da banheira e abri o chuveiro, deixando a água cair em seu corpo. Ela continuou esfregando a pele, e eu me sentei na tampa fechada do vaso sanitário.

— Kellan me disse que você ia parar de usar drogas, mãe.

— Sim. — Ela assentiu. — Com certeza. Com certeza. Kellan quis me mandar para a reabilitação, mas eu não sei. Posso melhorar sozinha. Além disso, essas coisas custam muito dinheiro. — Ela me encarou e sorriu, estendendo as mãos em minha direção. — Você voltou para casa. Eu sabia que ia voltar. Seu pai disse que não, mas eu sabia. Ele ainda vende coisas para mim de vez em quando.

Minha mãe olhou para baixo e começou a lavar os pés. Os hematomas nas costas e nas pernas quase me fizeram vomitar. Eu sabia que o parasita do meu pai tinha feito aquilo. E o fato de que eu não estava lá para protegê-la fez com que eu me sentisse tão mau quanto ele.

— Você acha que eu sou bonita? — sussurrou ela. Lágrimas rolavam por seu rosto, mas ela parecia nem ter se dado conta de que estava chorando.

— Você é linda, mãe.

— Seu pai me chamou de puta feia.

Cerrei os punhos e respirei fundo.

— Meu pai que se foda. Você está melhor sem ele.

— Sim. Com certeza. Com certeza. — Minha mãe assentiu de novo. — Eu só queria que ele me amasse, só isso.

Por que nós, seres humanos, sempre desejamos ser amados por pessoas incapazes de tal sentimento?

— Você pode passar xampu no meu cabelo?

Eu disse que sim. Toquei de leve os hematomas em sua pele, mas ela não teve qualquer reação. Por um tempo, ficamos ali sentados, ouvindo o som da água. Eu não sabia como conversar com ela. Não sabia se queria fazer isso, mas o silêncio se tornou insuportável depois de um tempo.

— Vou passar no supermercado para você amanhã, mãe. Quer me dar o cartão do vale-alimentação?

Ela fechou os olhos.

— Droga! Que merda! Devo ter deixado o cartão no apartamento da minha amiga na outra noite. Ela mora aqui na rua. Posso ir lá buscar — disse ela, tentando se levantar, mas eu a detive.

— Você ainda está com xampu no cabelo. Enxague e seque com a toalha. Depois me encontre na sala de estar. Vamos falar sobre a comida outro dia.

Eu me levantei e saí. Quando cheguei à sala, meus olhos focaram no saquinho de cocaína na mesa.

— Porra... — sussurrei, puxando a pulseira de elástico.

Foco. Essa não é a sua vida. Essa não é sua história.

A Dra. Khan disse que, depois da reabilitação, haveria momentos em que eu me encontraria a segundos de voltar aos velhos hábitos. Mas, segundo ela, essa não era mais a minha história.

Eu me sentei no sofá, as palmas das mãos suadas. Não sei como, mas, de alguma forma, o saquinho de cocaína foi parar nelas. Fechei os olhos, respirando fundo. Meu peito queimava, minha mente estava um caos. Estar de volta à cidade era demais para mim, mas abandonar Kellan não era uma opção.

Como eu ia sobreviver?

— Olha, vamos nos atrasar... — Erika entrou no apartamento e fez uma pausa ao me ver com a cocaína na mão. Meus olhos se voltaram rapidamente para a droga e, em seguida, para Erika. Ela suspirou. — Como eu imaginava...

Ela se virou e saiu apressadamente da sala. *Merda.* Eu a segui, chamando-a, mas Erika me ignorou ao longo de todo o caminho até o carro. Quando entramos no veículo, ela acelerou. Alguns minutos se passaram sem que nenhuma palavra fosse dita.

— Escute, o que você viu lá em cima... — comecei, mas ela balançou a cabeça.

— Não fale nada.

— Erika, não é o que você está pensando.

— Não consigo fazer isso, Logan. Não consigo. Não posso ficar te dando carona para você ir atrás de drogas. Não posso ver você decepcionar seu irmão.

— Eu não estou usando drogas.

— Você está mentindo.

Ergui as mãos, derrotado, e soltei um suspiro.

— Eu não sei nem como começar uma conversa com você.

— Então não fale nada.

— Ótimo. Não vou falar.

Os dedos de Erika agarravam o volante com força, o aromatizador de ar preso ao espelho retrovisor balançava para a frente e para trás.

— Ele está doente e está tentando não demonstrar o quanto se preocupa com você ou com sua mãe, mas sei que ele está apavorado. Acho que precisamos encarar a realidade, e a realidade é que eu vi você segurando um saquinho com drogas. A última coisa que Kellan precisa é que você estresse ele ainda mais.

— O que você tem na cabeça? Você faz um monte de coisas doidas e julga as pessoas por coisas que nunca aconteceram. Você é muito parecida com a maluca da sua mãe, sabia?

Chegamos ao restaurante, e ela estacionou o carro. Com um tom severo, ela se virou para mim e disse:

— E você é igualzinho à sua.

Capítulo 24

Logan

— *Não sou nada igual a minha mãe!* — sussurrei, seguindo Erika e entrando no restaurante de Jacob.

— *Eu vi!* — sussurrou ela, o dedo em riste batendo com força em meu peito. — *Eu vi, Logan!*

— *Você acha que viu alguma coisa, mas não viu nada. Eu não ia fazer nada!*

— *Não minta para mim, seu idiota! Como você pôde?! Você prometeu! Prometeu!*

Antes que eu pudesse responder, Kellan se aproximou.

— Por que demoraram tanto?

Erika estava com o semblante fechado, mas foi obrigada a disfarçar sua expressão ao ver a preocupação nos olhos do noivo.

— Tive que fazer uma parada no caminho — justificou ela, beijando-o no rosto. — Mas estamos aqui! E mal posso esperar para te ouvir tocar!

O olhar de Kellan voltou-se para mim, e seus olhos continuaram preocupados. Dei de ombros, incapaz de mentir para o meu irmão.

Ele fez um gesto em direção à porta da frente.

— Quer pegar um ar comigo, Lo? Só vamos começar daqui a uns quinze minutos.

— Sim, com certeza.

Eu ainda me sentia irritado com a forma como Erika falou comigo no carro alguns minutos antes; meus punhos estavam cerrados dentro dos bolsos da calça jeans. Mas eu não podia ficar bravo com ela por causa disso. Erika só conhecia a pessoa que foi embora da cidade há alguns anos. Para ela, eu era o idiota viciado em drogas que arruinou a vida deles e partiu o coração de sua irmã ao não retornar os telefonemas. Para ela, eu era o babaca que quase matou Kellan e Alyssa na noite em que fiquei chapado e tentei pegar o volante do carro. Eu era o responsável por Alyssa ter perdido nosso filho. Para ela, eu era o fardo que tanto Alyssa quanto Kellan não mereciam carregar.

Para ela, eu era a pessoa que eu tentava desesperadamente não ser mais.

Kellan e eu saímos, e o ar frio do anoitecer nos atingiu em cheio. Ele se encostou na parede do bar, com o pé esquerdo apoiado nos tijolinhos e os olhos fechados, a cabeça inclinada para trás, voltada para o céu. Peguei um cigarro em um dos meus bolsos, mas me detive.

Merda.

Proibido fumar.

Também me recostei na parede, ao lado dele.

— Como você está? — perguntei, o isqueiro na mão, acendendo-o e apagando-o.

— Sinceramente?

— Sim.

Ele abriu os olhos, e percebi seu esforço para conter as lágrimas.

— Eu estava ensaiando com o violão, e minha mão começou a tremer. No outro dia, aconteceu o mesmo. Acho que é coisa da minha cabeça, porque estou com medo da quimioterapia. Li muita coisa na internet sobre os efeitos dela no cérebro. As pessoas podem perder algumas funções cognitivas. Então talvez eu não consiga mais tocar. Ou escrever. Quero dizer... — Kellan mordeu o lábio e respirou fundo. Meu irmão durão, sempre forte, estava desmoronando aos poucos. E eu não podia fazer nada. — Quero dizer... a música... é o que sou. Essa é minha vida. Passei tanto tempo fugindo dela, e agora, se eu não puder mais tocar...

— Vou tocar por você — falei, do fundo do coração.

Ele riu.

— Você não tem nenhum talento para música, Logan.

— Posso aprender. Lembra quando você aprendeu a cozinhar depois que meu pai quebrou minha mão?

— Quando fiz o peru do Dia de Ação de Graças naquele ano?

Eu ri.

— E você gritava "quem iria adivinhar que um peru precisa ser descongelado por mais de quatro horas?" enquanto tentava cortá-lo.

— Mas, fala sério, quem iria adivinhar?

— Humm, qualquer um que tenha cérebro? Mas eu tenho que te dar o crédito: eu nunca vi um peru completamente queimado por fora e totalmente cru por dentro. Para fazer isso, é necessário ter talento. O que nossa mãe disse? — perguntei, lembrando-me de uma das poucas boas recordações que tínhamos.

Falamos em uníssono:

— Que porra de peru é esse?! Se você queria me matar, poderia ter usado uma faca de açougueiro. Teria sido menos doloroso do que comer esse peru horrível.

Kellan e eu demos uma gargalhada. Não era engraçado, mas rimos tanto que a barriga começou a doer. Cheguei a chorar de tanto rir.

Quando paramos, um silêncio frio tomou conta do ambiente. Pelo menos eu não estava sozinho ali. Meu irmão estava comigo.

— Como ela estava hoje? — perguntou Kellan.

— Não é da sua conta. É sério. Estou de volta, então vou cuidar dela. Você tem muito com que se preocupar. É a minha vez de ajudá-la.

Ele inclinou a cabeça em minha direção.

— Sim, mas e você? Como você está?

Suspirei.

Não podia dizer a ele o quão perto eu estive de voltar às drogas.

Não podia dizer a ele o quanto eu havia ficado de coração partido ao ver nossa mãe daquele jeito.

Não podia decepcioná-lo quando ele mais precisava de mim.

Eu tinha que ser forte por meu irmão, porque ele passou a vida toda tentando me salvar. Eu não era um herói, não podia salvá-lo, mas eu era seu irmão. E eu realmente esperava que isso fosse o suficiente.

— Estou bem, Kellan — falei. Ele não acreditou em mim. — Estou sim, juro.

Ele sabia que era mentira, mas não me contestou.

— Estou muito preocupado com nossa mãe. E não sei como ajudá-la... E se eu morrer... — Kellan se deteve, como se os medos que guardava dentro de si tivessem acidentalmente escapado por seus lábios.

Eu me afastei da parede e fique na frente dele.

— Não. Não. Não diga uma merda dessas, tá legal? Olha, você está aqui. Vai fazer a quimioterapia. Tudo vai dar certo. Ok?

Eu podia ver dúvida em seu olhar.

Cutuquei o ombro dele.

— Você não está morrendo, Kellan. Entendeu?

Ele estremeceu e assentiu.

— Certo.

— Não, diga isso com convicção. Você não está morrendo! — exclamei, aumentando o tom de voz.

— Eu não estou morrendo.

— Mais uma vez!

— Eu não estou morrendo!

— Mais uma vez!

— *Eu não estou morrendo, porra!* — gritou ele, sorrindo, os braços erguidos.

Eu o puxei para mim e dei um abraço apertado. Escondi as lágrimas que começaram a cair e balancei a cabeça em um gesto negativo, sussurrando.

— Você não vai morrer.

Voltamos para dentro do restaurante, e eu assisti ao show. Suas mãos tremiam mais do que eu queria admitir, mas sua performance foi a melhor que já presenciei. Erika o observava como se estivesse olhando dentro da alma dele. Ela o amava. E isso era motivo suficiente para que eu a amasse também. Mesmo que minha futura cunhada me odiasse, parte de mim a amava, porque ela amava Kellan.

Depois do show, fomos para o bar. Ficamos ali bebendo, rindo com Jacob e tentando esquecer os dias difíceis que nos aguardavam.

— Tenho que voltar para casa para terminar um trabalho — disse Erika.

— Vou com você — decidiu Kellan. Ele enfiou a mão no bolso e jogou para mim as chaves do carro. — Você pode levar meu carro, Logan.

Essas palavras podiam não ter a menor importância para qualquer outra pessoa, mas elas demonstravam que ele confiava em mim.

Kellan sempre confiava em mim, mesmo quando eu não era digno de confiança.

— Eu te encontro em frente ao seu carro, Erika. Só vou pegar o violão.

Ela assentiu e saiu. Quando ela se afastou, Kellan se dirigiu a Jacob com um olhar sincero.

— Cara, só queria que você soubesse... Se algo acontecer comigo... — Ele se voltou para mim e sorriu. — Bom, não vai acontecer nada, porque não estou morrendo. Mas, se algo acontecer, eu ficaria feliz se você cuidasse da Erika, sabe? Eu ficaria bem com isso.

Jacob se inclinou para a frente e apoiou os cotovelos na bancada.

— E esse é o momento em que eu mando você se ferrar só por pensar nisso.

Kellan riu.

— Não, é sério. Você vai cuidar dela?

— Não estamos falando sobre isso.

— É, Kel, pare de ser dramático — concordei.

— Cara, estou com câncer.

— Não me venha com essa de câncer. — Jacob riu, atirando um pano de prato nele. — Eu não dou a mínima — continuou em tom de brincadeira.

— Mas promete que vai cuidar dela? — pediu Kellan mais uma vez.

Jacob suspirou.

— Se isso for fazer você dormir melhor à noite, eu prometo que vou cuidar da Erika. Mesmo que NADA vá acontecer contigo.

Kellan pareceu mais leve, seus ombros relaxaram, e ele saiu para se juntar à noiva.

Quando peguei o casaco para ir embora, chamei Jacob. Inclinando-me sobre ele, segurei-o pela gola da camisa branca e o encarei.

— Se eu vir você olhando para a Erika de um jeito diferente, juro por Deus que vou arrancar suas bolas e enfiá-las na sua goela.

Ele bufou e riu até perceber o olhar severo em meu rosto.

— Cara, Erika é como uma irmã para mim. Isso é nojento. Agora, Alyssa, por outro lado... — Ele sorriu e ergueu as sobrancelhas.

— Você é terrível — retruquei com um tom de voz seco.

Ele riu novamente.

— Estou brincando! Vamos, foi engraçado. Confie em mim, as irmãs Walters estão fora do meu alcance.

— Ótimo. Só queria ter certeza de que estamos entendidos.

— Estamos entendidos. Além disso, Kellan não vai morrer.

Assenti.

Porque Kellan não estava morrendo.

Capítulo 25

Logan

Comecei a andar de um lado para o outro na varanda de Alyssa. Eu não sabia como tinha ido parar lá. Não sabia nem se ela fecharia a porta na minha cara.

Mas eu não tinha outro lugar para ir. Não tinha ninguém a quem recorrer.

Ela abriu a porta, e meus olhos percorreram seu corpo. Alyssa vestia uma regata branca e um jeans justo. Quando encontrei seus olhos, quase caí em prantos, pois imediatamente me lembrei de como era não estar sozinho.

Com os braços cruzados, ela ergueu uma sobrancelha.

— O que você quer, Logan? Vai gritar mais comigo? Vai me fazer sentir uma bosta? Porque é quase uma da manhã, e eu não quero ficar aqui aturando esse tipo de coisa.

Sua postura decidida quase me fez rir. Quando abri a boca para dar uma risada, engasguei.

Vi seus olhos se tornarem mais suaves. Ela saiu para a varanda.

— O que foi? — perguntou Alyssa, alerta. A preocupação era nítida em suas palavras.

Meneei a cabeça. Senti um aperto no peito.

— Ele está... — Pigarreei. Enfiei as mãos nos bolsos. Meu olhar recaiu sobre o piso desgastado da varanda. — Ele está...

— Lo, fale comigo. — Alyssa pousou a mão em meu peito, bem em cima do meu coração, na tentativa de me acalmar. Involuntariamente, ele começou a acelerar com seu toque. — Qual é o problema?

Abri a boca, mas gaguejei de novo. Tentei forçar as palavras a saírem de mim, e meu corpo começou a tremer.

— Quando eu tinha onze anos, meu pai me obrigou a ficar na chuva só porque olhei feio para ele. Fiquei do lado de fora por mais de quatro horas, sentado em uma caixa de madeira, enquanto ele me olhava da janela para se certificar de que eu não sairia dali. E, humm... Kellan chegou para deixar algumas coisas. Ele tinha só quinze anos, mas sabia que minha mãe estava mal, então todo dia passava lá em casa para me ver. Trazer comida. Roupas que não cabiam mais. Quando ele virou a esquina e me viu sentado lá, todo molhado, seu rosto ficou vermelho. Eu disse a ele que estava tudo bem, mas ele me ignorou, me levou para dentro do apartamento e começou a gritar com meu pai, chamando-o de parasita. O que é uma loucura, porque você conhece o meu pai. As pessoas não o enfrentam; elas sequer o encaram. Mas Kellan o enfrentou. Estufou o peito, olhou o filho da puta bem nos olhos e disse que, se ele tocasse em mim novamente ou fizesse qualquer merda comigo, como me deixar sentado na chuva, ia matá-lo. Não era para valer, você sabe. Kellan não faria mal a uma mosca. Mas ele me defendeu do meu maior medo. Ele lutou por mim quando eu não podia mais lutar. E o meu pai bateu nele. — Soltei um suspiro ao me lembrar disso. — Bateu nele com força. Mas Kellan continuou de pé. Por mim. Ele enfrentou meu pai por minha causa. Ele sempre cuidou de mim, sabe? É o meu irmão mais velho. Ele é o meu...

Meneei a cabeça. Senti outro aperto no peito.

— Ele está... — Pigarreei de novo, e minhas mãos afundaram ainda mais em meus bolsos. Meu olhar recaiu para meus cadarços esfarrapados. — Ele está... Ele está morrendo. — Assim que as palavras saíram da minha boca, elas se tornaram reais. Meu irmão, meu herói, meu mundo, estava morrendo. — Kellan está doente. Ele está morrendo, Alyssa. Está morrendo. — Meu corpo tremia incontrolavelmente, tentando lutar contra as lágrimas que se formavam em meus olhos. Eu queria me calar, mas não conseguia parar de repetir as palavras mais assustadoras do mundo. — Ele está morrendo. Está morrendo. Kellan está morrendo.

— Ah, Logan...

— Há quanto tempo você sabe? Há quanto tempo sabe que ele está doente? Por que você não me ligou? Por que não... ele está morrendo...

Cara, eu estava mal. Estava a segundos de desmoronar. Foi então que ela estendeu a mão para mim. Segurou a minha mão. Envolveu-me em seus braços e não falou nada. Apenas me abraçou bem apertado enquanto eu permanecia ali, desnorteado, na varanda de sua casa, naquela noite de verão.

Por um momento, éramos nós novamente. Por um momento, ela era o fogo que mantinha meu coração frio aquecido durante a noite. Por um momento, ela era a minha salvadora. Meu porto seguro. Minha linda e brilhante Alyssa.

Mas, depois dos bons momentos, sempre vinham os ruins.

— O que está acontecendo? — perguntou uma voz grave atrás de Alyssa, vindo na direção da porta. Ergui o olhar quando ele falou novamente: — Quem é?

O homem estava de camisa social com as mangas dobradas até os cotovelos, calça e sapatos que pareciam caros. Ele saiu para a varanda, e me afastei de Alyssa, confuso.

— Dan, esse é Logan, meu... — Ela hesitou, porque não sabia o que dizer. E com razão. A verdade é que não éramos nada um do outro. Éramos lembranças fugazes de algo que tinha ficado no passado. Nada mais, nada menos. — É um velho amigo.

Um velho amigo?

Eu te amei.

Um velho amigo?

Você mudou minha vida.

Um velho amigo?

Sinto sua falta pra caralho.

— Está tudo bem? — perguntou ele.

Dan se aproximou de Alyssa com olhos perscrutadores e pousou a mão no ombro dela de modo protetor. Por uma fração de segundo, pensei em bater nele por tocá-la. Por tocar na minha garota. Mas, depois, eu lembrei.

Ela não era minha.

Ela não era minha havia anos.

Alyssa afastou a mão dele.

Desviei o olhar.

— Vou indo.

Eu ri, mas nada era engraçado. Puxei a pulseira de elástico, desci os degraus e ouvi Alyssa me chamar.

Eu a ignorei.

Ignorei a chama que ardia dentro da minha alma também.

Eu tinha poucas certezas no mundo, mas uma delas era de que ele sempre ia me ferrar.

* * *

Eu me sentei no letreiro, olhando para as estrelas brilhando no céu. Minhas pálpebras estavam pesadas, mas eu não podia voltar para a casa de Kellan. Não podia vê-lo. Precisava dormir, e pensei em ficar ali por um tempo, perto do céu, tirando um cochilo até que o sol me acordasse. Mas sempre que eu fechava os olhos, me lembrava de algumas horas antes, quando JV confirmou a pior notícia da minha vida.

Devia ser proibido que um coração sofresse tanto quando o meu sofria naquele momento.

Ele é meu irmão...

Eu não podia imaginar minha vida sem Kellan.

Eu me odiava naquele momento. Eu me odiava porque parte de mim queria encontrar refúgio nas drogas. Parte de mim queria pegar o celular e discar os números das pessoas que eu não precisava ver de novo para pedir que me arrumassem alguma merda. Parte de mim queria voltar ao fundo do poço, porque lá não havia sentimentos. No fundo do poço, a dor da realidade nunca vinha à tona.

Dobrei as pernas e passei os braços em torno dos joelhos.

Não rezei. Eu não acreditava em Deus. Mas, por um breve instante, pensei em ser hipócrita e começar a acreditar nele naquela noite.

Meus olhos se fecharam, e voltei o rosto para o céu.

Os passos eram silenciosos. Em seguida, a escada de metal começou a balançar um pouco enquanto ela subia.

Ela trazia um saco plástico, os jeans justos e a camisa regata. Ainda havia preocupação em seu olhar.

Alyssa se deteve por um instante. Não era necessário dizer nada: ela me pedia permissão para se juntar a mim. Dei de ombros, e Alyssa soube que aquilo era um sim. Enquanto seus passos se aproximavam, senti meus olhos arderem e meu coração bater forte. Ela se sentou ao meu lado, dobrou as pernas e colocou os braços em torno dos joelhos, como eu. Finalmente, nós nos olhamos.

Ela abriu o saco plástico e pegou um pacote de Oreo, um pote plástico de framboesas, uma caixa de leite semidesnatado e dois copos descartáveis vermelhos.

Escutei o barulho do pacote de biscoito sendo aberto, trazendo de volta uma parte do nosso passado.

Abri a caixa de leite e servi nos dois copos.

Ela separou as duas partes do biscoito, colocou uma framboesa dentro, uniu-as novamente e me entregou.

Seus lábios se curvaram em um meio sorriso.

— Você está bem, Logan Francis Silverstone — disse ela.

— Estou bem, Alyssa Marie Walters — retruquei.

Desviamos o olhar, comemos dois pacotes inteiros de biscoito com framboesa e ficamos olhando para o céu iluminado.

Quando ela sentiu frio, dei meu moletom a ela.

Quando meu coração parecia prestes a se despedaçar, ela segurou minha mão.

Capítulo 26

Alyssa

— Ei, acorde. — Senti um leve cutucão na lateral do corpo e esfreguei os olhos. Ao abri-los lentamente, fui inundada pela luz do sol e vi o rosto de Logan bem em cima de mim. — Ei, levante.

— Nossa... que horas são? — perguntei, bocejando. Eu não tinha planos de passar a noite ali. Queria ir para casa, voltar para a minha cama quente e fingir que Logan não existia mais no meu mundo, mas ele parecia tão arrasado na noite passada...

— Está na hora de você ir.

Eu me sentei, confusa com sua atitude. Ele jogou as embalagens vazias no saco plástico e o empurrou na minha direção.

— Não volte aqui, está bem? — disse ele.

— Por que você está sendo tão rude?

— Porque eu não quero você aqui. E devolva meu casaco.

— Tudo bem — resmunguei, levantando-me e jogando o moletom para ele.

Segui para a escada, meu coração disparado. Mas, em vez de descer, eu me virei para Logan.

— Eu não fiz nada de errado. Você veio até mim na noite passada. Não o contrário.

— Eu não pedi que viesse até aqui. Nem disse para trazer biscoitos, como nos velhos tempos. Não somos as mesmas pessoas. Meu Deus. Será que o seu namorado sabe onde você estava na noite passada?

Eu ri, chocada.

— Então isso tudo é porque você acha que eu tenho um namorado? Logan, Dan não é...

Ele revirou os olhos.

— Eu poderia me preocupar com o seu namorado, mas acho que o fato de você pouco se importar em passar a noite com outro cara diz muito a seu respeito. Ele sabe onde você está agora? Caramba, Alyssa, você parece mesmo uma vagab...

Eu o interrompi, tapando sua boca antes que ele pudesse pronunciar a palavra.

— Eu entendo que você esteja sofrendo. Que esteja com medo e descontando tudo em mim porque sou um alvo fácil. Tudo bem. Posso ser seu alvo. Direcione todo o seu ódio para mim. Você pode me dizer para nunca mais voltar aqui, ao lugar que me faz lembrar de você. Você pode mandar eu me foder. Mas não fale assim comigo, Logan Francis Silverstone. Eu não sou o tipo de garota que você pode desprezar, porque eu tentei te dar apoio. Não sou o tipo de garota que você pode chamar de vagabunda.

Logan ficou boquiaberto por um instante, a culpa surgindo em seus olhos. Em seguida, bufou, aborrecido.

— Vou ficar na cidade por um tempo, tá? Então podemos fazer um esforço para evitar um ao outro? Foi minha culpa ter ido até sua casa primeiro, mas passou. Não há nenhuma razão para mantermos contato. Não temos mais nada a dizer um ao outro.

— Sinto muito se dificultei as coisas para você. Vou ficar fora do seu caminho, mas, se você precisar de mim, estou aqui. Ok? É só me avisar. E, para que fique claro, Dan não é meu namorado. Nunca foi, nunca será. Ele é só um amigo que está me ajudando a encontrar um imóvel. Ele bebeu demais e acabou desmaiado no meu sofá. Não estou namorando. Não tenho um relacionamento há um bom tempo. Nenhum dos namoros que tive no passado valeu a pena. E eu entendo agora por que não deram certo. — Respirei fundo e fechei os olhos. — Porque, durante todo esse tempo, fiquei esperando por um cara que eu pensei que tivesse me amado.

— Cara, Alyssa, eu não me importo! Não me importo com o que acontece na sua vida. Põe uma coisa na sua cabeça: nós nunca mais vamos ficar juntos. Não teremos um final feliz.

As palavras de Logan me atingiram em cheio. Ele virou as costas para mim.

— Você pensa em nós em algum momento? Você pensa em mim? — sussurrei, passando a mão pela nuca. — Você pensa no bebê?

Ele não se virou para olhar nos meus olhos, mas seus ombros se retraíram. Ele permaneceu ali, imóvel. *Diga algo! Diga qualquer coisa!*

— Vá embora, Alyssa. E não volte mais.

Engoli em seco.

Diga qualquer coisa, menos isso.

Capítulo 27

Logan

Algumas semanas se passaram desde que voltei para True Falls para ficar com Kellan. Nesse período, ele passou por duas sessões de quimioterapia e parecia estar bem, embora um pouco rabugento. Ele ficava meio irritado com Erika ajudando-o com os remédios e perguntando se estava tudo bem a cada segundo todos os dias. Ela pegava muito no pé dele e, para ser sincero, eu me sentia aliviado com isso. Eu sabia que o jeito insistente dela o incomodava, mas saber que ele estava sendo tão bem-cuidado me trazia um pouco de paz.

Era para o casamento ter acontecido no último fim de semana, mas eles adiaram para o mês que vem. Eu me perguntei quantas vezes iriam trocar a data e reorganizar tudo. Eu sabia que Kellan estava adiando o casamento por causa da doença.

Na quinta-feira, ele me deu dinheiro para ir comprar comida para nossa mãe. Quando fui à casa dela, levei também material de limpeza. O lugar estava um lixo. Minha mãe parecia desmaiada no sofá, e eu não me dei ao trabalho de acordá-la. Quando dormia, ela não usava drogas.

Ela parecia um anjinho, e isso era muito louco. Era como se os demônios em sua mente estivessem descansando e o seu verdadeiro eu finalmente viesse à tona. Abasteci a geladeira e os armários com mantimentos com prazo de validade prolongado. Eu não sabia se minha mãe estava se alimentando bem, mas, dessa forma, ela teria coisas para comer por algum tempo.

Também fiz uma lasanha. Uma das minhas recordações favoritas dela foi quando decidiu que queria parar de usar drogas e me pediu para fazer um jantar de comemoração antes que fosse para a reabilitação. Nós rimos, comemos e tivemos um vislumbre de como seriam nossas vidas quando estivéssemos os dois limpos.

Quando ela saiu de casa, correu para o meu pai, e a reabilitação se tornou uma vaga lembrança.

Limpei o apartamento todo, fiquei até de joelhos para esfregar o carpete. Levei todas as roupas dela para a lavanderia e, enquanto eram lavadas, voltei para o apartamento e continuei a faxina.

Minha mãe só acordou mais tarde, quando eu já havia voltado da lavanderia e estava sentado no chão dobrando as roupas limpas. Ela se sentou e bocejou.

— Achei que tinha sonhado que você esteve aqui outro dia.

Dei-lhe um meio sorriso, e ela fez o mesmo, passando as mãos pelos braços magros.

— Você limpou a casa?

— Sim. Trouxe comida e lavei as roupas também.

Seus olhos se encheram de lágrimas, e ela continuou sorrindo.

— Você parece bem, filho. — Lágrimas rolaram por seu rosto. Ela não as enxugou, permitindo que chegassem ao queixo. — Você parece tão bem. — A culpa a atingiu, e ela voltou a se coçar. — Eu sabia que você ia conseguir, Logan. Sabia que você podia ficar limpo. Às vezes, eu queria...

— Não é tarde demais, mãe. Podemos colocá-la na reabilitação. Você pode se recuperar também.

Eu não sabia que aquilo ainda existia em mim, aquela centelha de esperança que sempre tive com relação a ela. Queria que minha mãe se afastasse desse mundo. Ainda havia uma pequena parte de mim que queria comprar uma casa para nós, longe daquele lugar em que vivemos tantos momentos aterrorizantes.

Por um segundo, tive a impressão de que ela considerava essa possibilidade. Mas então ela piscou e começou a se coçar novamente.

— Estou velha, Logan. Estou velha. Venha aqui. — Fui até ela e me sentei no sofá ao seu lado. Minha mãe segurou as minhas mãos e sorriu. — Estou tão orgulhosa de você.

— Obrigado, mãe. Está com fome?

— Estou.

Fiquei até um pouco surpreso.

Coloquei a lasanha no forno e, quando terminou de assar, nós nos sentamos à mesa de jantar e comemos direto da travessa. Tudo o que eu queria era poder guardar esse momento em meu coração e nunca mais esquecê-lo.

Enquanto ela comia, lágrimas continuavam caindo.

— Você está chorando — falei.

— Estou? — Ela secou o rosto e me deu outro sorriso. Mas era um sorriso tão triste... — Como está Kellan?

— Você sabe sobre o...

Ela assentiu.

— Kellan está bem. Pediu para eu ir à sessão de terapia com ele na semana que vem. Ele vai superar, sabe? É durão.

— É, sim — murmurou ela, comendo mais do que eu já a tinha visto comer na vida. — Ele é forte. Ele é forte. — Seu choro se tornou mais intenso, e eu enxuguei suas lágrimas. — Mas a culpa é minha, sabe. Fiz isso com ele... fui uma mãe de merda. Não estive ao lado de vocês, meus meninos.

— Mãe, pare com isso...

Eu não sabia o que dizer, como fazê-la parar de chorar.

— É verdade. Você sabe. Estraguei tudo. A culpa é minha.

— Você não causou o câncer nele.

— Mas não tornei a vida dele mais fácil. Você foi para a reabilitação, Logan. Reabilitação. Quando você tinha dezesseis anos, nós dois nos sentamos aqui e fizemos carreiras de cocaína. Eu te alimentei com o meu vício... — Ela balançou a cabeça de um lado para o outro. — Sinto muito. Sinto muito.

Minha mãe estava arrasada. Destruída. A verdade era que ela estava vagando por aí, perdida em sua mente. Durante muito tempo eu a detestei. Guardei muito rancor pelas escolhas que ela fez, mas não era sua culpa. Ela estava em sua própria rodinha de hamster, incapaz de parar de repetir os mesmos erros.

— Todos nós vamos ficar bem, mãe. Não se preocupe.

Segurei a mão dela com força.

Então, a porta da frente se abriu, e Ricky irrompeu na sala.

No instante em que o vi, fiquei admirado ao me dar conta do quanto ainda o odiava.

— Julie, que merda é essa? — resmungou ele.

Ele estava muito diferente de quando o vi pela última vez, há cinco anos. Parecia... arruinado? Velho. Cansado. Os ternos elegantes que ele usava foram substituídos por calças de moletom e camisetas. Seus sapatos extravagantes deram lugar aos tênis. Seus braços, antes musculosos, não eram mais tão fortes e definidos.

Eu me perguntei se ele estava usando as coisas que vendia.

— Você me deve cinquenta dólares — gritou meu pai, mas se deteve quando me viu. Ele inclinou a cabeça para a esquerda, os olhos confusos. — Será que é um fantasma?

Senti um aperto no peito, como sempre acontecia quando ele aparecia lá em casa. Foi necessário apenas um instante para que o olhar confuso se transformasse em um sorriso sinistro. Ricky parecia satisfeito com o meu regresso, como se soubesse que, um dia, eu voltaria.

— Sabe — ele veio na minha direção com o peito estufado —, ouvi rumores de que você tinha voltado, mas achei que era mentira. Agora que está aqui, pode se juntar a mim no negócio da família.

— Nunca vou fazer isso. Nunca mais vou seguir por esse caminho.

Meu pai semicerrou os olhos, e notei que respirava fundo. Então ele riu.

— Adoro isso. Adoro quando você acha que é forte o suficiente para ficar limpo.

Ricky ficou cara a cara comigo, e, em vez de recuar, fiquei de pé. Eu não tinha medo dele. Eu não podia ter medo. Ele me empurrou, tentando me forçar a sentar.

— Eu conheço você, Logan — continuou. — Vejo em seus olhos a vadia drogada da sua mãe. Você não vai conseguir se manter longe das drogas.

Vi as lágrimas brotarem nos olhos de minha mãe. Aquilo deveria ser uma punhalada em sua alma, pois a única coisa que ela fez a vida toda foi amá-lo. Ela desperdiçou seus anos de vida amando um homem que gostava de controlá-la e humilhá-la.

— Não fale assim da minha mãe — eu disse, defendendo-a, porque ela não tinha a menor ideia de como fazer aquilo.

Ele riu.

— Eu amo a sua mãe. Julie, eu não te amo? Ela é a única mulher da minha vida. Você é tudo para mim, querida.

Minha mãe meio que sorriu, como se acreditasse nele.

Isso era algo que eu nunca entenderia.

Ele me deixava enojado.

— Você não a ama. Você gosta de ter o controle sobre ela, porque isso esconde o fato de que você não é nada além de um maldito rato.

Recuei ao sentir o impacto do soco em meu olho.

— Esse rato de merda ainda pode acabar contigo, garoto. Mas não vou mais perder meu tempo com você. Julie, me dê meu dinheiro.

A voz dela estava trêmula de medo.

— Ricky, eu não tenho o dinheiro agora, mas vou conseguir. Só tenho que...

Ele se aproximou para bater em minha mãe, mas eu entrei na frente dela.

— Você saiu dessa reabilitação ridícula e voltou achando que pode mudar as coisas, Logan? — perguntou ele, irritado. — Confie em mim, você não me quer como seu inimigo.

Enfiei a mão no bolso, peguei a carteira e contei cinquenta dólares.

— Aqui. Pegue e vá embora.

Ele arqueou uma sobrancelha.

— Eu disse cinquenta? Quis dizer setenta.

Idiota. Peguei uma nota de vinte e a empurrei para Ricky, que a aceitou de bom grado, colocando-a no bolso. Ele se inclinou sobre a lasanha.

— Você fez isso, meu filho? — perguntou. Ele sabia que me chamar de filho me deixava furioso. Pegou uma garfada e a cuspiu de volta na travessa, estragando tudo. — Tem gosto de bunda.

— Ricky — disse minha mãe, vindo em minha defesa, mas ele lhe dirigiu um olhar que a calou.

Fazia tempo que ele havia roubado a voz dela, e minha mãe não tinha ideia de como se fazer ouvir novamente.

—Você age como se eu não cuidasse de você, Julie. Eu me sinto ofendido. Não se esqueça de que eu fiquei ao seu lado quando esse garoto foi embora e te deixou aqui. E você fica aí se perguntando por que é tão difícil para mim te amar. Você me trai a cada segundo!

Ela abaixou a cabeça.

— E agora isso? Logan está te trazendo comida? Isso não significa que ele se preocupa com você, Julie.

Ricky abriu os armários e a geladeira, pegou toda a comida que comprei, abriu todas as embalagens e jogou-as no chão. Eu queria impedi-lo, mas minha mãe me disse para ficar onde estava. Ele abriu uma caixa de cereais e outra de leite e, olhando bem nos meus olhos, despejou o conteúdo lentamente em cima da pilha de comida.

Em seguida, pisoteou aquela bagunça e seguiu para a porta.

— Vou resolver algumas coisas — disse ele com um sorriso. — Julie?

— Sim? — sussurrou ela, trêmula.

— Limpe essa merda antes de eu voltar para casa.

Quando a porta se fechou, minha pulsação começou a voltar ao normal.

— Você está bem, mãe?

Seu corpo estava tenso, e ela não olhou para mim.

— A culpa é sua.

— O quê?

— Ricky tem razão. Você me abandonou, e ele ficou ao meu lado. Foi por sua causa que ele fez essa bagunça! Você não ficou ao meu lado. Ele cuidou de mim.

— Mãe...

— Vá embora! — gritou ela, com lágrimas no rosto. Minha mãe avançou contra mim e me bateu, como fazia quando eu era mais novo. Ela me culpava porque o diabo não a amava. — Saia daqui! Saia daqui! É tudo culpa sua. Você é o culpado por ele não me amar. Você é o culpado por essa bagunça toda. Você é culpado por Kellan estar morrendo. Você se afastou de nós. Você nos deixou. Você nos abandonou. Saia daqui agora, Logan. Vá embora. Vá embora. Vá embora!

Ela batia em meu peito, e suas palavras me confundiam, me machucavam, me queimavam, ecoavam em minha mente. Ela estava histérica; era finalmente a mãe que eu conheci e odiei.

É culpa sua. Você é o culpado por essa bagunça toda. Você é culpado por Kellan estar morrendo. Você nos deixou. Você nos abandonou. Você nos deixou... Kellan está morrendo...

Meu peito queimava, e eu tentava me manter firme, não desmoronar. Como cheguei a esse ponto? Como fui parar no mesmo lugar em que estava há cinco anos? Como voltei aos velhos hábitos dos quais passei tanto tempo fugindo?

Ela não parou de me bater. Ela não parou me culpar.

Então peguei minhas coisas e fui embora.

* * *

Logan, onze anos

— Não está se sentindo confortável? — disse meu pai ao entrar na sala cambaleando.

Eu estava sentado no chão assistindo ao Cartoon Network. Fiz de tudo para ignorá-lo e continuei comendo o cereal em uma tigela. Ricky fumava um cigarro e sorriu diante de minha tentativa de fingir que ele não estava ali.

Era apenas quatro da tarde, e ele já estava bêbado.

— Está surdo, rapaz?

Ele veio em minha direção e passou o dorso da mão pela minha nuca antes de me dar um tapa com força. Tremi com seu toque, mas continuei ignorando-o. Kellan sabia o quanto meu pai podia ser mau e disse certa vez que seria melhor se eu não respondesse suas provocações. Kellan tinha sorte por ter outro pai. Eu também gostaria de ter tido outro.

Eu não via a hora da minha mãe voltar para casa. Eu não a via há alguns dias, mas, quando ela me ligou na semana passada, disse que voltaria em breve. Eu só queria que meu pai fosse embora e sumisse para sempre.

Quando a mão dele passou pelas minhas escápulas, estremeci e acabei derrubando a tigela de cereal. Ele riu perversamente, satisfeito com minha inquietação, e ergueu a mão, dando-me outro tapa, dessa vez no ouvido.

— Limpe essa merda. E que diabos você pensa que está fazendo, comendo cereal às quatro da tarde?

Eu estava com fome, e era tudo o que tínhamos para comer em casa. Mas eu não podia dizer isso a ele. Eu não podia dizer nada a ele.

Trêmulo, com o coração acelerado, comecei a colocar o cereal de volta na tigela. Meu pai passou a assobiar a melodia do desenho animado.

— Anda rápido com essa merda, garoto. Pega essa porra logo. Você está sujando a minha casa.

Não consegui conter as lágrimas, e eu odiava quando isso acontecia, quando eu permitia que ele me atingisse. Aos onze anos, eu deveria ser mais durão. Eu me senti fraco.

— Tome. ISSO.

Eu não aguentava mais a sua raiva embriagada, seu aparente desgosto por mim. Peguei a tigela de cereal e a atirei nele. Ela passou raspando pela cabeça do meu pai antes de se espatifar na parede.

— Eu te odeio! — murmurei aos prantos. — Quero a minha mãe de volta! Eu te odeio!

Os olhos dele se arregalaram, e eu entrei em pânico, arrependido pela minha explosão. Kellan ficaria decepcionado comigo. Eu não deveria ter falado nada. Não deveria ter respondido. Deveria ter me trancado no meu quarto como sempre.

Mas não havia desenhos animados no meu quarto.

Eu só queria ser uma criança, ainda que por um dia.

Meu pai segurou meu braço com força.

— Você quer dar uma de espertinho pra cima de mim? Hein? — Meu pai me arrastou pela sala até a cozinha, me fazendo tropeçar. — Você quer me desafiar?

Ele abriu o armário embaixo da pia.

— Não. Sinto muito, pai! Sinto muito! — Chorei, tentando me soltar.

Ele riu e me empurrou para dentro do armário.

— Aqui está o seu maldito cereal — disse, pegando a caixa e atirando o conteúdo em mim.

Quando ele fechou a porta, tentei ao máximo abri-la, mas não consegui. Ele tinha colocado algo na frente do armário para mantê-lo trancado.

— Por favor, pai! Sinto muito! Não me deixe aqui.

Sinto muito.

Mas ele não estava me escutando e, depois de um tempo, eu não ouvi mais seus passos.

Eu não sei quanto tempo passei dentro do armário, mas tirei dois cochilos e fiz xixi nas calças. Quando minha mãe me encontrou, aparentemente drogada, ela balançou a cabeça em um gesto de reprovação; estava muito decepcionada comigo.

— Ah, Logan. — Ela suspirou e passou as mãos pelo cabelo. Em seguida, acendeu um cigarro. — O que você fez dessa vez?

Capítulo 28

Alyssa

— Você faz ideia do quanto está me confundindo, Logan? — perguntei, cruzando os braços ao vê-lo na varanda da minha casa com sua camiseta preta e seu jeans escuro. Estremeci ao sentir a brisa fresca, pois eu vestia apenas uma camisa bem larga e meias até o joelho. Logan estava de costas para mim, as mãos apoiadas no parapeito de madeira da varanda, olhando fixamente a escuridão lá fora. Seus braços eram musculosos, e eu podia ver cada reentrância deles. Quando éramos mais novos, ele era bonito, mas não forte. Agora Logan tinha o físico de um deus grego, e só de olhar para ele eu já sentia minhas pernas vacilarem.

— Eu sei. Só... não sabia para onde ir.

Logan se virou para mim, e eu levei um susto ao ver seu olho roxo. Dei um passo na direção dele, toquei-o de leve e senti seu corpo estremecer.

— Seu pai?

Logan assentiu.

— Se eu voltar para a casa do Kellan desse jeito, ele vai surtar.

Ah, Lo...

— Você está bem? Sua mãe está bem? — perguntei. Era como se tivéssemos voltado no tempo, como se vivêssemos novamente aquela mesma rotina. Desejei que essa não fosse uma das lembranças mais recorrentes.

— Ela não está bem. Mas está bem.

Déjà vu.

— Entre — falei, segurando sua mão.

Logan fez que não com a cabeça e soltou minha mão.

— Você me perguntou uma coisa da última vez que nos falamos, e eu não respondi.

— O quê?

— Você me perguntou se eu penso no bebê. — Ele passou a mão na nuca. — No final do verão, ele ou ela começaria o jardim da infância. Eu penso em como ele teria seu sorriso e seus olhos. Em como ela morderia a gola da camiseta e teria soluço quando ficasse nervosa. Em como ela te amaria. Em como ele iria dar os primeiros passos, falar, sorrir, chorar. Penso em tudo isso. Mais do que eu gostaria. E então... — Ele fez uma pausa. — Então eu penso em você. No seu sorriso. Em como você morde a gola da camiseta quando está nervosa ou tímida. Penso em você soluçando três vezes quando fica irritada e em como você fica mal quando sua mãe te coloca para baixo. Penso em como se sente em noites de tempestade e fico me perguntando se você, ainda que por um segundo, pensa em mim.

— Lo, entre.

— Não me convide para entrar — murmurou ele.

— O quê?

— Eu disse: não me convide para entrar.

— Você não quer conversar?

— Não. — Logan me encarou. — Não. Eu não quero *conversar*. Quero esquecer. Quero parar de lembrar de tudo. Quero... Alyssa...

Ele suspirou, e suas palavras se desvaneceram. O tremor em sua voz teria passado despercebido para alguém que não conhecesse Logan. Mas eu o notei; eu conhecia Logan e sabia que sua mente estava percorrendo lugares sombrios novamente. Ele deu um passo na minha direção, e eu continuei no mesmo lugar, firme. Queria que ele se aproximasse mais. Eu sentia falta dele junto de mim. Sua mão tocou sutilmente meu rosto, e eu fechei os olhos.

— Quero conversar com você, mas não posso — continuou Logan. — Porque, então, estaremos de volta ao mesmo ponto, e eu não posso fazer isso, Alyssa. Não posso me apaixonar por você. Não posso te magoar de novo.

Meu coração teve um sobressalto.

— É por isso que você tem sido tão cruel comigo? — Ele balançou a cabeça lentamente. — Logan, podemos ser apenas amigos. Não precisamos ficar juntos. Entre, vamos conversar.

— Não posso ser seu amigo. Não quero conversar com você, porque, quando faço isso, eu me machuco. E eu não quero me machucar mais. Só que... não consigo ficar longe de você. Estou tentando, mas não consigo. Quero você, Alyssa. — Suas palavras me provocaram calafrios e confundiram minha mente. — Quero passar as mãos pelo seu cabelo. — Ele colocou uma mecha de cabelo atrás da minha orelha. — Quero passar a língua pelo seu pescoço. Quero sentir você. — Sua mão acariciou meu rosto. — Quero provar você. — Sua boca percorreu lentamente meu pescoço. — Quero lamber você. — Seus lábios beijaram minha orelha, lambendo-a suavemente. — Quero... trepar... — Ele me puxou para mais perto. — Eu quero você, Alyssa. Eu te quero tanto. Eu te quero tanto que não consigo pensar em outra coisa. Então, por favor, para evitar qualquer confusão entre nós, não me convide para entrar — sussurrou ele em minha orelha antes de mordiscá-la novamente.

Meu coração estava acelerado, e eu recuei alguns passos até minhas costas se apoiarem na parede da minha casa. Logan se aproximou e apoiou os braços na parede, me cercando. Seus olhos estavam dilatados quando fitaram os meus, cheios de necessidade, desejo, esperança...? Ou talvez fosse a minha própria esperança, aquela que tanto rezei para que não tivesse desaparecido de seu olhar. Minhas coxas tremiam, minha mente estava um grande caos. Uma parte de mim se perguntava se eu estava sonhando, enquanto a outra parte não se importava. Eu queria esse sonho.

Desejei esse sonho. Ansiei por esse sonho ao longo dos últimos cinco anos. Queria sentir o corpo de Logan junto ao meu. Queria sentir o quanto ele sentiu minha falta. Queria beijá-lo.

Queria senti-lo...

Prová-lo...

Lambê-lo...

Lo...

— Logan — murmurei, incapaz de desviar minha atenção dos seus lábios, que quase tocavam os meus. Ele ergueu meu queixo para que nos olhássemos nos olhos. Seus lábios me lembravam daquele remoto verão em que a única coisa que fizemos foi nos beijar. Eles me lembravam daquele garoto que eu amei, o primeiro e único que partiu meu coração. — Você está triste hoje.

Inclinei a cabeça ligeiramente para o lado e analisei cada detalhe dele. Seu cabelo, sua boca, seu queixo, sua alma. As sombras nas profundezas de seus olhos. Sua respiração pesada, irregular como a minha.

— Estou triste hoje. Estou triste sempre. Alyssa, eu não retornei suas ligações... Eu nunca quis te magoar.

— Não importa. Foi há muito tempo. Éramos tão jovens.

— Eu não sou mais aquele garoto, Alyssa. Juro que não sou.

— Eu sei, e eu não sou mais aquela garota.

Mas uma parte da minha alma se lembrava do nosso passado. Uma parte da minha alma ainda sentia o fogo que Logan e eu sentimos muitos anos antes. E, às vezes, no silêncio do entardecer, eu jurava que ainda sentia o seu calor.

— É por isso que eu quero que você fique aqui em casa esta noite — continuei. — Porque estou triste também. Sem compromisso. Sem promessas. Apenas alguns momentos juntos para nos esquecermos de tudo.

Seus dedos ergueram levemente minha camiseta, e fechei os olhos diante do prazer que aquele simples ato me trouxe. Um pequeno gemido escapou de mim quando o polegar de Logan roçou o tecido da minha calcinha e começou a pressioná-lo com leves movimentos circulares. Sua língua percorreu minha orelha antes de mordiscá-la com força. Sua mão direita esgueirou-se até minha bunda e a esquerda moveu a calcinha para o lado, o que permitiu que ele deslizasse um dedo dentro de mim.

Um dedo.

Dois dedos.

Três dedos...

A calcinha pesava em meu corpo, meu desejo se tornava mais forte a cada minuto. Meus quadris arquearam na direção de Logan, querendo-o dentro de mim. Eu me movia no ritmo de seus dedos, ansiando pelo toque do qual senti tanta falta.

— Entre — falei, gemendo baixinho, puxando-o para mais perto de mim, precisando dele mais perto de mim.

— Não me convide para entrar.

Seus dedos foram mais fundo. As batidas do meu coração aceleraram. Senti tudo nesse momento. Todo medo, desejo, necessidade...

Sentir.

Provar.

Lamber.

Céus, Logan...

— Entre — ordenei, passando uma perna em torno de sua cintura.

— Não, Alyssa.

— Sim, Lo.

— Se eu entrar, não vou ser gentil com você. Se eu entrar, não vou conversar sobre nada. Não vamos falar do passado, não vamos discutir o presente, não vamos conversar sobre o futuro. Se eu entrar, eu vou te comer. Com força. Eu vou te comer para desligar meu cérebro, e você vai trepar comigo para desligar o seu. E então eu vou embora.

— Logan.

— Alyssa.

Pisquei e, quando abri os olhos, prometi a mim mesma não desviá-los de Logan novamente.

— Entre.

* * *

Não passamos do piano na sala de estar. Quando a boca de Logan encontrou a minha, ele me beijou como eu nunca tinha sido beijada antes. Foi doloroso, rude, repulsivo e triste. *Triste pra cacete.* Eu sentia meu peito queimar ao corresponder com força, desejando-o mais do que ele poderia me desejar. Arrancamos nossas roupas, sabendo que o tempo estava prestes a se esgotar. Era a oportunidade perfeita para silenciarmos nossas mentes e arrancarmos a dor um do outro.

Logan me ergueu, apoiando minhas costas no piano. Pegou minha mão e colocou-a em seu pau duro. Eu a deslizei para cima e para baixo, e ele enfiou seus dedos em mim, nossos olhares fixos um no outro.

Sentir.

Provar.

Lamber.

Isso...

Ele levou a mão ao bolso, pegou um preservativo e o colocou antes de abrir minhas pernas. Quando ele me penetrou, gemi de alegria, de prazer, de dor. Seus dedos estavam cravados em minha pele, e os meus agarravam suas costas. Meus braços o prendiam com força enquanto ele se movia dentro de mim, fazendo meu corpo tremer sob seu peso. Nós esbarrávamos nas teclas do piano, os sons traduzindo nossos desejos, nossas necessidades, nossa confusão, nossos medos. Logan entrava e saía de dentro de mim, e eu implorava a ele que não parasse. Estávamos tão arrasados. Tão cansados da vida que vivíamos. Mas, essa noite, fizemos amor com os cacos do nosso coração.

Foi intenso, foi sagrado, foi de partir o coração.

Teve momentos bons, outros nem tanto.
Parecia tão errado, mas sempre parecia certo.
Senti saudades dele.
Senti saudades de nós.
Senti tanta saudade de nós.

Quando ele se foi, não disse uma palavra.
Quando ele se foi, esperei que voltasse no dia seguinte.

Capítulo 29

Logan

Eu cozinhava desde que tinha cinco anos. Minha mãe nunca me deixava nada para comer além de uma lata de sopa, então tive que aprender a usar o abridor de latas e o fogão para aquecê-la. Quando completei nove anos, fazia pizza sozinho, com massa de pão, usando ketchup e queijo processado. Aos treze, eu já sabia como rechear e assar um frango.

Então, o fato de Jacob estar sentado diante de mim com a testa franzida era preocupante. Nós estávamos a uma mesa do Bro's Bar & Grill, e eu havia colocado um prato de risoto com cogumelos e linguiça diante dele. O restaurante ainda estava fechado, e era a segunda vez que ele me pedia para preparar um prato.

— Humm... — murmurou, pegando o garfo e provando uma grande porção de risoto.

Observei-o mastigar bem devagar, sem demostrar qualquer reação enquanto deliberava se a minha comida era boa o suficiente para me deixar trabalhar em sua cozinha.

— Não — disse ele sem rodeios. — Não é o que eu quero.

— Você está de brincadeira comigo? — perguntei, perplexo, sentindo-me insultado. — Esse prato me aprovou na faculdade de gastronomia. Foi meu trabalho final.

— Bem, seus professores não sabem de nada então. Não sei como são as coisas em Iowa, mas, aqui no Wisconsin, gostamos de comida gostosa de verdade.

— Vá se foder, Jacob.

Ele sorriu.

— Traga outro prato semana que vem. Vamos ver como as coisas progridem.

— Não vou continuar trazendo pratos para você ficar falando mal deles. Isso é ridículo. Eu posso fazer a comida do seu cardápio. Só me dê o emprego.

— Logan, eu te amo. De verdade. Mas, não. Preciso que você cozinhe com o coração!

— Eu cozinho com as mãos!

— Mas não com emoção. Volte quando encontrá-la.

Eu o empurrei. Ele riu novamente.

— E não esqueça, você ainda me deve a receita da máscara para o cabelo!

* * *

— Como estão indo as coisas até agora? — perguntou Kellan.

Estávamos na clínica para o terceiro ciclo de quimioterapia. Eu odiava aquele lugar, pois fazia o câncer parecer mais real do que eu estava pronto para encarar, mas fiz o melhor que pude para esconder meus medos. Kellan precisava que eu fosse forte, o irmão que estaria sempre ao seu lado, não o cara fraco que eu era naquele momento.

Era difícil para mim observar as enfermeiras colocarem vários cateteres nos braços do meu irmão. Ele estremecia de dor, e isso era quase a morte para mim. Ainda assim, tentei agir normalmente.

— As coisas estão bem. Jacob tem sido um idiota. Ele disse que eu tinha que aperfeiçoar três pratos antes de me contratar para trabalhar em sua cozinha.

— Parece justo.

Revirei os olhos.

— Sou um ótimo cozinheiro! Você sabe disso!

— Sim, mas Jacob, não. Crie alguns pratos diferentes em casa. Não deve ser nada de mais.

Ele estava certo, não era nada de mais, mas ainda me irritava o fato de Jacob ter me oferecido o trabalho quando cheguei à cidade e agora estar colocando empecilhos.

— Como foi rever Alyssa? — perguntou ele, fechando os olhos.
— Imagino que deva ter sido estranho.

— Revê-la com ou sem roupas?

Kellan arregalou os olhos, chocado.

— Não! *Você está dormindo com Alyssa?* — indagou ele, meio gritando, meio sussurrando.

Dei de ombros.

— Defina "dormir".

— Logan!

— O quê?!

— Por quê? Por que você está transando com Alyssa? Essa é uma péssima ideia. A pior de todas. Achei que o plano era evitá-la a todo o custo para que você não voltasse ao passado. Cara, você transou mesmo com ela? Como foi isso que aconteceu?

— Bem, quando duas pessoas tiram as roupas... — comecei, sorrindo.

— Cale a boca. Eu já fazia sexo quando você ainda usava cuequinhas de super-heróis. Como isso foi acontecer com vocês dois?

Eu não podia dizer que fui procurá-la quando estava mal, porque ele ficaria péssimo se descobrisse que eu não estava sendo forte. Mas eu não queria mentir. Então, disse a verdade.

— Ela é o meu lar.

Kellan deu um sorrisinho.

— Depois de todo esse tempo, de tudo que vocês passaram, o sentimento ainda está aí, hein?

— É só sexo, Kellan. E só fizemos uma vez. Sem compromisso. Sem vínculos. Foi só uma forma de relaxar.

— Não. Nunca é só sexo com vocês dois. Só para deixar claro, sempre gostei de vocês juntos. Erika odiava, mas eu adorava a ideia.

— Por falar em Erika, não vamos contar nada para ela. Ela vai surtar.

— Surtar sobre o quê? — perguntou Erika, entrando no quarto com café na mão esquerda e um livro na direita. Ela fazia aulas do mestrado à noite e, quando não estava cuidando de Kellan, estava com a cabeça enfiada em algum livro. Às vezes, mesmo quando estava cuidando dele, ela lia alguma coisa.

— Quebrei um pires na sua casa por acidente — menti.

Ela olhou por cima do livro.

— O quê?!

— Foi mal.

Erika começou a me questionar cada detalhe do incidente com o pires que eu não tinha quebrado, e Kellan sorriu para mim antes de fechar os olhos e esperar que a sessão de quimioterapia terminasse.

* * *

Trinta e duas horas depois de Kellan fazer quimioterapia, ele estava determinado a se apresentar no bar. Erika e eu tentamos fazer com que mudasse de ideia, mas ele se recusou, dizendo que não podia simplesmente desistir do seu sonho. Agora, ele usava um boné de beisebol preto todos os dias para tentar esconder a queda de cabelo, mas eu sabia que os fios estavam caindo.

Nós nunca conversávamos sobre isso.

A respiração de Kellan estava ofegante ao caminharmos até o carro, como se os poucos passos fossem quase mortais para ele. Isso me preocupou muito.

— Viu, pessoal? — Ele respirou fundo. Erika o ajudou a se acomodar no banco do carona. — Estou bem.

Erika deu a ele um sorriso falso.

— Você está mesmo indo muito bem. Mal posso esperar para ver, em algumas semanas, como a quimioterapia está dando resultado, porque eu sei que está. Tenho certeza disso. E acho legal seguirmos com a nossa vida normalmente. Acho legal você continuar tocando violão nos shows. Os médicos dizem que a rotina é importante. Isso é bom. Isso é muito bom — repetia Erika, e eu pousei a mão de modo reconfortante no banco do carona, onde Kellan havia se sentado.

Ele me lançou um sorriso fraco.

Percorremos poucos metros antes que precisássemos parar o carro. Kellan saltou do banco e começou a vomitar na calçada. Erika e eu corremos até ele e o seguramos com firmeza para que não perdesse o equilíbrio e caísse.

Esse câncer estava se tornando mais real a cada dia.

Eu odiava isso.

Eu odiava tudo a respeito dessa doença repugnante. Como ela atingia as pessoas mais fortes do mundo e as forçava a fraquejar. Como ela não só afetava as pessoas, mas as sugava totalmente.

Se houvesse uma pílula mágica que eu pudesse tomar para transferir toda a dor de Kellan para mim, eu a tomaria todos os dias da minha vida.

Meu irmão não merecia passar por isso.

Nenhum ser humano merecia.

Eu não desejaria o câncer nem para o meu pior inimigo.

Voltamos para o carro e fomos direto para casa, pois não havia qualquer chance de Kellan conseguir tocar do jeito que estava. Quando chegamos, Erika e eu tivemos que ajudá-lo a caminhar até o quarto.

— Estou bem — garantiu ele, a voz exausta. — Só preciso dormir um pouco. Eu deveria ter dado um intervalo maior entre a quimioterapia e o show. Foi um erro idiota.

— Vou ficar na sala estudando. Se precisar de alguma coisa, me chame, está bem? — disse Erika, ajudando-o a se deitar e cobrindo-o com um lençol. Ela beijou o nariz dele, e Kellan fechou os olhos.

— Ok.

Ela saiu do quarto, e eu continuei ali, observando o peito de Kellan subir e descer. Ele parecia tão magro que eu me sentia mal... O que posso fazer para você superar isso? O que posso fazer para endireitar as coisas?

— Estou bem, Logan — assegurou ele, como se lesse minha mente.

— Eu sei, é só que... eu me preocupo, só isso.

— Não desperdice seu tempo. Porque estou bem.

Ergui o ombro esquerdo. *Eu te amo, irmão.*

Ele moveu o direito, como se pudesse ver o que eu tinha feito, mesmo com os olhos fechados.

— Vou sair um pouco. Peça para Erika me ligar se precisar de alguma coisa.

— Vai sair para molhar o biscoito? Para brincar de médico? Para fazer coisas de adulto com uma garota chamada Alyssa? — brincou ele.

— Kellan, cala a boca.

Eu ri.

Mas, sim.

Era exatamente isso o que eu ia fazer.

Capítulo 30

Alyssa

Na primeira vez, Logan veio até minha varanda, passou a mão pelo cabelo e disse que eu não deveria convidá-lo para entrar. Então, ele voltou outro dia, e no outro. E no outro. Eu queria saber o que se passava em sua cabeça. Quais eram seus devaneios e seus pesadelos. Mas, como não nos falávamos, eu teria que descobrir tudo isso através de sua linguagem corporal. Quando estava com raiva dos pais, ele era bruto. Quando estava com o coração partido por causa de Kellan, seu corpo se demorava mais junto ao meu.

No batente da porta, dei um passo para o lado. Logan entrou.

Não passamos do hall dessa vez. Ele arrancou minhas roupas, e eu arranquei as dele. Logan me pressionou contra a porta do armário e me ergueu, puxou meu cabelo, e meus dedos se entrelaçaram nos dele. Minhas pernas envolveram a cintura de Logan, e, sem qualquer aviso ou hesitação, ele me penetrou. O choque enviou faíscas pelo meu corpo, fazendo-me gemer e murmurar seu nome enquanto ele entrava e saía de mim. Eu estava a segundos de me perder nele.

Uma das mãos de Logan segurava minhas costas e a outra acariciava meu seio. Ele ia cada vez mais fundo.

Sentir.

Provar.

Lamber.

Trepar...

Estávamos lentamente nos viciando naquilo: ele aparecia, e eu o convidava a entrar. A paixão era a nossa droga, éramos viciados no clímax. Eu gemia seu nome, ele murmurava o meu. Nós nos movíamos, nos afastávamos, nos agarrávamos um ao outro, suspirávamos.

Recuperamos o fôlego, e ele me colocou de volta no chão. Mas, desta vez, em vez de ir embora, Logan seguiu na direção da minha sala de estar.

— O que você está fazendo? — perguntei.

Ele seguiu pelo corredor em direção ao meu quarto.

— Vista suas roupas.

— O quê? Por quê?

— Assim eu posso tirá-las novamente.

Capítulo 31

Logan

Minha viciante Alyssa...

Capítulo 32

Alyssa

Meu sofrido Lo...

Capítulo 33

Logan

— Ela não está em casa — disse uma voz gentil. Já fazia alguns minutos que eu batia à porta, esperando que ela me deixasse entrar, mas não houve resposta. — Está trabalhando no Red's Piano-Bar esta noite. Ela se apresenta lá toda semana.

— Ah, ok. Obrigado.

A voz pertencia a uma mulher de mais ou menos setenta anos, com o cabelo grisalho comprido. Ela estava sentada em uma cadeira de balanço na varanda ao lado, lendo um romance e cantarolando. Quando comecei a descer os degraus da casa de Alyssa, a mulher falou novamente:

— Então, o que você quer com Aly, hein?

— O quê?

— Venha até aqui — ordenou a mulher, fechando o livro e acenando para mim.

Fui até a varanda e me sentei ao lado dela.

— Meu nome é Lori, e eu conheço essa garota, que é minha vizinha, há alguns anos. Já servi mais panquecas com Aly do que com qualquer outra pessoa com quem já trabalhei. Vários caras dão em cima dela todos os dias, mas ela nunca olhou para eles. Aí um sujeito misterioso aparece na cidade, e ela perde a cabeça. O que você tem de tão especial?

— Nós éramos muito próximos. Há uns cinco anos.

— Ah — murmurou Lori, balançando a cabeça. — Você é o Logan. O cara da caixa.

— O quê?

— Debaixo da cama dela há uma caixa. Aly guarda tudo sobre você lá dentro. Recordações... Você é o cara de quem ela não consegue se livrar. — A mulher levou a mão ao medalhão pendurado no pescoço. — Eu sei como é.

— Tenho certeza de que ela já deixou tudo para trás. Ela me disse que sim.

Lori ergueu uma sobrancelha e inclinou a cabeça.

— Os homens são muito idiotas.

Eu ri.

— Existe um cara chamado Dan. Rapaz bonito. Nos últimos anos, ele veio toda semana ao restaurante para tentar convencer Alyssa a sair com ele. E eu a vi dizer não para ele de uma vez por todas hoje. Sei que ela fez isso por causa do que sente por você.

Eu não sabia o que dizer, então fiquei em silêncio. Lori continuou falando:

— Mas, só para que fique bem claro, ela não é uma droga. Ela não é a *sua* droga, meu jovem. — Ergui a sobrancelha, e um sorriso discreto surgiu em seus lábios. — Você achou que poderia desaparecer durante anos sem que Alyssa comentasse a seu respeito de vez em quando? Ela me contou sobre o seu passado com drogas e que você foi para a reabilitação. O que é bom. Mas, querido, você não pode voltar aqui e usá-la dessa forma. Ela não é algo que você pode usar para esquecer seus problemas. Aly é uma garota, uma garota delicada e carinhosa que ainda é louca por um rapaz. Você está sendo egoísta. Ela também está. Você não vai parar de usá-la, e ela vai continuar permitindo que você faça isso. Os dois estão viciados. Os dois estão brincando com fogo, mas acham que não vão se queimar. Se você se importa um pouco que seja com ela, pare com isso agora. Se você se importa com o coração dela, pare de machucá-lo de novo. O que quer que vocês dois estejam fazendo pode ser apenas diversão para você, mas, para Aly, é mais que isso. É tudo que ela desejou nos últimos anos. Se você partir o coração da minha amiga, pode acreditar que vou quebrar todos os dedos das suas mãos e dos pés, um de cada vez.

Eu ri novamente, mas dessa vez fui interrompido pelo olhar severo de Lori. Engoli em seco.

— Ok.

— É melhor você ir para casa logo — disse ela, abrindo o livro de novo. — Deve cair uma grande tempestade nas próximas horas.

Olhei para o céu, as nuvens escuras bloqueando a lua. De pé, coloquei as mãos nos bolsos e agradeci a Lori pela conversa.

* * *

No dia seguinte, Kellan me pediu para acompanhá-lo, junto com Erika, em sua consulta com o terapeuta, e concordei em ir. Eu faria qualquer coisa que ele me pedisse. Meu único contato com terapeutas foi na Clínica de Saúde e Reabilitação St. Michaels. Tínhamos sessões individuais e em grupo, nas quais eles nos faziam pintar e tal. No começo, eu as odiava, mas, depois de um tempo, elas me ajudaram. Então, às vezes, eu voltava a odiá-las.

Eu me sentei ao lado do meu irmão e da noiva dele no consultório do Dr. Yang, e pude sentir a tensão aumentando. Antes de sair de casa, Kellan e Erika haviam discutido sobre coisas bobas — um tubo de pasta de dente deixado na bancada do banheiro, o café que estava demorando muito, os livros do mestrado da Erika espalhados pela mesa de jantar. Eu nunca os tinha visto brigar antes, então foi um pouco estranho.

— Obrigado por se juntar a nós hoje, Logan. Sei que é muito importante para o seu irmão que você esteja aqui.

— Sim, é claro. — Dei um tapinha na perna de Kellan. Ele me deu um sorriso forçado. — Faço qualquer coisa por esse cara.

Dr. Yang assentiu, satisfeito.

— Acho que é importante verificar, de tempos em tempos, como as coisas estão indo. Erika mencionou que você se mudou para a casa deles, o que acho que pode ser bom para Kellan. Ter a família por perto é sempre útil. Então, que tal ouvirmos como está todo mundo? Kellan, você começa.

— Estou bem.

— Ele perdeu um pouco do apetite. E tem andado um pouco mal-humorado ultimamente — interveio Erika.

— Isso é perfeitamente normal, com tudo o que está acontecendo — garantiu o Dr. Yang.

— Não estou mal-humorado — grunhiu Kellan.

Erika fez uma careta.

— Você brigou comigo ontem, Kellan.

— Você me acordou às três da manhã para verificar minha temperatura.

— Você parecia gelado — sussurrou ela.

— E como você está, Erika? Eu me lembro de termos conversado sobre como você lida com o estresse, quebrando coisas às vezes...

— Sim, mas estou muito melhor.

Kellan riu.

— O que foi? — indagou Erika. — Falei algo engraçado?

— Temos sete lâmpadas novas na despensa porque uma quebrou. Você está ficando louca.

Uau. Essa foi cruel.

Vi as bochechas de Erika ficarem vermelhas, e ela baixou os olhos.

Dr. Yang escreveu algo em seu caderninho antes de se virar para mim.

— E você, Logan? Acha que Erika está lidando da melhor maneira possível com a doença de Kellan?

Erika bufou.

— Ótimo. Porque um drogado pode me julgar.

Essa foi cruel também.

Eu me endireitei na cadeira e olhei para Kellan e Erika antes de responder. Os dois pareciam tão exaustos. Da mesma forma que minha mãe sempre estava. As mãos de Kellan agarravam as laterais da cadeira, e Erika estava prestes a perder a batalha contra as lágrimas.

Pigarreei.

— Se eu acho estranho que Erika tenha pequenos surtos e quebre as coisas e compre-as aos montes? Sim. Se acho que ela julga as pessoas por não serem ou pensarem exatamente como ela? Com certeza. — Eu podia sentir minha futura cunhada me fuzilando com os olhos, mas continuei falando. — Mas Erika o ama. Ela mantém as coisas em ordem, apesar da minha presença. Mesmo aos berros, é isso que ela faz. Porque está tentando ao máximo fazê-lo se sentir confortável. Erika pode não estar fazendo isso da forma como eu, você ou Kellan achamos que é certo. Mas está fazendo o melhor que pode, todos os dias. Eu não sei se eu já fiz o meu melhor... — Baixei os olhos para a pulseira de elástico em meu braço. — Mas estou tentando. Por eles dois. E isso é tudo o que pode ser feito. Quando eu estava na clínica de reabilitação, em Iowa, eles tinham citações de Ram Dass em cada quarto. No hall de entrada, havia uma que dizia: *Estamos apenas caminhando juntos para casa.* Eu nunca tinha entendido o significado dessa frase. Até agora. Porque, no final do dia, estamos todos perdidos. Estamos todos arrasados. Machucados. Um caco. Estamos apenas tentando entender essa coisa chamada vida, sabe? Às vezes ela parece tão solitária, mas, em seguida, você se lembra da sua família. As pessoas que às vezes te odeiam, mas nunca param de te amar. As pessoas que sempre aparecem, não importa quantas vezes você já fodeu com a vida delas e as afastou. Essa é sua família. Essas pessoas, essas lutas, essa é a minha família. Então, sim, nós vamos desmoronar, mas vamos cair juntos. Vamos ficar de pé juntos. E aí, no final de tudo, de todas as lágrimas, de toda a mágoa, vamos dar um passo de cada vez. Vamos respirar fundo e vamos caminhar juntos para casa.

* * *

Depois da consulta de Kellan, ele e Erika foram para casa descansar um pouco, e eu fiquei vagando pela cidade durante o restante do dia. Quando a noite chegou, eu me vi em frente ao Red's Piano-Bar. Em um quadro do lado de fora estava escrito o nome de Alyssa como a artista da noite, e senti uma pontada de orgulho. *Ela conseguiu. Está fazendo o que ama.*

Consegui um lugar nos fundos do bar, fora do campo de visão de Alyssa. Ela se sentou ao piano e seus dedos começaram a se mover pelas teclas, enchendo o ambiente com uma bela melodia que pouquíssimas pessoas no mundo iriam ouvir. Fiquei ali, escutando atentamente cada canção, lembrando-me de como Alyssa era talentosa.

Quando chegou à última música, ela pegou o microfone e falou suavemente.

— Eu encerro todos os shows com essa música, pois ela significa muito para o meu coração. A letra dela fala muito sobre a minha alma e sempre me faz lembrar de uma época em que amei um cara... E por alguns instantes, por alguns sussurros, achei que ele me amava também. "She Will Be Loved", do Maroon 5.

Senti um aperto no peito e me endireitei na cadeira.

Eu observei o corpo de Alyssa se mover como se ela estivesse se tornando parte do piano. Como se não fosse nada além de sua própria arte. Eu não conseguia imaginar como ela havia se tornado ainda mais impressionante. Não conseguia entender como ela ainda era capaz de me surpreender.

Mas, então, ela abriu a boca.

E a letra fluiu de seus lábios com tanta facilidade... Ela fechou os olhos enquanto cantava, perdendo-se nas palavras, nos sons, em si mesma, em nossas memórias.

Foi uma honra testemunhar esse momento. Lágrimas brotavam de seus olhos fechados, e seus ombros se moviam para a frente e para trás, no ritmo dos sons que ela mesma produzia. Havia algo diferente nos artistas. Era quase como se sentissem as coisas de forma diferente, talvez mais *profundamente*. Eles viam o mundo repleto de cores enquanto muitos de nós víamos apenas em preto e branco.

Minha vida era preta e branca antes de Alyssa entrar nela.

Meus pés me levaram para mais perto do palco, e fiquei na frente dela, ouvindo as palavras que eu sussurrei em seu ouvido quando éramos mais novos. Ela era tão linda, tão livre quando interpretava sua música... Quando ela tocava, fazia com que todos ao seu redor se sentissem livres também. Por alguns momentos, enquanto ela cantava, eu tive certeza de que estava livre de tudo na vida que me fazia sentir preso. Eu me sentia livre ao lado dela.

Eu sabia que Lori estava sendo uma boa amiga ao proteger Alyssa, mas o que ela não sabia era que Alyssa era tudo para mim. Ela era a dona do meu coração. Ainda que grande parte de mim tentasse negar meus sentimentos, outra parte ainda estava desesperada com a necessidade, o desejo e o amor que só ela era capaz de despertar em minha alma.

Alyssa terminou sua canção, agradeceu a todos e, em seguida, se virou para o público. Eu continuava ali, diante dela. Seus belos olhos encontraram os meus. Ela respirou fundo, e notei que seu corpo estava ligeiramente trêmulo ao se levantar. Seus passos em minha direção eram hesitantes. Quando finalmente ficamos um de frente para o outro, nós meio que sorrimos.

— Oi — cumprimentou ela.

— Oi.

Franzimos o cenho.

— Posso levá-la para casa? — perguntei.

— Tudo bem.

Quando saímos, ainda estava chovendo. Alyssa compartilhou seu guarda-chuva de bolinhas comigo por todo o caminho até sua casa.

— Você foi incrível no palco, Alyssa. Foi sua melhor apresentação, pelo menos que eu tenha visto. Foi a melhor apresentação que já vi na vida, na verdade.

Ela não respondeu, mas seus lábios se curvaram em um sorriso.

Quando chegamos à varanda da sua casa, Alyssa fez menção de me convidar para entrar, mas eu fiz que não com a cabeça.

— Não posso mais fazer isso.

Vi a pontada de decepção em seus olhos azuis e, em seguida, seu rosto corar de vergonha.

— Ah, sim. Tudo bem.

Com certeza eu a havia magoado com aquelas simples palavras.

Eu estava tão cansado.

Tinha sido um dia tão longo.

Uma vida tão longa.

Uma vida tão longa e cansativa.

— Tive uma recaída, Alyssa.

Passei a ponta dos dedos pela testa.

Nos olhos dela, o constrangimento deu lugar à preocupação.

— O quê? O que aconteceu? Como? Com o quê?

Baixei o tom de voz e me retraí.

— Com você.

— O quê?

— Eu voltei e vi meu mundo virar de cabeça pra baixo novamente. Voltei ao passado, só que dessa vez é pior, porque meu irmão está doente e eu fui direto procurar meu maior vício para me ajudar a esquecer isso por um tempo. Vim até você. Você sempre foi meu porto seguro, Alyssa. Com você, eu fugia de tudo de ruim que acontecia na minha vida. Mas isso não é justo com você nem comigo. Quero ficar limpo. Quero ser capaz de me reerguer sem precisar esquecer as coisas, e isso significa que não posso ter outra recaída e não podemos continuar fazendo isso. Não podemos continuar a dormir juntos. Mas eu preciso de *você*.

— Lo...

— Espere. Me deixe falar, porque isso está na minha cabeça há muito tempo. Sei que não sou o mesmo cara daquela época, mas alguma coisa dele ainda permanece em mim. E eu sei que nós dissemos um ao outro que o sexo não significaria nada, mas acho que você sabe que sim, ele significou tudo para nós, e é por isso que não podemos mais continuar a fazer isso. Mas eu preciso de você. Preciso que você seja minha amiga. Tudo na minha vida tem sido difícil. Tudo na vida se tornou duro demais. Exceto por você e Kellan. Sei que é egoísta da minha parte pedir isso para você agora. Sei que estou sendo egoísta porque preciso que alguém me apoie enquanto eu tento dar apoio ao meu irmão, mas preciso de você. Preciso que você seja minha amiga de novo, mas só isso, porque eu não posso te magoar novamente. Não posso ficar com você, mas preciso de você. *Eu preciso de você*. Não vamos falar sobre o passado. Não vamos nos preocupar com o futuro. Seremos apenas nós, amigos. Aqui e agora. Você concorda com isso? Porque eu sinto falta de rir, e eu sempre ria com você. Sinto falta de conversar, e sempre pude conversar com você. Sinto a sua falta. Então, eu estava pensando, podemos ser amigos de novo?

Ela se recostou no batente da porta, parecendo perdida em pensamentos, antes de um sorriso tomar conta de seus lábios.

— Nós nunca deixamos de ser amigos, Logan. Nós apenas passamos um tempo longe um do outro.

Capítulo 34

Alyssa

As tensões entre Logan e eu finalmente chegaram ao fim, mas, à medida que reinventávamos nossa amizade, a relação entre Kellan e Erika começou a se desestabilizar. Uma noite, eu estava sentada no sofá separando os remédios que Erika tinha me pedido para comprar na farmácia quando os dois voltaram de uma consulta complicada com o médico e entraram em casa brigando. Eu estava passando alguns dias na casa deles para ajudar em algumas coisas. Além disso, eu estava mais preocupada com Kellan do que queria admitir.

— Você não está me ouvindo! — gritou Kellan com esforço.

— Não, eu estou ouvindo perfeitamente. Você está dizendo que não quer se casar comigo.

— Claro que eu quero me casar com você, Erika, mas isso simplesmente não faz sentido agora. Se eu morrer, você vai ficar com todos os problemas. Todas as contas, todos os...

— Eu não me importo!

— Bem, eu me importo!

— Por que você está agindo assim? — Erika se virou para mim. — Alyssa, pode dizer a Kellan o quanto ele está sendo irracional?

Fiz menção de dizer algo, mas, antes que eu pudesse falar, Kellan retrucou:

— Não envolva sua irmã nisso!

Fechei a boca. Eu teria ido para casa, mas eles estavam bem na porta, bloqueando o caminho. Então afundei no sofá, tentando me tornar invisível.

Erika suspirou.

— Não vamos falar sobre isso agora. Vamos nos acalmar. Amanhã temos mais uma sessão de quimioterapia, então devemos descansar.

— Você não vai na quimio — afirmou ele.

— O quê?

— Eu disse que você não vai na quimio. Você foi mal na última prova. Não tem estudado tanto quanto antes e não pode continuar andando para trás. Vou pedir a Logan que vá comigo.

— Por que você está me excluindo do seu tratamento? — Erika se virou para mim novamente. — Por que ele está me excluindo?

Mais uma vez fiz menção de falar, mas Kellan foi mais rápido.

— Pare de envolvê-la nisso! Você não vai à quimioterapia, está bem?

— Por que não?

— Porque você está me sufocando! — gritou ele, mais alto que nunca. — Você está me sufocando com perguntas, pacotes, pílulas, com seus malditos planos para o casamento e as porcarias das suas lâmpadas! Não consigo respirar, Erika!

Kellan abriu os braços, irritado, e esbarrou em um abajur na mesa de canto. Quando ele se espatifou, a sala ficou em silêncio. Os olhos dele se encheram de culpa, e lágrimas começaram a rolar pelo rosto de Erika.

Kellan abaixou a voz, dando um passo na direção de minha irmã.

— Sinto muito, eu só...

— Eu sei.

De repente, Logan saiu do banheiro com uma toalha na cintura, todo molhado. De seu cabelo escorria uma estranha substância meio viscosa e verde, e seus olhos estavam arregalados, em pânico.

—O que aconteceu?! — perguntou, nervoso, quase escorregando na trilha de água que ele mesmo deixava no chão. Ele parecia tão sério e tão ridículo que nenhum de nós conseguiu conter uma gargalhada.

—Que diabos é isso na sua cabeça? — indaguei.

Logan estreitou os olhos, confuso com o nosso riso.

—Hoje é a terceira segunda-feira do mês. É uma máscara de ovos e abacate para hidratação profunda.

Rimos ainda mais, e a sala onde antes imperava a raiva e a confusão foi preenchida com mais gargalhadas.

—Sabe do que precisamos? — perguntou Kellan, beijando de leve a bochecha de Erika.

—Do quê?

—De uma pausa musical.

—O que é uma pausa musical? — Logan e eu perguntamos em uníssono.

Kellan e Erika nos ignoraram.

—Não, foi um dia longo — discordou Erika. — E como você disse, eu preciso estudar...

—Não. Agora. Pausa musical.

—Mas... — resmungou ela.

—Estou com câncer — disse ele.

Boquiaberta, Erika deu um tapinha no braço dele.

—Você está usando o câncer contra mim?

O sorriso dele se ampliou.

—Sim.

Achei que Erika fosse gritar com ele, magoá-lo, mas, em vez disso, ela sorriu. Os dois trocaram olhares que só eles entendiam, e ela finalmente concordou.

—Tudo bem. Uma música. Uma só.

Eu nunca vi Kellan abrir um sorriso tão grande.

—Uma música!

—A nossa música — ordenou ela.

Ele correu para fora da sala. Fiquei parada ali, confusa, junto com um Logan todo melecado. Então Kellan voltou com dois tambores e dois paus de chuva e entregou um para mim e outro para o irmão.

— O quê? — perguntou Logan. — O que diabos vou fazer com isso?

Erika olhou para Logan como se ele fosse um babuíno, pegou o pau de chuva e o virou de cabeça para baixo, fazendo o som de chuva. Então o devolveu.

— Dã, Lo — zombei.

Ele me deu um leve empurrão.

Senti um frio na barriga.

Isso não era novidade.

Kellan se sentou diante dos tambores e começou a tocar. Levei um segundo para pegar a batida da música, mas, quando a ficha caiu, senti meu coração derreter. Esse era o amor que minha irmã e Kellan sentiam um pelo outro. Ele estava tocando "The Way I Am", de Ingrid Michaelson.

A música deles.

Kellan cantou o primeiro verso para Erika, e ela sorriu e começou a dançar. Logan e eu acrescentamos os paus de chuva à batida e acompanhamos minha irmã na dança.

Erika cantou uma estrofe, e o amor deles encheu a casa de luz. A letra falava de amar o outro mesmo diante do sofrimento, de estar ao lado da pessoa amada mesmo diante dos obstáculos.

Foi lindo.

Quando chegamos à parte da música que não tinha letra, Logan pegou nossas mãos e nos girou, ainda enrolado na toalha e com gosma verde pingando do cabelo. Em seguida, a sala ficou em silêncio quando Erika começou a cantar o verso final — o verso que fez os olhos de todos se encherem de lágrimas. Ao cantar que amaria Kellan mesmo quando ele perdesse todo o cabelo, Erika passou os dedos pelo cabelo do noivo e encostou a testa na dele. Ele a beijou suavemente, e os dois terminaram de cantar a letra juntos.

O último som que ouvimos foi o do pau de chuva de Logan.

— Uau! — exclamou ele, olhando para o irmão e para Erika. — Porra, vocês dois são perfeitos um para o outro.

Erika riu de leve antes de olhar para Kellan.

— Eu não quero me casar com você.

Ele suspirou.

— Sim, você quer.

— Não. Bem, sim, eu quero. Mas não até que você esteja curado. Não até que você esteja bem. Vamos esperar. Vamos dar um pé na bunda do câncer. E aí você vai se casar comigo.

Ele a puxou para perto, beijando-a intensamente.

— Eu vou me casar com você, porra.

— Ah, mas é claro que vai.

— Cara, vocês podem fazer isso no quarto, por favor? — resmungou Logan, revirando os olhos. — Vou tirar essa porcaria do cabelo.

— Falando nisso... — Kellan pigarreou. — Vocês poderiam fazer uma coisa por mim?

* * *

Logan meneou a cabeça, contrariado.

— Essa é uma péssima ideia.

— Pela primeira vez, Logan e eu concordamos em alguma coisa — comentou Erika, gesticulando.

— Pois eu digo que você deve seguir em frente.

Nós quatro estávamos amontoados no banheiro, com algumas mechas de cabelo na minha mão.

— Obrigado, Alyssa! Finalmente, alguém do meu lado. Além disso, querida — Kellan se voltou para Erika com um grande sorriso —, um monte de gente está raspando a cabeça.

— Bem, ele não está errado — concordou Logan. — As pessoas fazem isso em Hollywood. Cabeça raspada é a nova tendência.

— Então raspe a sua — desafiou Erika, pegando a máquina da minha mão e empunhando-a na direção de Logan.

Os olhos dele se arregalaram, aterrorizados, e Logan apontou um dedo para ela.

— Veja bem o que você vai fazer!

— Logan tem razão. Muitas celebridades rasparam a cabeça para interpretar algum papel — explicou Kellan em uma tentativa de acalmar Erika, que estava em pânico.

— Diga o nome de alguns.

— Bryan Cranston! — eu disse. — *Breaking Bad*.

— Joseph Gordon-Levitt raspou o cabelo em *50%* — lembrou Logan.

— Sinto muito, podemos não citar atores que estavam interpretando pacientes terminais? — pediu Erika.

Justo.

— The Rock.

— Hugh Jackman!

— Matt Damon!

— Jake Gyllenhaal, duas vezes! — exclamou Logan.

— Sério? — perguntou Kellan. — Duas vezes?

— *Soldado anônimo* e *Marcados para morrer*.

— Foda — disse Kellan, erguendo o punho fechado, no qual Logan deu um soquinho.

— Muito foda.

Que idiotas.

— Ei. — Fiquei de pé e liguei a máquina. — Está na hora.

Erika prendeu a respiração e cobriu os olhos.

— Ok. Vá em frente.

— Vá em frente! — exclamou Kellan.

— Vá em frente! Vá em frente! — entoou Logan.

Então eu fui.

Capítulo 35

Logan

—O que você está fazendo aqui? — perguntou Alyssa ao abrir a porta de casa e me encontrar ali segurando uma porta novinha em folha e um kit de ferramentas.

—Não pude deixar de notar, nas poucas vezes que estive aqui, que sua casa precisa de alguns reparos.

—Do que você está falando? — Ela sorriu. — Esta casa é a definição da perfeição.

Arqueei uma sobrancelha, andei até o parapeito da varanda e o puxei para cima, arrancando-o. Não havia nada que o prendesse com firmeza aos degraus.

Ela riu.

—Ok, ela não é perfeita, mas também não é tarefa sua consertá--la. Você está usando um cinto para ferramentas?

—Com certeza. Ou seja, é minha tarefa consertá-la sim. Então, por favor, dê um passo para o lado e me deixe colocar uma porta no seu banheiro. Isso seria ótimo.

Passei as seis horas seguintes consertando coisas na casa de Alyssa, e ela me ajudou em alguns momentos. Minha última tarefa foi subir no telhado e tentar consertar alguns pontos de infiltração.

—Você sabe o que está fazendo? — gritou Alyssa para mim. Ela se recusou a subir até lá, porque, ao contrário do letreiro, ali não havia corrimão de proteção.

— Claro que sei — respondi.

— Como assim?

Eu me virei para ela e dei um sorriso malicioso.

— Vi um documentário sobre telhados.

Os olhos de Alyssa se arregalaram, e ela começou a acenar freneticamente.

— Não. Não. Desça, Logan Francis Silverstone. Agora! Assistir a um documentário não faz de você um profissional.

— Não, mas o cinto para ferramentas faz!

— Logan.

— Alyssa.

— Desça agora. Venha beber um pouco de água. Eu só... Eu vou contratar alguém para arrumar o telhado, tá? Assim você não precisa consertá-lo.

Eu ri e comecei a descer a escada.

— Que bom, porque eu não tinha ideia do que eu estava fazendo.

Assim que meus pés tocaram o chão, ela me deu um empurrão.

— Nunca mais aja como um idiota. Tá?

— Tá.

— Promete? — perguntou Alyssa, estendendo o mindinho na minha direção.

Meu dedo mínimo envolveu o dela e puxei-a para perto de mim. Meu coração acelerou com o toque de seu corpo, e meus olhos se fixaram em seus lábios.

— Prometo.

Ficamos parados ali, mas, de alguma forma, nos sentimos mais próximos. Os lábios de Alyssa tocarem os meus de leve, mas não nos beijamos. Estávamos apenas nos tornando um só, sentindo a respiração um do outro.

— Lo? — sussurrou ela, seu hálito tocando minha pele.

— Sim?

— Não deveríamos ficar tão perto um do outro.

— Tá.

Alyssa deu um passo para trás.

— Tudo bem. — Ela passou os dedos pelo cabelo e me deu um sorriso sem graça. — Você deveria beber um pouco de água. Trabalhou como um louco. Eu vou para o meu quarto descansar uns minutinhos.

Concordei e fui até a cozinha para pegar um copo d'água. Eu me perguntei se ela sentia por mim o mesmo que eu sentia por ela quando estávamos juntos. Eu me perguntei se ela lutava contra a saudade tanto quanto eu.

Fiz uma pausa ao abrir a geladeira. Havia muitos alimentos frescos.

— Você fez compras? — gritei na direção do quarto dela.

— Sim, ontem.

Olhei para os legumes e a linguiça, e minha cabeça começou a trabalhar. Abri os armários, procurando alguns ingredientes.

— Você se importa se eu fizer algo rápido?

— Não. Vá em frente. Pode pegar o que quiser.

Ótimo.

Peguei panelas e frigideiras. Em poucos minutos, o caldo de galinha estava no fogo, e eu comecei a picar o alho e a cortar cogumelos frescos.

— Devo confessar que quando você falou que ia fazer algo rápido, pensei que se referia a um Hot Pocket.

— Desculpe — eu disse, em frente ao fogão, dourando a linguiça em uma panela. — Jacob me ofereceu um emprego no restaurante, mas quer que eu aperfeiçoe três pratos antes de me contratar. E está sendo um completo idiota, reclamando de todos os pratos que eu preparo para ele. Então, pensei em testar alguns com você, se não se opor.

Os olhos dela se arregalaram com deleite.

— Meu Deus, não como uma refeição feita por você há séculos. Serei sua cobaia com prazer. O que estamos fazendo?

— Risoto.

— Isso não leva algum tempo?

— Sim.

Ela sorriu, sem notar que eu a fitava com o canto do olho. Sorri também.

Falamos sobre várias coisas enquanto eu mexia o arroz na panela.

— Você está pensando em abrir um piano-bar?

— Sim, bem, tenho pensado seriamente no assunto. Lembra quando éramos mais novos e conversávamos sobre isso?

— LoAly?

— *AlyLo* — corrigiu Alyssa. — Bem, eu não ia dar esse nome, já que isso era meio que uma coisa nossa, mas não sei. É apenas um sonho. Só isso.

— Um sonho bom, que você deve tornar realidade.

Ela deu de ombros, cruzou os braços sobre a mesa e apoiou a cabeça neles.

— Talvez. Vamos ver. Meu amigo Dan me mostrou algumas propriedades que podem servir ao meu propósito. Sei que é cedo para procurar imóveis, mas é divertido. Visitar possíveis lugares para o piano-bar faz com que o sonho pareça estar um pouco mais perto de se concretizar.

Quando o risoto ficou pronto, servi-o no prato e o coloquei diante de Alyssa. Ela abriu um sorriso de orelha a orelha, batendo palmas feito louca.

— Meu Deus, isso está acontecendo! Senti sua falta, Logan, mas acho que senti ainda mais falta da sua comida.

— Justo. Agora, aqui. — Dei-lhe um garfo. — Coma.

Alyssa encheu o garfo e o levou à boca. Quando começou a mastigar, franziu a testa.

— O quê? O que foi? — perguntei, o tom de voz elevado.

— Nada, só não está... incrível.

— O quê? Não tem nada de errado com esse prato.

— Tem, sim.

— Não. Não tem. Veja. A linguiça foi cozida à perfeição. Os cogumelos, assados perfeitamente. A mistura perfeita de temperos é notável. Esse é um prato incrivelmente perfeito.

Ela deu de ombros.

— Quero dizer, é bom. Para um risoto.

Eu bufei. *Para um risoto?* Alyssa tinha muita coragem.

— Não tem nada de errado com esse prato.

— Tem, sim.

— Não, não tem.

— É... — Ela gesticulou com as mãos e deu de ombros mais uma vez. — Insípido.

— *Insípido*?!

— Insípido.

Respirei fundo.

— Você acabou de chamar a minha comida de sem graça?

— Chamei. Porque é.

Apoiei as mãos na beirada da mesa e me inclinei para ela, extremamente irritado.

— Eu cozinho desde criança. Cozinhei este prato durante três anos seguidos na faculdade de gastronomia. Eu poderia fazer esse risoto de olhos fechados, e seria uma refeição digna de um presidente. Minha comida não é sem graça. É saborosa, deliciosa. Você está maluca! — gritei.

— Por que você está gritando? — sussurrou Alyssa.

— Eu não sei!

Ela riu, o que me fez querer beijá-la.

— Logan... experimente a comida.

Peguei o garfo da mão de Alyssa. Mergulhei-o no prato e levei o risoto ainda quente à boca. No instante em que ele tocou minha língua, cuspi-o de volta no prato.

— Cara, está horrível.

— Quando eu disse que era sem graça, estava sendo educada.

Fiquei arrasado.

— Como foi que eu comecei a cozinhar mal? Essa era a única coisa que eu sabia fazer...

— Você não cozinha mal. Provavelmente só perdeu a paixão. Não se preocupe, podemos reencontrá-la. Se você voltar amanhã, vou ajudá-lo a preparar outro prato. Vamos continuar tentando até termos três pratos perfeitos que Jacob jamais poderá criticar.

— Você faria isso por mim?

— Claro.

Passamos aquela noite comendo o risoto nojento e nos lembrando de como éramos felizes na companhia um do outro. Durante as duas semanas seguintes, fui até a casa de Alyssa e cozinhamos até criarmos três pratos divinos. Era bom estar perto dela, eu me sentia livre. Conversamos, rimos e nos divertimos, o que me fez lembrar daqueles anos em que tudo o que fazíamos era rir com o outro. Alyssa me treinou e me fez aperfeiçoar cada um de meus pratos, e eu fiquei muito grato por ela ter feito isso.

Coloquei o bolo de chocolate diante dela, que fez "hummmm" antes mesmo de provar.

— Você está gemendo por causa do meu bolo de chocolate antes mesmo de prová-lo? — perguntei.

— Com certeza eu estou gemendo por causa do seu bolo antes mesmo de prová-lo.

Ela abriu a boca, e eu peguei um garfo, cortei um pedaço de bolo e levei-o até ela. Quando Alyssa começou a mastigar, ela gemeu mais alto.

— *Céus, Logan.*

Sorri com orgulho.

— Se eu ganhasse um dólar toda vez que ouço isso.

— Você teria zero dólares e zero centavos — zombou ela. — Não, sério, você tem que provar isso. — Em vez de me dar um garfo, ela enfiou a mão no bolo, pegou um pedaço grande e o empurrou para dentro da minha boca. — Não é bom? — Ela ria como uma criança de cinco anos de idade enquanto eu limpava o chocolate dos meus olhos, do meu nariz e da minha boca.

— Ah, sim. Muito bom. Aposto que você quer mais — falei.

Ela se preparou para correr, mas enlacei sua cintura e a puxei para perto de mim. Com a mão livre, peguei um pedaço do bolo e empurrei para dentro de sua boca. Alyssa gritou.

— Logan! Não posso acreditar que você fez isso. — Ela riu e sujou meu queixo ao esfregar o dela na minha barba por fazer. — Tenho bolo até no cabelo!

— E eu, no nariz! — respondi, limpando o rosto da melhor forma que podia.

Continuamos rindo por um tempo. Meus braços permaneciam em torno da cintura de Alyssa e, quando as risadas cessaram, as batidas do nosso coração se fizeram ouvir.

Estou me apaixonando por você.

Minha mente estava tão focada na saudade que senti de Alyssa todos esses anos que quase me esqueci do motivo pelo qual tive que me afastar dela. *Porque me amar é perigoso. Mude de assunto.*

Dei um passo para trás, soltando-a.

— Alyssa.

— Sim?

— Tem um violão no seu quarto. Você toca?

— Mais ou menos. Ela me ajuda a manter a criatividade. Toco direitinho, mas estou longe de ser tão boa quanto no piano.

— Kellan não está conseguindo tocar. As mãos dele tremem, às vezes ele esquece as cifras. Isso está acabando com ele.

Ela franziu o cenho.

— Posso imaginar o que é isso. Ser incapaz de fazer o que você ama.

— Sim. Eu estava pensando... Sei que você disse que não toca tão bem, mas será que pode me ensinar? Se você me ensinar o que sabe, talvez eu possa tocar para Kellan.

— Aí está ele outra vez.

Alyssa soltou um breve suspiro.

— Aí está o quê?

— O pequeno vislumbre do garoto que eu amei.

Capítulo 36

Logan

Na semana seguinte, levei Alyssa comigo até o restaurante do Jacob para minha avaliação final. Como ela era a minha inspiração em cada prato, parecia correto que estivesse sentada ao meu lado quando Jacob dissesse para eu desistir e encontrar outra profissão. Pato assado crocante com molho de framboesa e alecrim e batatas assadas temperadas com azeite de oliva, condimentos, alho e couve-de--bruxelas.

Meu coração estava acelerado enquanto eu observava Jacob fazer a mesma cara de paisagem ao mastigar minha comida. Alyssa batia o pé nervosamente ao meu lado e mordia a gola da camisa, o que me fez sorrir. Eu não sabia quem estava mais preocupado em não atender aos padrões de Jacob — Alyssa ou eu.

— Você tem que mergulhar o pato no molho de framboesa! — recomendou Alyssa antes de voltar a morder a camisa. — Ah, e as couves-de-bruxelas também!

Jacob fez o que ela disse, e eu me retraí. Ele soltou o garfo, se ajeitou na cadeira, e um leve sorriso surgiu em seus lábios.

— Puta merda, isso é bom.

Finalmente me senti confiante.

— É?

— Não. Não é bom. É excepcional. A melhor coisa que já comi. — Ele levou mais uma garfada à boca. — Puta merda. Não sei o que você fez com esse prato, mas quero que faça a mesma coisa todos os dias com os pratos do cardápio quando vier trabalhar.

— Então... consegui o emprego?

— Continue cozinhando assim e você pode ser dono do restaurante. — Ele riu. Então ficou sério, apontando o dedo para mim. — Isso foi uma piada. O restaurante não está à venda.

Foi minha vez de rir.

— O emprego está bom por enquanto.

Quase explodi de tanto orgulho. Alyssa estava radiante ao estender as mãos para me abraçar.

— Eu sabia! — sussurrou ela em meu ouvido. — Sabia que você ia conseguir.

Senti o cheiro de seu xampu de pêssego.

— Tudo bem, crianças, saiam e comemorem esta noite. Logan, você começa na segunda-feira.

Nós nos levantamos. Jacob estendeu a mão para me cumprimentar, mas eu o abracei bem forte e dei um beijo em sua testa.

— Obrigado, Jacob.

— Estou aqui para o que precisar, amigo.

Quando Alyssa e eu estávamos saindo, parei por um instante.

— Ah, sim, Jacob, espere.

Enfiei a mão no bolso de trás e tirei um pedaço de papel com a receita da minha máscara para o cabelo.

Ele riu.

— Você estava guardando a receita e só ia entregá-la se eu te desse o emprego?

— Pode ser que haja uma pequena possibilidade de isso ter acontecido.

Ele fez um movimento com a cabeça, orgulhoso.

— Eu teria feito a mesma coisa.

* * *

Alyssa e eu ficamos vagando pela cidade pelo resto da noite, comemorando meu primeiro emprego como chef. Acabamos parando num restaurante barato, com hambúrgueres e batatas fritas, encarando o desafio de quem conseguiria comer mais sem passar mal.

Pela primeira vez, eu me senti feliz de novo.

Mas eu deveria saber que isso não duraria muito tempo, porque, depois dos momentos felizes, sempre vinham os momentos ruins.

— Você também gosta da comida daqui, meu filho? — Ouvi alguém falar atrás de mim e fechei a cara.

Eu me virei e me deparei com meu pai sorrindo para mim, um sorriso tão idiota quanto ele próprio. Estava abraçado a uma garota e, quando eu a vi, percebi o medo em seu olhar. Minha mente voltou à noite em que vi aqueles olhos pela primeira vez.

"Sabe o quanto seus olhos são bonitos?", perguntei, mudando de assunto. Comecei a beijar o pescoço de Sadie e a ouvi gemer.

"Eles só são verdes."

Ela estava errada. Eram de um tom único, verde-folha com um toque cinza.

"Há alguns anos, assisti a um documentário sobre porcelana chinesa e coreana. Seus olhos são da cor do verniz que eles usam."

— Oi. — Engoli em seco, desviando meu olhar de Sadie. — E aí?

— E aí? — repetiu ele. — Você fala como se não tivesse tentado começar uma briga comigo da última vez que me viu.

Alyssa estava segurando a bolsa junto ao corpo, e eu podia ver o pânico em seu olhar. Ela estava apavorada, assim como Sadie. Assim como a maioria das mulheres quando estava perto do meu pai.

— Olha, não quero problemas — falei com a voz baixa.

— Ah, então agora eu sou um problema? — Ele riu, falando alto, porque queria que todos ouvissem a nossa conversa. Ricky era do tipo exibicionista. Ele se aproximou, seu rosto pairando alguns centímetros acima de mim, mas eu continuei sentado. — Não se esqueça da pessoa que cuidou de você e da sua mãe todos esses anos, Logan — vociferou ele, fazendo aquilo soar como uma ameaça.

Ricky me dirigiu um olhar cheio de ódio por alguns segundos antes de abrir um grande sorriso e me dar um tapinha nas costas.

— Só estou te sacaneando, amigo. Podemos nos sentar? Podemos nos juntar a vocês?

Ele não esperou por uma resposta antes de se acomodar no banco ao lado de Alyssa. Ela ficou tensa e parecia prestes a chorar. Segurei sua mão, apertei seus dedos de leve e trouxe-a para perto de mim.

Eu queria ir embora e levá-la para casa. Eu odiava o modo como meu pai provocava arrepios nas mulheres.

— Esta é Sadie, a minha garota — apresentou ele, passando o braço pela cintura dela e puxando-a com firmeza para si.

Eu me retraí, sentindo minha serenidade se esgotar aos poucos, mas tentei não permitir que Ricky me atingisse. Estendi a mão para cumprimentar Sadie.

— Prazer em conhecê-la — falei.

Sadie não estendeu a mão e desviou o olhar. Ricky falou por ela.

— Ah, não, não, não. Sem tocar.

A voz dele parecia abafada, o mesmo tom ameaçador que usava para se dirigir a minha mãe. Ele achava que isso o fazia parecer fodão. Ricky menosprezava as mulheres como uma forma de se sentir forte.

Para mim, isso só o fazia parecer covarde.

— Sadie não gosta de ser tocada por outros homens, não é, Sadie?

Ela não respondeu, pois ele não permitiria que ela o fizesse. Se eu não tivesse falado com ela na outra noite, teria presumido que era muda. Sadie não tinha dito uma palavra sequer desde que haviam chegado.

— Você precisa de algo, Ricky? — perguntei a ele, sentindo-me cada vez mais incomodado.

Ricky ergueu as mãos, como se estivesse se defendendo.

— Calma aí, eu só queria dizer oi. — O celular dele tocou, e ele olhou para Sadie. — Tenho que atender. Não saia daqui.

Ricky se levantou e saiu para atender a ligação.

Meu olhar se voltou para Sadie.

— Que diabos você está fazendo com ele? É ele o namorado de que você falou?

— E-eu não sabia... — A voz dela estava trêmula. — **Vi você na** estação de trem quando tentei abandonar Ricky, e eu queria te contar tudo. Mas sabia que isso só traria mais problemas. Quero deixá-lo, mas em todas as tentativas ele mandou pessoas virem atrás de mim. Eu não posso...

— Ele machucou você? — perguntei.

Sadie olhou para o chão. Enfiei a mão no bolso de trás, tirei a carteira e catei o pouco dinheiro que havia nela.

— Aqui. Pegue isso. Pegue o próximo ônibus e vá para longe dele.

Os olhos de Alyssa estudaram os meus, mas ela não perguntou o que estava acontecendo. Sua mão pousou em minha perna, tranquilizando-me o tempo todo.

— Não posso ir. Não posso — disse Sadie com os olhos lacrimejando.

— Por que não?

— Estou grávida. Estou grávida e não tenho nada nem ninguém a quem recorrer. Ele me afastou da minha família. Destruiu todos os meus relacionamentos. E agora ele é tudo que tenho.

— Sadie, me ouça. Pelo seu filho, a melhor coisa que você pode fazer é entrar num ônibus e não olhar para trás. Você não quer ter um filho com esse cara. Eu fui esse filho. Confie em mim, não foi nada bom.

Ela tremia.

— Ok — sussurrou ela.

Alyssa pareceu confusa, mas rabiscou seu número num guardanapo.

— Se você precisar de alguma coisa, ligue para mim ou para o Logan. Anotei nossos números aqui.

Sadie secou as lágrimas.

— Por que você está sendo tão bom? Você mal me conhece.

— O quê? Claro que eu te conheço. Você me ensinou espanhol — brinquei, tentando quebrar a tensão. Ela me deu um sorriso e guardou o dinheiro. — Saia pela porta dos fundos. Posso acompanhar você, se quiser.

Eu me levantei, segurei a mão dela e seguimos em direção à porta dos fundos. Quando estávamos quase chegando, Sadie foi afastada de mim com um puxão.

— Qual parte do *não se mova* você não entendeu, mulher? — sussurrou meu pai. Ele passou o braço ao redor da cintura dela e a apertou com tanta força que vi a expressão de dor no rosto de Sadie. — Hora de ir.

Ela olhou para mim com olhos suplicantes, e eu dei um passo adiante.

— Eu não acho que ela queira ir.

— O quê? — perguntou ele. Ricky passou os dedos no cabelo de Sadie e a puxou ainda mais para perto de si, com força. — Você não quer vir comigo?

Ela não disse nada. Meu pai continuou.

— Faço tanto por você, Sadie, e é assim que você me retribui? Eu te amo. Você não sabe disso?

Ricky se inclinou e a beijou da mesma forma que beijava minha mãe quando usava suas mentiras para manipulá-la. Sadie retribuiu o beijo, exatamente como minha mãe fazia. Naquele momento soube que ela não ia embora. Estava presa na teia dele.

— Nos vemos mais tarde, Logan — disse ele.

Soou mais como uma ameaça do que como um encontro feliz, mas isso não me surpreendeu. Meu pai não sabia nada sobre felicidade, era um especialista em desastres.

Quando eles se foram, me senti enojado. Fiquei em silêncio, puxando o elástico em meu pulso.

— Você está bem? — perguntou Alyssa.

Fiz que não com a cabeça.

— Podemos ir lá fora pegar um ar, se você quiser.

— Sim, tudo bem.

Mas eu precisava de mais do que ar. Precisava que o meu pai desaparecesse, permitindo assim que todos os que cruzavam seu caminho finalmente se vissem livres de suas correntes.

Capítulo 37

Alyssa

Quando saímos do restaurante, Logan cerrou os punhos. Seu rosto estava vermelho, tamanha sua irritação com o pai. Eu não conhecia a história de Logan e Sadie, mas sabia que ele temia pelo bem-estar dela, assim como já temeu por seu próprio bem-estar. O pai de Logan era aterrorizante. Eu não podia imaginar como era estar no lugar de Sadie, ser incapaz de escapar dele.

— Você está bem? — perguntei.

— Só preciso de um tempo.

Logan colocou as mãos na nuca e começou a andar pelo estacionamento. Havia muitos carros ali, e as pessoas estavam do lado de fora do restaurante aproveitando o tempo bom, socializando e rindo. Enquanto isso, Logan lutava contra os demônios que o assombravam. *Ele merecia um tempo.*

Eu me encostei na parede do prédio e esperei que ele se acalmasse. Logan chutava a grama alta para a frente e para trás.

— Está sentindo vontade de usar drogas? — perguntei.

— Estou — murmurou ele, fechando os olhos e andando em círculos.

Pobre Logan.

— Sabe o que melhoraria as coisas? — perguntei, colocando as mãos nos quadris, o pé esquerdo apoiado na parede.

— O quê?

— Sabe o que devemos fazer para você se sentir melhor de verdade?

— Hum, não, mas suponho que você tenha uma ideia.

— Ah, eu sempre tenho. Está ouvindo?

— Estou.

— Não, quero dizer, está ouvindo *mesmo*?

Logan riu. Ótimo. Fiquei muito feliz por ele estar rindo. Ri também, porque ele era muito lindo. Porque ele era meu amigo novamente. Porque meu coração sabia que isso nunca seria o suficiente para mim.

— Sim, estou ouvindo.

Fiquei de pé, estufei o peito e disse:

— Karaokê.

— Meu Deus, não.

— O quê? Vamos! Não se lembra da vez que fomos ao karaokê quando éramos mais novos? E você cantou "Billy Jean", do Michael Jackson, fazendo aquela coisa com o quadril e tudo o mais?

Repeti os movimentos que ele tinha feito na época, e Logan riu de novo.

— Sim. Também me lembro de ter cheirado cocaína antes de fazer isso.

Meu rosto ficou em estado de choque.

— O quê? Você estava chapado quando fez aquilo?

— Sim, caso contrário, nunca teria concordado em cantar em um karaokê, acredite.

— Ah. Só achei que você estava animado com as músicas do Michael Jackson e do Justin Bieber. Bom, não importa. Hoje vamos cantar no karaokê do O'Reilly's Bar.

— De jeito nenhum.

Peguei a mão dele.

— Vamos sim.

— Alyssa, entendo que você esteja tentando me fazer sentir melhor e tal, mas, sério, isso não é necessário. Estou melhor agora. Você me deixou melhor. Além disso, não vou cantar no karaokê de novo de jeito nenhum.

Capítulo 38

Logan

Eu ia cantar no karaokê de novo.

Não sei como Alyssa conseguiu me levar até o palco do O'Reilly's Bar e colocar um microfone na minha mão. Ela prometeu que faríamos um dueto, que eu não me apresentaria sozinho, mas ainda assim eu podia sentir um friozinho na barriga. Ela escolheu a música "Love The Way You Lie", da Rihanna com o Eminem.

— Sabe a letra? — perguntou Alyssa. — Eu canto essa música o tempo todo quando estou dirigindo, então sei de cor.

— Posso acompanhar na tela.

Ela abriu um sorriso enorme. Eu também.

Meu maior vício.

Quando a música começou a tocar e as primeiras letras surgiram na tela, nenhum som saiu nem da boca de Alyssa nem da minha. As pessoas no bar começaram a gritar, mandando a gente cantar, mas continuamos em silêncio.

O DJ virou para o palco e fez um gesto em nossa direção.

— Humm, vocês sabem que precisam cantar, certo?

Olhei para Alyssa, confuso.

— Por que você não cantou? Era a parte da Rihanna.

— Ah, eu não canto a parte dela. Gosto das partes de rap do Eminem.

— O quê? — resmunguei, dando um passo na direção dela. — Eu não vou cantar a parte da Rihanna.

— Por que não?

— Porque eu não sou uma garota.

— Mas você tem um lindo tom de voz agudo, Lo. Acho que vai ser uma bela Rihanna — zombou Alyssa.

— Vou colocar a música de novo, pessoal. É agora ou nunca — avisou o DJ.

— Não vou fazer isso — falei, ficando cara a cara com Alyssa, o peito estufado.

— Ah, vai sim.

— Não.

— Sim.

Fiz que não com a cabeça.

Ela fez que sim.

— Alyssa...

— Logan...

A música recomeçou, e eu continuei balançando a cabeça, dizendo que não ia fazer aquilo de jeito nenhum. Quando começou a parte da Rihanna, porém, levei o microfone à boca e cantei a parte dela da música com uma voz aguda pra cacete.

Alyssa cobriu a boca para que eu não visse que ela estava rindo. Eu a fuzilei com os olhos antes de me virar para o público e abraçar totalmente o meu lado feminino. Achei que estava indo muito bem, que seria o responsável por tornar nosso desempenho memorável.

Mas então algo aconteceu.

Quando a música chegou na estrofe do Eminem, Alyssa se transformou em algo que eu nunca tinha visto antes. Ela roubou o boné de beisebol do DJ, colocou-o na cabeça com a aba virada para trás e começou a andar pelo palco, conquistando o público e fazendo-o vibrar ao cantar a parte do rap.

Alyssa Marie Walters estava imitando Eminem. E estava incrível. Ela se entregou completamente ao papel que interpretava, com gestos e expressões faciais. Estava tão linda e incontida. Livre.

Quando o refrão começou, ela olhou para mim, e eu voltei a cantar naquele tom agudo terrível.

Em seguida, ela cantou outro rap, enfatizando cada palavra.

Quando Alyssa chegou à última estrofe, que era a mais difícil, ela respirou fundo, me encarou e, antes de começar a cantar, mordeu a gola da camisa. Em seguida, soltou a gola e cantou a estrofe final diretamente para mim.

E foi sexy pra caralho.

Seu corpo balançava para a frente e para trás; as palavras a envolveram. Quando terminou, ela deixou cair o microfone, e a multidão foi à loucura. Eu cantei o refrão da Rihanna para ela.

Quando terminamos, não conseguíamos parar de rir. Nós nos abraçamos bem apertado, e o público nos aplaudiu, implorando por um bis.

Cantamos mais cinco músicas antes de nos sentarmos a uma mesa nos fundos do bar para beber e comemorar nossa performance.

Ficamos a maior parte da noite conversando sobre diversos assuntos. Fazia muito tempo que não ríamos tanto. Por um tempo, tive a impressão de que foi sempre assim.

As risadas de Alyssa eram o ar que eu respirava. Seus sorrisos faziam meu coração bater.

Eu observava o movimento de sua boca enquanto ela discorria longamente sobre um assunto qualquer. A verdade era que eu tinha parado de ouvir o que ela dizia. Tinha parado de ouvi-la havia muito tempo, porque minha mente estava em outro lugar.

Queria dizer o que sentia por ela. Que estava me apaixonando mais uma vez. Que eu ainda amava seu cabelo desgrenhado e sua boca sempre falante.

Eu queria…

— Logan — sussurrou ela, paralisada. De alguma forma, minhas mãos foram parar na parte inferior de suas costas, e eu a puxei para junto de mim. Meus lábios pairavam a centímetros dos dela. Sua expiração quente misturava-se com minha respiração ofegante, nossos corpos tremiam nos braços um do outro. — O que você está fazendo?

O que eu estava fazendo? Por que nossos lábios quase se tocavam? Por que nossos corpos estavam tão próximos? Por que eu não conseguia tirar os olhos dela? Por que eu estava me apaixonando pela minha melhor amiga novamente?

— Você quer que eu minta ou que fale a verdade? — perguntei.

— Minta.

— Não estou viciado no seu sorriso. Seus olhos não fazem meu coração disparar. Seu riso não me provoca arrepios. Seu xampu de pêssego não me deixa louco, e quando você morde a gola da camisa, eu não me apaixono ainda mais por você. Eu não estou apaixonado. Eu não estou apaixonado por você.

Ela respirou fundo.

— E a verdade?

— A verdade é que eu quero você. Quero você de volta na minha vida de todas as formas possíveis. Eu não consigo parar de pensar em você, Alyssa. Quero você de volta não para fugir da realidade, mas para compreendê-la. Você é a dona do meu coração. Da minha alma. Quero você. Por inteiro. E mais do que qualquer coisa agora, quero te beijar.

— Lo... Você ainda é a primeira pessoa em que eu penso quando acordo. É a única pessoa de quem sinto falta quando não está por perto. Você ainda é a única pessoa que me faz sentir bem. E, para ser sincera, quero que você me beije. Quero que me beije pelo resto da vida.

Entrelacei meus dedos nos dela.

— Nervosa? — perguntei.

— Sim, nervosa.

Dei de ombros.

Ela deu de ombros.

Eu ri.

Ela riu.

Entreabri meus lábios.

Ela entreabriu os lábios.

Eu me inclinei na direção dela.

Ela se inclinou na minha direção.

E mergulhei no passado, deixando meu mundo em chamas. Nós nos beijamos por um longo tempo ali naquela mesa, superando todos os erros que havíamos cometidos, perdoando-nos por todos os erros que ainda poderíamos cometer.

Foi lindo. Foi certo. Foi nosso.

Mas, claro, depois dos momentos bons, sempre vinham os ruins.

O telefone de Alyssa tocou, e nos afastamos um do outro. Quando ela atendeu, eu sabia que algo estava errado.

— O que foi, Erika?

Pausa.

— Ele está bem?

Senti um aperto no peito e endireitei o corpo.

— Estaremos aí logo. Ok. Tchau.

— O que foi? — perguntei quando ela desligou.

— Kellan. Ele está no hospital. Temos que ir. *Agora.*

Capítulo 39

Logan

— O que aconteceu? — perguntei, irrompendo no quarto de hospital. Kellan estava deitado na cama com uma sonda no braço. — Kel, você está bem?

— Estou bem. Não sei por que ela chamou vocês. Não aconteceu nada.

— Ele estava indo ao banheiro e desmaiou no corredor — explicou Erika, sentada em uma cadeira, balançando-se para a frente e para trás com as mãos embaixo das pernas.

— Eu logo recuperei a consciência — argumentou ele. — Estou bem.

— Kellan, você não conseguia andar e não se lembrava do meu nome.

Ele abriu a boca para falar, mas, em vez disso, suspirou. Fechou os olhos. Kellan estava cansado. Ele ficava mais frágil a cada dia, e eu não parava de me perguntar quando a quimioterapia começaria a surtir efeito. A mediação parecia apenas estar acabando com ele.

Quando Kellan adormeceu, Erika se levantou e nos conduziu a um canto do quarto. Ela envolveu o corpo com os próprios braços e se apoiou na parede mais próxima.

— Os médicos estão fazendo mais alguns exames. Ele está cansado e muito fraco. A enfermeira disse que poderiam nos ceder uma cadeira de rodas quando fôssemos para casa, e isso o ajudaria a se locomover por aí, mas Kellan disse que não queria. Ele está sendo muito orgulhoso. Mas precisa... — Ela passou a mão pelo rosto antes de apoiar a cabeça nela. — Precisamos ajudá-lo. Ele não é o tipo de pessoa que pede ajuda. Ele sempre foi a pessoa que ajuda todo mundo. Mas precisa de nós. Mesmo que tente nos afastar.

— O que você precisar, eu faço — falei. — Qualquer coisa.

Erika me deu um sorriso triste. Seus olhos estavam pesados também. Ela não dormia mais. Eu tinha quase certeza de que sempre que Kellan fechava os olhos à noite, ela ficava acordada.

— Você também precisa de ajuda, Erika — continuei. — Não tem que fazer tudo sozinha. É por isso que estou aqui.

— É só... — Notei a hesitação em sua voz ao olhar na direção de Kellan. — Só preciso de um tempo para entender que as coisas vão ficar muito piores antes de melhorarem. Isso me assusta. Estou aterrorizada. Logan, se alguma coisa acontecer... se alguma coisa acontecer com ele... — Ela começou a chorar, e eu a conduzi para fora do quarto e a abracei. — Eu não posso perdê-lo. Não posso.

Nunca tinha visto Erika desmoronar. Ela sempre foi forte, sempre teve tudo sob controle. Vê-la tão destruída demonstrava o quanto a situação estava se tornando difícil.

Quando ela se recompôs, deu um passo para trás e enxugou as lágrimas.

— Estou bem. Está tudo certo. Estou bem — disse, tentando nos tranquilizar. — Eles vão mantê-lo em observação durante a noite. Vou ficar aqui com ele.

— Eu posso ficar — sugeri. — Sei que suas provas finais estão se aproximando.

— Não, tudo bem. Está tudo certo. Estou bem.

— Erika... — sussurrou Alyssa, enxugando as lágrimas da irmã.

— Estou bem. Sério. Vão para casa. Eu mando uma mensagem se algo acontecer.

Olhei para o quarto.

— Posso ficar a sós com ele um segundo?

Ela assentiu.

— Claro. Alyssa, quer vir comigo pegar um café?

As duas se afastaram, e eu voltei para o quarto e puxei uma cadeira até a lateral da cama de Kellan. As máquinas apitavam e faziam barulhos, e eu observei o peito dele subir e descer. Até respirar parecia difícil para meu irmão ultimamente.

— Está dormindo? — sussurrei.

— Não — respondeu ele. — Só com sono.

Passei a mão pelo rosto para conter a emoção.

— Que merda que você está fazendo aí, Kel? Era eu quem deveria acabar num lugar desses, lembra? Não você.

Ele me deu um sorriso fraco.

— Eu sei.

— Você está bem?

Ele inspirou profundamente. Ao expirar, tossiu.

— Sim. Estou bem. — Kellan inclinou a cabeça em minha direção, e seus olhos sempre gentis pareceram sorrir. — Estou acabando com ela — sussurrou, referindo-se a Erika.

— O quê? Não.

Ele se virou, tentando esconder as lágrimas que rolavam por suas bochechas.

— Estou. Me ver morrer acaba com ela.

— Você não está morrendo, Kellan.

Ele não respondeu.

— Ei! Você me ouviu? Eu disse que *você não está morrendo*. Repita.

Ele olhou para o teto e, em seguida, fechou os olhos. As lágrimas ainda escorriam.

— Eu não estou morrendo.

— Mais uma vez.

— Eu não estou morrendo.

— Mais uma vez, irmão mais velho.

— Eu não estou morrendo!

— Ótimo. E não se esqueça disso, porra. Todo mundo está bem. Vamos passar por isso juntos.

Segurei a mão dele e a apertei de leve, tentando dar-lhe algum conforto.

— Está tudo bem. Você está certo. Desculpe, eu só estou...

— Cansado?

— Cansado.

Fiquei com ele por mais tempo do que imaginei. Erika voltou para o quarto, mas pedi para passar a noite ali com Kellan. Ela finalmente concordou, e Alyssa decidiu ficar com ela para não deixá-la sozinha.

Não dormi aquela noite. Fiquei ali, observando as máquinas e a respiração do meu irmão.

Quando amanheceu, ele abriu os olhos e sorriu para mim.

— Vá para casa — disse Kellan.

— Não.

— Vá. Vá viver a sua vida, Logan. Você não tem alguém para amar? — perguntou ele.

— O que você acha que estou fazendo agora? — respondi, apoiando a cabeça na cama. Ele sorriu e ergueu o ombro direito. Sorri para ele e ergui o ombro esquerdo.

* * *

Eu gostaria de poder dizer que as coisas estavam melhorando, mas Kellan parecia cada dia pior. Quando não estava no hospital, ele passava a maior parte do tempo na cama. Meu irmão sorridente aos poucos se transformava em alguém que não demonstrava quase nenhuma emoção. Sempre gentil, ele se irritava cada vez mais com Erika por qualquer coisa, o que a deixava ainda mais nervosa.

Era de partir o coração, porque Erika fazia o melhor que podia.

Kellan nunca gritou comigo; desejei que ele o fizesse. Erika estava à beira de um colapso. As aulas iam começar dentro de poucos dias, e ela parecia sobrecarregada, especialmente por não ter conseguido frequentar o curso de verão do mestrado. O nível de estresse dela estava nas alturas.

— Convide-a para sair — sugeriu Kellan.

Quando eu o ajudei a se sentar no sofá da sala de estar, ele soltou um suspiro. Estava de saco cheio de ter que ficar no quarto olhando para as paredes. Parecia um pouco claustrofóbico.

— Convidar quem para sair? — perguntei.

Kellan me dirigiu um olhar do tipo *você sabe de quem estou falando*.

— Alyssa. Na mesa de centro tem dois ingressos para a ópera hoje à noite em Chicago. Também fiz uma reserva para uma noite em um hotel. Acho que ela vai gostar. Erika e eu íamos na lua de mel, mas... — A voz de Kellan sumiu, e ele fechou os olhos. — Leve-a para sair.

— Não vou dirigir até Chicago e passar a noite lá com você nesse estado.

— Sim, você vai.

— Não, eu não vou. Você fez quimioterapia ontem. Sempre passa mal alguns dias depois.

— Estou bem. Além disso, Erika vai me ajudar.

— Kellan.

— Logan. — Kellan se sentou no sofá. — Você merece ser feliz.

— Eu estou feliz.

— Não. Você está só existindo, está se deixando levar pela vida. O que faz sentido. Tudo o que você passou, tudo o que você viu, se tornou uma rotina doentia da qual você não consegue escapar. Mas a única vez que vi você feliz, realmente feliz, foi quando você estava com Alyssa.

— Kellan, pare.

— Lembra de quando você veio me pedir dinheiro para comprar um terno que servisse em você só para levá-la a um recital de piano em Chicago? Você estava radiante, cheio de esperança. Eu nunca tinha te visto daquele jeito.

— Por uma boa razão. Esperança é um desperdício de tempo. Lembra-se de que nós não fomos a Chicago porque Ricky apareceu e eu fui parar no fundo do poço?

Ele revirou os olhos.

— Você não é mais essa pessoa. Convide-a para sair.

— Não.

— Sim.

— Não.

— Sim.

— Não!

— Estou com câncer.

Revirei os olhos.

— Cara. Golpe baixo. Por quanto tempo você vai usar esse papo de câncer?

Ele sorriu para mim e me deu um tapinha no ombro.

— Convide-a para sair, ok?

— Ok.

Capítulo 40

Alyssa

— Oi — eu disse, ficando sem ar ao ver Logan na minha varanda de terno e gravata-borboleta. Seu cabelo estava penteado para trás, e ele parecia radiante.

— Você está linda — elogiou ele, admirando meu vestido longo preto. — Muito linda.

Enrubesci.

— Você também. Quero dizer, você está muito bonito.

Ele estendeu a mão para mim, e eu a segurei. Depois de me acompanhar até o carro, ele abriu a porta e me ajudou a entrar. Meu coração martelava no peito, e o frio na barriga transformou-se em uma centelha que me consumia, me deixando em chamas. Eu estava nervosa demais.

Quando ele me perguntou se eu gostaria de ir com ele a Chicago para assistir a uma ópera, tive que me beliscar para ter certeza de que não estava sonhando. Nós nunca tivemos um encontro de verdade. Jamais tivemos a oportunidade de nos apaixonar do modo que realmente merecíamos. Assim, era incrível sair com Logan usando um vestido que era muito extravagante para mim e vê-lo num terno que não era grande demais para ele.

Eu ainda te amo...

— Está animada? — indagou ele enquanto seguíamos pela estrada.

— Estou.

Eu ainda te amo...

— Nunca fiz nada parecido com isso, sabe? Assistir a uma ópera. Quer dizer, estive nos seus recitais de piano, que eram de tirar o fôlego, mas nunca algo como isso.

— Você vai adorar. Na escola, tivemos que ir a alguns concertos para as aulas de música. A ópera é uma experiência única.

Ele sorriu.

— Obrigado por ter vindo comigo, Aly.

Sempre que ele me chamava assim, eu sentia como se tivesse dezoito anos novamente.

Eu ainda te amo...

Foi incrível. Assistimos à ópera em um camarote, e vi Logan se emocionar em vários momentos. Seus olhos não desgrudaram dos personagens no palco, e os meus quase nunca se desviaram dele. Era muito louco como um certo cara ainda podia, depois de todos esses anos, controlar cada batida do meu coração.

Depois da apresentação, caminhamos pelas ruas no frio do outono de Chicago. Estávamos tão perto um do outro que de vez em quando nossos braços se tocavam. Nosso hotel ficava na mesma rua do teatro, o que era maravilhoso.

— Erika e Kellan estão estressados — disse Logan, tirando-me dos meus pensamentos.

— Sim. Muito estressados. Erika me ligou na noite passada. Estava no carro se debulhando em lágrimas. Ela chegou ao limite, acha que Kellan a está afastando.

— E você concorda com ela?

— Não sei. Acho que ele está com medo.

— Sim, eu também acho. Estive pensando... devemos fazer algo por eles. Não sei o que, mas quero fazer algo para que eles fiquem bem um com o outro.

— É uma ótima ideia — concordei, abrindo a porta do saguão do hotel. — E eu acho...

— Eu ainda te amo.

O quê? Falei as palavras que estavam ecoando em minha mente durante toda a noite? As palavras que não me deixaram em paz nos últimos cinco anos?

Não. Elas não vieram dos meus lábios.

Virei-me lentamente e olhei para Logan, que estava de pé na calçada, com as mãos nos bolsos.

— O quê? — perguntei, meu coração acelerado.

— Eu ainda te amo — repetiu Logan, aproximando-se de mim. — Tentei sufocar esse sentimento. Tentei ignorá-lo. Desejei que ele desaparecesse, mas não deu certo. Sempre que você está ao meu lado, quero que fique ainda mais perto de mim. Sempre que você dá uma risada, quero que o som nunca desapareça. Quando você está triste, quero beijar suas lágrimas. Conheço todos os motivos pelos quais eu não deveria me aproximar de você. Sei que o que aconteceu anos atrás não tem perdão, mas também sei que ainda te amo. Você ainda é o fogo que me mantém aquecido quando a vida se torna fria. Você ainda é a voz que afasta a escuridão. É por você que meu coração bate. Você ainda é o ar que eu respiro. Você ainda é o meu maior vício. E eu ainda sou verdadeiramente, loucamente, dolorosamente apaixonado por você. E não acho que um dia vou saber como deixar de te amar.

— Logan...

Ele veio em minha direção, fazendo meu coração acelerar e minhas pernas fraquejarem.

— Alyssa...

— Lo.

Nossas mãos se entrelaçaram.

Ele.

Eu.

Nós.

Nós nos abraçamos, e eu senti seu corpo trêmulo.

— Nervoso? — perguntei.

— Sim, nervoso.

Meus lábios pairaram a milímetros dos de Logan. A respiração dele se confundia com a minha. Era ele quem fazia meu coração bater.

Dei de ombros.

Ele deu de ombros.

Eu ri.

Ele riu.

Entreabri meus lábios.

Ele entreabriu os lábios.

Eu me inclinei na direção dele.

Ele se inclinou na minha direção.

Nós dois ainda nos amávamos muito.

* * *

Por alguns breves instantes, ele me deixou entrar em seu coração, e eu permiti que ele entrasse no meu. Sua pele encontrou a minha, seus lábios encontraram os meus. Naquela noite, nós nos abraçamos. Nossos pensamentos pararam de vagar por aí. Não falamos do passado e nos recusamos a falar do futuro.

Mas nós nos lembramos de tudo, nós sonhamos.

Nós nos lembramos de tudo o que fomos um dia e sonhamos com tudo o que um dia poderíamos nos tornar. Toda vez que ele me penetrava, eu sussurrava seu nome. Toda vez que ele se movia dentro de mim, sussurrava o meu.

— Eu te amo — sussurrei em seu ouvido.

— Eu te amo — disse ele gentilmente, beijando meu pescoço.

Nós nos amamos naquela noite. Nós nos amamos sem restrições, sem amarras, sem medo. Nós nos amamos em cada beijo, cada toque, cada orgasmo.

Amamos a dor, as cicatrizes, a chama que havia dentro de nós e que nunca poderia ser extinta.

Nós nos amamos naquela noite.

Sim...

Nós nos amamos bem devagar.

* * *

Quando acordei, eu ainda estava sonhando, porque estava nos braços de Logan. Ele beijou minha testa.

— Oi — eu bocejei, esfregando os olhos.

— Oi.

— Já está na hora de levantar?

— Não, ainda são três da manhã.

Eu me sentei, a preocupação crescendo dentro de mim.

— O que houve?

— Nada.

— Logan, me conte.

— Só estou preocupado, só isso. Kellan fez a quimioterapia ontem e, desde que voltei à cidade, sempre fiquei com ele. Às vezes, ele passa mal no meio da noite...

Eu me levantei da cama e comecei a recolher as coisas. Em seguida, vesti minha roupa.

— O que você está fazendo? — perguntou Logan.

Atirei a calça na direção dele.

— Vista-se, vamos para casa.

A viagem de volta foi tranquila, mas ele segurou a minha mão a maior parte do caminho. Eu sabia que parecia bobagem, mas naquela viagem de carro, me apaixonei ainda mais por ele. Logan parou em frente à minha casa e se inclinou para me dar um beijo.

Ah, como eu amava aqueles beijos.

— Ligue para mim se precisar de alguma coisa — falei.

O céu ainda estava escuro, o sol ainda dormia. Ele me garantiu que daria notícias.

— Ah, tenho uma coisa para você — continuei. Peguei minha bolsa e tirei dela uma pilha de DVDs. — Juntei isso ao longo dos anos, pensando que você poderia se interessar por alguns desses documentários. Assisti a alguns e amei. O da fênix foi o meu favorito e me lembrou de você.

Ele fez menção de dizer algo, mas sua voz falhou.

— Por que você nunca desistiu de mim?

— Porque sempre vale a pena lutar por algumas coisas. Pelas melhores coisas.

Dei um beijo nele e me virei para sair do carro.

— Ah, Aly? — Ele enfiou a mão no porta-luvas e tirou um DVD. — Isso é pra você.

— O que é?

— Fiz um documentário quando estava em Iowa.

— O quê? — perguntei. — Sobre o que é?

— Nós — respondeu ele, um pouco tímido. — Eu o chamei de Aly&Lo. Nele, respondi todas as mensagens que você me deixou. Mil e noventa respostas. E tem algumas outras coisas...

— Lo...

— Não é tão bom, mas é verdadeiro. É sincero. Achei que você deveria saber que respondi cada uma de suas mensagens. Que foi você quem me ajudou a passar por cada segundo da reabilitação. Sua voz me salvou.

Assim que entrei em casa, coloquei o DVD no laptop e, ao longo da hora seguinte, mal consegui respirar. Em algumas respostas ele se dirigiu diretamente a mim, em outras, simplesmente falou para a câmera, como se estivesse fazendo uma espécie de diário. Cada resposta me disse exatamente o que eu desejei ouvir durante todo o tempo que passamos longe um do outro. Cada resposta aliviou a dor que senti em meu coração nos últimos cinco anos.

Resposta 1:

Sinto muito. Sinto muito. Sinto muito. Eu sinto tanto, Aly...

Resposta 56:

É o meu quinquagésimo sexto dia na reabilitação, e estou sozinho. Ainda não sei o que isso significa. Estar vivo, estar morto. Inspirar, expirar. A simples ideia de existir sempre foi confusa pra mim. Mas um dia você entrou na minha vida e tudo começou a fazer um pouco mais de sentido.

Talvez o sentido da vida seja aprender que nem sempre os erros do passado vão nos definir. Talvez o sentido da vida seja nos abrir para as coisas das quais temos mais medo, como o amor.

Talvez o sentido da minha vida tenha sido encontrá-la, mesmo que a gente não fique junto para sempre.

E esse pensamento por si só é suficiente para me ajudar a enfrentar todas as noites de solidão.

Resposta 232:

O bebê teria nascido este mês. Você me deixou uma mensagem falando isso, mas eu já sabia. Não consigo dormir. Não consigo comer. Não consigo parar de pensar em estar ao seu lado e abraçá-la bem forte. Mas ainda não estou bem. Ainda estou perdido. Não sou forte o suficiente para amá-la do jeito que você merece ser amada. Então, aqui, vou esperar. Até que um dia eu me torne alguém de quem você possa se orgulhar.

Resposta 435:

Bom, este é o meu apartamento. Não sei se já o mostrei antes, mas aqui está. Tenho o básico. Kellan me ajudou. Aqui você vai encontrar Jordy, o rato. Ele sai de seu esconderijo para brincar de vez em quando. E é isso. É pequeno, mas é meu, eu acho.

Sei que você está com raiva de mim.

Sinto tanto a sua falta que, em algumas noites, até respirar é difícil.

Você me perguntou o que eu faço quando chove.

Eu deito na cama e penso em você.

Resposta 1090:

Você disse que não vai mais me ligar. Fico feliz em ouvir isso, mas, ao mesmo tempo, arrasado. Quero que você seja feliz. Quero que você encontre alguém digno do seu amor. Quero que você se apaixone por alguém que sinta por você o mesmo que eu sinto. Quero que você ria muito e que alguém se apaixone pelo som da sua risada do mesmo jeito que eu me apaixonei.

Quero que você tenha o seu final feliz.

Quero que você siga em frente.

Digo a mim mesmo todos os dias que não estou mais apaixonado por você, que segui em frente.

Mas, de alguma forma, isso não é verdade. Acontece todos os dias, assim que eu fecho os olhos para dormir: vejo seu rosto, seu sorriso, sua alma, e, nos sussurros silenciosos da noite, eu me apaixono por você mais uma vez.

Espero que isso nunca mude.

E, ainda que isso seja um pouco egoísta, espero que uma pequena parte de você sempre me ame também.

Capítulo 41

Logan

Ao entrar na casa de Kellan, ouvi logo o som de alguém vomitando. Como vinha do banheiro, corri para lá e encontrei meu irmão no chão, com a cabeça no vaso sanitário.

— Meu Deus — eu murmurei.

Umedeci uma toalha e me agachei ao lado de Kellan, que continuou vomitando, ainda que não tivesse mais muita coisa para botar para fora.

— Estou bem — sussurrou ele, antes de voltar a ter ânsia de vômito. Apoiei a mão em suas costas. Não havia muito que eu pudesse fazer além de estar ao lado dele durante aquele momento doloroso.

— O que está acontecendo?! — perguntou Erika, preocupada, enfiando a cabeça pela fresta da porta do banheiro. Seus olhos se arregalaram enquanto ela pensava no que deveria fazer: ficar no banheiro com Kellan ou ir para a sala de estar. — Por que você não me acordou?

— Acabei de chegar em casa.

Ela passou a mão pelo cabelo.

— Ok. Ele precisa dos comprimidos para enjoo. — Erika saiu rapidamente, e ouvi o som de seus passos no chão de madeira. Ela voltou com um copo d'água e um pequeno comprimido rosa. — Aqui está, Kellan.

— Não — sussurrou ele. — Não quero.

— Vai ajudar com o enjoo.

— Não quero.

Erika empurrou o copo e o comprimido na direção dele.

— Kel, vamos lá, toma...

— Me deixe em paz! — gritou ele, dando um tapa no copo, atirando-o no chão.

Erika recuou. Seus lábios tremiam, sua respiração estava acelerada. Ela colocou o comprimido sobre a pia do banheiro.

— Está aí, se precisar.

Ajudei Kellan a voltar para o quarto, e ele pegou o comprimido da minha mão. Fui até a cozinha e encontrei Erika. Diante dela havia uma caixa com copos novos, os quais ela estava guardando nos armários.

— Erika, ele só está cansado.

Ela assentiu várias vezes, passando novamente a mão pelo cabelo.

— Sim, eu sei. Eu sei. Tudo bem. Só queria deixar os copos arrumados antes de amanhecer. Estou feliz por tê-los comprado. Sabia que viriam a calhar, são melhores que os anteriores. Mais fortes. Não sei por que não os troquei antes.

Ela fechou a caixa depois de terminar sua tarefa e se dirigiu à sala de estar, onde parou com as mãos nos quadris, olhando para a frente, inexpressiva.

— O que você está fazendo? — perguntei.

— Acho que se eu colocar o sofá de frente para aquela parede, mais pessoas poderão ver televisão. Sim, acho que é uma boa ideia.

— Erika...

— Ou talvez eu devesse comprar uma televisão nova. Vi uma oferta no jornal e...

— Erika, pare com isso. Vá para a cama.

— Não. Não, está tudo bem. Tenho que limpar os cacos de vidro no banheiro. Foi realmente muita sorte eu ter copos novos para substituir aquele que quebrou.

— Erika...

Ela começou a chorar e cobriu o rosto com as mãos. Meu Deus.

— Por que ele não está assim com você, hein? Por que ele não grita... por que ele não...

— Fui embora e não tinha planos de voltar. Provavelmente ele acha que vou embora de novo. Ou pior, que vou voltar a usar drogas.

— Estou arrasada. Tão arrasada. Não estou preparada para o início do semestre. Fui mal nas provas finais. Muito mal. Nunca fui mal em nada na vida. E agora, Kellan está sendo mau comigo. Kellan nunca foi assim. Não sei por quanto tempo mais eu vou aguentar.

Ela continuou a chorar, e eu a abracei.

Eu não sabia o que dizer ou como confortá-la. Ela não estava errada. Parecia que a cada dia Kellan ficava mais arredio com relação a ela e tentava afastá-la.

— Quer fumar maconha?

Ela se afastou de mim e fez que não com a cabeça.

— Não, Logan. Não quero fumar maconha.

— Ok.

Silêncio.

— Quer ficar bêbada? — perguntei.

Ela estreitou os olhos, mordeu o lábio inferior e meneou a cabeça, pensando a respeito.

✦ ✦ ✦

Estávamos sentados na varanda há quarenta e cinco minutos e, pela primeira vez, vi Erika bêbada. A risada dela ecoava pelo quintal e, de vez em quando, ela fungava antes de dar um gole na garrafa de uísque. Eu fumei um baseado, o que me deixou meio chapado.

— Você é o melhor — disse ela, dando um tapinha na minha perna.

— Você me odeia.

— Sim. Eu odeio você.

Ela estendeu a mão para pegar o baseado que estava em meus lábios, mas eu o prendi na boca, recusando-me a soltá-lo.

— Acho que você deve ficar só no uísque.

— *Acho que você deve ficar só no uísque* — zombou Erika, antes de rir de novo. — Sabe o que eu mais odeio em você?

— O quê?

— Todo mundo te ama, não importa o que você faça.

— Que bobagem.

— Não. Sério. Especialmente Kellan e minha irmã. Eles acham que você é um deus. Logan Silverstone não faz nada errado! Os dois te amam mais do que um dia poderão me amar.

— Isso não é verdade.

— É sim. Quero dizer, vamos encarar os fatos. Você bateu com o carro de Kellan. Quase botou fogo no meu primeiro apartamento. Partiu o coração da minha irmã. Você fugiu, ignorou Alyssa durante anos, e, ainda assim, ela se casaria com você amanhã. Kellan não passa um dia sem falar de você. Sua mãe chorava todos os dias depois que você foi embora. Ela ainda conseguiu ficar sem usar drogas por um tempo porque queria te deixar orgulhoso. Mas aí o louco do seu pai a arrastou de volta para aquela merda de vida e ela foi parar no hospital. Foda-se qualquer porcaria que você usou e que te fez ir para a reabilitação. A verdade é que a maior droga neste pequeno círculo de pessoas é você. Elas são viciadas em você e nunca vão largar esse vício.

Minha garganta ficou seca.

— O que você disse?

— Ah, falei demais. Você quer que eu repita tudo?

— Não. A parte sobre a minha mãe. Ela foi parar no hospital por causa do meu pai?

Erika ergueu os olhos e me encarou.

— Meu Deus. — Os olhos dela se arregalaram. — Não diga a eles que te contei isso. Por favor. Eles não falaram nada com você porque não querem que se sinta culpado por ter ido embora. Por favor, não diga nada.

Joguei o baseado fora, me levantei e entrei em casa.

— Vá para a cama, Erika.

Capítulo 42

Alyssa

No dia seguinte, Logan me pediu para ir com ele visitar a mãe. Paramos primeiro no Bro's Bistrô para pegar um pouco de comida para ela e, enquanto ele ia até o restaurante, fiquei esperando no carro. Quando ouvi gritos, meus olhos se voltaram para o beco que ficava a poucos metros de distância do carro.

Abri a porta e segui na direção do som. Meu coração teve um sobressalto quando vi o pai de Logan gritando com Sadie. Ela tremia junto à parede de concreto da loja ali do lado.

— Desculpe! — gritou ela.

Ele ergueu a mão e deu um tapa bem forte em seu rosto. Eu a ouvi choramingar ao mesmo tempo em que se encolhia em posição fetal.

— Ei! — gritei, correndo pelo beco escuro na direção dos dois. — Saia de perto dela!

Ricky agarrou Sadie e me fitou. Seus olhos estavam vermelhos, frios e cruéis.

— Vá se foder.

Os olhos de Sadie encontraram os meus, demonstrando medo. Os hematomas que se formavam em seu rosto fizeram meu estômago se revirar. O pai de Logan se curvou e sussurrou algo no ouvido dela, deixando-a em pânico, e eu não sabia mais o que fazer para ajudá-la.

— Deixe-a em paz, idiota!

As mãos de Ricky agarraram os pulsos de Sadie, e ele puxou-a para longe de mim.

— Sua cadela — murmurou Ricky para ela, arrastando-a para junto dele. Sem pensar, eu o empurrei.

— Solte-a! — gritei, batendo com o punho em suas costas.

Ele soltou a mão de Sadie e, sem qualquer hesitação, virou-se e me atingiu em cheio no rosto. Perdi o equilíbrio, e meu corpo bateu na parede e deslizou até o chão.

Antes que eu pudesse ficar de pé, Logan veio pelo beco e deu um soco no queixo do pai, derrubando-o. Sadie correu para me ajudar a levantar.

— Você está bem? — perguntou ela, em pânico.

Eu só estava abalada com toda a situação.

— Estou bem, estou bem.

Em seguida, vi Logan em cima de Ricky, esmurrando o rosto dele sem parar. Seus olhos estavam duros, frios.

— Logan, não! — gritei.

Puxei seu braço. Havia nele um fogo incontrolável que se alastrava rapidamente, transformando seu coração em cinzas.

Logan.

Lo.

Meu sofrido Lo.

— Logan, já chega. Ele desmaiou. Acabou. — Mantive a voz suave, tentando não demonstrar o quanto estava assustada. Ele voltou a bater no pai, mas eu segurei seu braço. — Olhe para mim, Lo. Por favor. Logan, você não é ele — eu disse, fazendo-o parar. — Você não é ele. Você não é o seu pai.

Ele parou.

— Você está bem, Logan Francis Silverstone — afirmei, as lágrimas rolando pelo meu rosto. — Você está bem. Me dê a sua mão.

Eu o ajudei a se levantar.

Logan saiu de cima de Ricky, e senti sua respiração desacelerar. Ele olhou para os nós dos dedos ensanguentados e afastou as mãos das minhas. Voltou-se então para o rosto de Sadie, que estava quase tão machucado quanto o do pai dele.

— Merda. Vamos sair daqui.

Nós nos afastamos. Eu e Sadie seguimos Logan, que nos levou ao consultório do JV.

Depois de batermos à porta, JV desceu de pijama e a abriu.

— Que diabos, Logan! É domingo. Domingo é dia de descanso.

Logan não disse nada, apenas deu um passo para o lado, revelando Sadie e eu.

— Merda — murmurou o médico. — Entrem.

JV nos atendeu e verificou o estado de saúde do bebê de Sadie, que felizmente estava bem. Quando saímos, eu disse a ela que poderia ficar na minha casa, mas antes que Sadie pudesse responder, ela recebeu uma mensagem de Ricky.

Ricky: Diga ao seu herói que ele vai pagar por isso. Começando pela mãe dele.

— Ah, não — murmurei. Os olhos de Logan se arregalaram de medo. — Chame a polícia.

Capítulo 43

Logan

Fui correndo até o apartamento de minha mãe e abri a porta. Meu peito arfava.

— Mãe! Onde ele está? — gritei.

Meu coração quase parou quando vi minha mãe no chão e o demônio em pessoa dando vários chutes no estômago dela. Pulei em cima dele e o arrastei até o outro lado da sala. Em seguida, fui até minha mãe e tentei despertá-la.

Ouvi a risada atrás de mim quando Ricky se levantou.

— Bem, esta não é uma grandiosa reunião de família? Não se preocupe com a sua mãe. Ela só está tirando uma soneca.

Eu me levantei e fui até Ricky. Queria acabar com ele, mas me detive ao ouvir a voz de Alyssa ecoando em minha mente: *você não é o seu pai.*

— Nos deixe em paz, Ricky.

Ele parecia péssimo, como se tivesse usado muitas das drogas que vendia.

— Não até que Sadie volte. Você já se divertiu. Agora me devolva ela.

— Ricky... você precisa de ajuda, cara.

— Cai fora, idiota. Me devolva Sadie.

— Ela não é sua propriedade. Ela não vai ficar com você.

Ele passou as mãos pelos cabelos, puxando-os com raiva.

— Sempre fiquei do seu lado, rapaz! Quando você não tinha ninguém, eu cuidei de você.

— Me viciando em drogas? Que gentil da sua parte.

Ele se aproximou de mim, entrelaçou as mãos na minha nuca e encostou a testa na minha.

— Você não pode falar comigo do jeito que quiser, filho.

Mesmo que eu não fosse mais um garoto, Ricky ainda era bem mais corpulento que eu. E muito mais assustador quando estava drogado. Eu não tinha como prever o que ele faria, mas eu preferia que fosse comigo do que com aquelas duas garotas que estavam no carro lá embaixo.

— Vá pra casa, Ricky. Acabou.

— Acabou?

Ele me empurrou e, em seguida, me deu um soco no rosto. A dor que se seguiu foi terrível. Cambaleei e me apoiei no sofá para não cair.

— Não vou brigar com você, Ricky — murmurei, levando a mão ao rosto.

— Sim, você vai — garantiu ele, me dando um soco no estômago.

Senti o vômito na garganta e fiz o máximo para contê-lo.

— Não, não vou.

— Por que não? — perguntou meu pai, me atirando no chão e chutando meu estômago. — Por que não? Porque você é fraco? Porque você não pode ser um homem de verdade?

— Não. — Cuspi o sangue que se acumulou em minha boca. — Porque, se eu fizer isso, serei exatamente como você.

— Estou tão cansado de você... — disse Ricky, passando a mão pela boca antes de sacar uma arma do bolso de trás. — Estou cansado de você interferindo na minha vida. De você se metendo nas minhas coisas. Da sua cara. Então vamos acabar com isso agora.

Ele apontou a arma para mim, e eu fechei os olhos. Quando ouvi o tiro, não senti nada.

Meus olhos se abriram, e eu vi os policiais atrás de mim. Ricky estava deitado no chão, com um tiro no ombro.

Os policiais e paramédicos rapidamente invadiram o apartamento. Foi como um borrão vê-los correr até minha mãe e Ricky. Alyssa e Sadie conversavam com os policiais, explicando o que tinha acontecido no beco. Tentei abrir a boca, mas meu maxilar estava muito inchado e dolorido, e eu não conseguia falar. Um paramédico veio dar uma olhada no meu rosto, mas eu o afastei.

— Estou bem — resmunguei, minha garganta queimando. Eles me ignoraram e começaram a limpar meus ferimentos e a falar sobre dar pontos no meu nariz e no queixo.

— Teremos mais perguntas no hospital — disse o policial a Alyssa. — Seguiremos vocês na ambulância.

Ela assentiu e se virou para mim. Franziu o cenho ao tocar meu rosto de leve.

— Ah, Lo... — sussurrou.

Deixei escapar um sorriso.

— Vo-vo-vo... — Fiz uma pausa, me retraindo com a dor na mandíbula. — Você acha que estou mal, deveria ver o outro cara.

Ela não riu.

Acho que não era engraçado.

— Vamos lá, vamos cuidar de você.

Queria dizer algo sarcástico. Queria fazê-la se sentir melhor, porque com certeza ela estava muito abalada. Mas as palavras não saíram. Minha mente era um turbilhão, e eu pensava em minha mãe, se ela ficaria bem. Eu não conseguia parar de me perguntar por quanto tempo meu pai bateu nela antes de eu chegar. Eu não conseguia parar de pensar que eu deveria estar ali para protegê-la. Eu não conseguia parar de pensar em quantas vezes jurei que a odiava, mas a verdade era que eu a amava.

Eu a amava muito. E a deixei sozinha. Eu a abandonei quando fui embora para Iowa.

* * *

Logan, treze anos

Meu avô me mandou um documentário sobre hambúrgueres de presente de aniversário. Já o assisti três vezes, mas o coloquei novamente no DVD. Era muito interessante. Antes de recebê-lo pelo correio, eu estava bastante entediado, pois já tinha assistido à maioria dos DVDs da locadora.

— O que você está fazendo? — perguntou minha mãe, em pé na porta.

— Nada — respondi.

— Posso fazer nada com você?

Ergui os olhos e suspirei. Minha mãe estava muito bonita. Seu cabelo estava preso com uma fita vermelha em um rabo de cavalo alto. Ela estava maquiada, algo que não era nada comum, e usava um vestido preto bonito que normalmente ficava pendurado no fundo do armário.

— Você está ótima — falei.

Minha mãe tinha alguns espasmos no corpo, mas isso era meio que normal nela. Estava sempre se mexendo e retorcendo as mãos e tinha alguns tremores, mas depois de um tempo essas coisas não me incomodavam mais. Faziam parte dela.

— Você acha? Não sei. Vou a uma reunião mais tarde. — Ela sorriu. — É uma reunião que ajuda as pessoas a parar de usar drogas, sabe? Quero parar de usar drogas, Logan. Quero ser uma mãe melhor para você.

Meus olhos se arregalaram. Senti como se estivesse andando nas nuvens.

— Sério?

Minha mãe nunca tinha falado sobre buscar ajuda. Ela sempre dizia que ninguém podia ajudá-la.

— Sério. — Ela se sentou ao meu lado. — Mas você teria que ficar com Kellan e o pai dele por um tempo. Quero ir para a reabilitação. Eu realmente quero melhorar nossa vida.

— Você vai me deixar? — perguntei, minhas mãos úmidas de suor.

— Só por um tempo. Então estarei de volta melhor do que nunca.

— Você vai voltar para mim?

— Eu vou voltar para você.

Suspirei de alívio.

— Você acha que pode dar uma pausa no DVD para a gente fazer uma lasanha? Podemos comemorar antes que eu vá embora.

Meus olhos brilharam.

— Sim!

Cozinhamos juntos. Eu fiz o molho, e mamãe preparou as camadas de massa e queijo. Quando a lasanha ficou pronta, ela sugeriu que eu trouxesse a pequena televisão para a sala. Nós nos sentamos no sofá, assistimos ao documentário sobre hambúrgueres e comemos a nossa lasanha quente direto da travessa.

— Mãe?

— Sim, Logan?

— Por que você está chorando? — perguntei.

Ela me deu um sorriso triste.

— Estou feliz, só isso, querido. Só estou feliz.

Eu sorri também e voltei a comer. A lasanha queimou o céu da minha boca, mas eu não me importei, porque minha mãe ia para a reabilitação. Depois, ela voltaria para mim e recomeçaríamos nossa vida juntos. As coisas seriam melhores. Logo a nossa vida normal seria jantar juntos e assistir a documentários todos os dias. Ela iria nas reuniões de pais na escola e nas minhas formaturas. Dançaria a valsa comigo no meu casamento. Leria histórias para os meus filhos antes de eles dormirem.

Teríamos um futuro juntos, e seria perfeito.

Continuei sorrindo.

Porque eu nunca tinha sido tão feliz.

Capítulo 44

Alyssa

Logan saiu da briga com o pai com o nariz e um pulso quebrados e os dois olhos roxos. Ele teve sorte, pois, pelo estrago feito em seu rosto, os danos pareciam cinquenta vezes piores. Nós nos sentamos em uma sala do hospital para aguardar notícias de Julie. Fechei os olhos e rezei para que ela ficasse bem. Eu sabia que ela havia transformado a vida de Logan em um inferno, mas não restava dúvida de que ela era muito importante para ele.

Os policiais se aproximaram.

— Com licença, só queríamos dar uma notícia. Depois de tudo o que conversamos, estamos tentando conseguir um mandado para fazer uma busca na casa de seu pai. Ele não tinha registro da arma, e encontramos drogas em seus bolsos. Ele já tem ficha na polícia, então, acho que o pegamos de jeito dessa vez. Por enquanto, vamos mantê-lo sob custódia por ter agredido sua mãe. Isso deve nos dar tempo suficiente para conseguir o mandado com um juiz. Nós vamos colocar esse cara atrás das grades.

Logan assentiu, e eu agradeci aos policiais. Eles nos desejaram melhoras e disseram que manteriam contato.

— Que alívio. — Suspirei.

Logan apoiou a cabeça nas mãos.

— Sim.

Passei a mão pelas costas dele e dessa vez foi o médico quem se aproximou de nós.

— Olá, tenho notícias.

— Muitas notícias hoje — murmurou Logan.

O médico deu um sorriso tenso.

— Sim. Bem, sua mãe está melhorando, mas a quantidade de drogas no organismo dela é muito preocupante. Vamos mantê-la aqui nos próximos dias para ajudá-la a se desintoxicar. Ela tem duas costelas quebradas, mas não podemos dar medicamentos para a dor por causa das substâncias que ela usou. Estamos agindo com cautela. Se você tiver alguma dúvida, por favor, não hesite em perguntar.

Agradeci ao médico, e Logan permaneceu com a cabeça apoiada nas palmas das mãos.

— Viu, Logan? Está tudo bem. Tudo vai ficar bem. Você quer que eu ligue para Kellan e conte tudo a ele?

Kellan ainda não sabia de nada. Logan não queria preocupá-lo até saber de todos os detalhes.

Ele soltou um resmungo e ergueu os olhos.

— Não. Eu vou até lá contar a ele pessoalmente. Talvez ele reaja mal. Não quero contar por telefone.

— Faz sentido. É uma boa ideia.

— Alyssa?

— Sim?

— Gostaria que soubesse que você tem o direito de decidir se quer cair fora ou não. Se quer se afastar de tudo isso.

— Do que você está falando?

— Da minha vida — respondeu Logan, falando com esforço evidente por causa da dor na mandíbula. Ele se retraiu e passou a mão nela. — Minha vida é um caos. Sempre foi, e estou te dando a chance de cair fora desse inferno. Estou apaixonado por você, e é por esse motivo que estou falando isso. Você merece mais do que essa vida caótica.

— Ei — sussurrei, chegando mais perto dele. Meus lábios se aproximaram do ouvido de Logan, e eu afastei o cabelo dele da testa. Fiquei de coração partido ao ver o sangue em seu rosto. A vida dele era tão difícil. — Não vou a lugar algum.

Ele assentiu, retorcendo as mãos, os olhos vidrados.

— Sou um caos, Aly. Sou um caos. Sempre fui e sempre serei.

— Logan, pare com isso. Você não é mais o mesmo, ok? Seu passado não define quem você é.

— Mas você merece o mundo. Você consegue coisa melhor. Você merece mais.

— Eu poderia ter uma vida decente com outra pessoa. Poderia ter um quintal com cerquinha branca. Um trabalho normal, filhos normais, um marido normal. Eu poderia ter uma vida confortável com alguém de quem eu gostasse, mas nunca o amaria plenamente. E não é isso que eu quero, Logan. Quero você. Quero suas cicatrizes. As feridas do passado. Eu quero seu caos. Tudo isso já faz parte do meu coração. Você é tudo que eu sempre quis, tudo de que eu preciso. Sua mágoa é a minha mágoa. Sua força é a minha força. Seu coração bate junto com o meu. Então, não, eu não vou cair fora. Não quero fugir porque, às vezes, as coisas ficam difíceis. Quero você. Bem, mal, com dor, com raiva. Se você for parar no inferno, eu vou estar lá ao seu lado, segurando sua mão. Se o fogo nos consumir, vamos virar cinzas juntos. Você é a pessoa certa para mim, Logan. Ontem, hoje e sempre. Sou sua. Você é a minha chama eterna.

Ele me beijou. Eu o beijei intensamente, e ele gemeu de dor ao meu toque.

— Desculpe. — Eu ri e dei um beijo em sua testa. — Vamos. Vamos para a minha casa, vou limpar seu rosto. Depois vou deixá-lo em casa para você conversar com Kellan.

* * *

Quando chegamos à minha casa, liguei o chuveiro, tirei as roupas de Logan e o ajudei a entrar no banho. A água quente caiu em seu corpo, e ele fechou os olhos, respirando fundo.

— Vou ficar lá fora. Tenho algumas roupas antigas suas e vou pegá-las para você.

— Não. Apague a luz e venha aqui — disse Logan, com os olhos ainda fechados. Fiz o que ele pediu. Tirei minhas roupas e entrei embaixo do chuveiro. Lo me puxou para perto, me abraçou. Sua pele na minha pele, sua testa na minha testa. Os únicos sons eram da água caindo e da nossa respiração.

Ficamos ali por um longo tempo.

— Para sempre, Aly?

— Para sempre, Lo.

Capítulo 45

Logan

Quando Alyssa me deixou na casa de Kellan, eu estava em paz. Meu pai estava preso. Minha mãe não poderia sair do hospital, o que significava que ela não usaria drogas por algum tempo. Talvez aos poucos as coisas estivessem mudando. *Talvez*.

A casa estava às escuras. Encontrei Kellan sentado no sofá.

— O que aconteceu? — perguntei, acendendo luz.

Ele se retraiu com a claridade repentina, mas não disse nada. Havia lágrimas em seu rosto, e suas mãos tremiam ao tentar abrir o frasco de analgésicos. Quando não conseguiu, atirou-o longe.

— Argh! — gritou e levou as mãos à cabeça.

— O que está acontecendo, Kel? Cadê Erika?

— Ela foi para a casa da mãe.

Ele se levantou devagar, as pernas trêmulas, e tropeçou no frasco de comprimidos. Então o pegou, tentou abri-lo mais uma vez e não conseguiu. Sua respiração estava ofegante, e ele se apoiou na parede, ainda sem desistir do frasco.

— Deixa que eu abro — sugeri.

Estendi a mão para pegar o frasco, mas ele me empurrou.

— Me deixe em paz.

— Não.

— Sim.

Lutei com meu irmão pelo frasco e consegui pegá-lo. Eu o abri e coloquei um comprimido na palma de sua mão. Suas costas deslizaram pela parede até ele se sentar no chão.

— Eu não preciso que você e Erika cuidem de mim e abram os malditos frascos de comprimidos.

— Sim, você precisa.

— Não, eu não preciso.

— Kel, sim, você precisa!

— Não, eu não preciso! — gritou ele com a voz embargada e começou a chorar. Ele se abraçou e virou o rosto, tentando esconder as lágrimas. — Estou morrendo, Logan. Estou morrendo.

Eu me sentei ao lado dele.

— Não diga isso.

— É verdade.

— *Esteja aqui agora* — falei, citando Ram Dass. Essa citação estava em cima da porta de todos os quartos na clínica de reabilitação. — Durante o tratamento, sempre nos diziam que precisávamos parar de nos preocupar com o passado e com o que aconteceria quando deixássemos a clínica. Fomos feitos para viver o momento. Esteja aqui agora, Kellan. Você está aqui agora. E está tão vivo quanto Erika, Alyssa e eu.

— Sim. Mas vou morrer muito antes de todos vocês.

— Isso é discutível. Eu sou um grande fodido.

Kellan riu e me deu um empurrão de leve. *Ótimo. Rir é bom.* Nós dois apoiamos a cabeça na parede.

— Esteja aqui agora — murmurou ele consigo mesmo.

— Quando Erika vai voltar?

— Ela não vai voltar. Eu pedi a ela que saísse de casa.

— O quê?

— Não posso continuar a envolvê-la nisso, Logan. Toda vez que eu tusso, ela acha que estou morrendo. Ela merece uma vida normal.

— Foi isso que você disse a ela?

Ele deu um sorriso torto.

— Não exatamente.

— O que você disse?

— Que eu nunca quis me casar com ela. Que está tudo acabado entre nós e que eu estou cansado dela me enchendo o saco. Falei para ela que deveria ir embora e não voltar nunca mais.

— Você foi cruel.

Ele assentiu, fungando.

— Foi a única forma que encontrei de fazê-la ir embora. Não posso magoá-la.

— Cara, acredite, você já a magoou. — Kellan franziu o cenho; ele sabia que eu estava certo. — Vamos inverter os papéis. Vamos supor que Erika estivesse com câncer e que você estivesse cuidando dela. Como se sentiria se ela dissesse isso a você?

— Eu sei. Eu sei. Já estou com saudade. Mas não sei como resolver isso. Não sei como tornar as coisas mais fáceis para ela.

— Erika não quer que as coisas sejam mais fáceis, Kellan. Ela quer você. Independentemente de qualquer coisa, ela quer ficar com você. Mas não se preocupe, vamos resolver isso.

— Quando você se tornou tão sábio?

Sorri.

— Digamos que Alyssa fez um discurso parecido quando disse que me queria independentemente de toda a bagagem que trago junto comigo.

Ele riu.

— Eu deveria saber que você não era tão sábio.

— Sim, bem, estou me esforçando.

Ficamos ali sentados em silêncio por alguns minutos.

— Hum, Logan?

— Sim?

— Que diabos aconteceu com o seu rosto?

Eu ri e comecei a contar o que tinha acontecido com meu pai e com a nossa mãe. Ele reagiu muito melhor do que eu esperava e pensou o mesmo que eu.

— Bem, pelo menos ela não pode usar drogas enquanto estiver no hospital.

Ah, meu irmão. Meu melhor amigo.

* * *

Alyssa: Você está bem, Logan Francis Silverstone.
Eu: Estou bem, Alyssa Marie Walters.

Ela me mandava essa mensagem praticamente a cada hora. Quando Kellan terminou de se arrumar, fomos ao hospital ver nossa mãe. Ela estava com um pouco de dor, pois os médicos não podiam lhe dar muitos medicamentos por causa das drogas que ainda estavam em seu organismo. Foi difícil vê-la daquele jeito, mas eu já a tinha visto bem pior.

Kellan se sentou em uma cadeira de rodas, e eu o empurrei até a cama. Ele segurou a mão dela e deu um sorriso. Recuei alguns passos para trás.

— Sinto muito, querido. — Nossa mãe chorou e, com a mão livre, Kellan acariciou o rosto dela. — Sinto muito por estragar tudo. Eu estraguei tudo.

— Esteja aqui agora, mãe. Está tudo bem.

Ela mordeu o lábio e olhou para sua roupa de hospital e todas as sondas e fios ligados ao seu corpo.

— Quero ir para a reabilitação — disse ela.

Kellan e eu concordamos.

— Eu também — disse outra voz.

Eu me virei e vi Sadie. Ela estava com os olhos vidrados e um pouco inquieta, mas sorriu para mim.

— Ok — falei.

— Não sei como vou fazer isso — continuou ela. — Não sei como vou criar esse bebê sozinha. Não tenho ninguém.

Dei um cutucão em Sadie.

— Está tudo bem. Essa criança é meu irmão. E, de onde eu venho, a gente faz qualquer coisa por nossos irmãos. Eu vou te ajudar. Você tem uma família agora, Sadie. Não precisa mais fazer tudo sozinha. Eu prometo.

Capítulo 46

Alyssa

Duas semanas se passaram desde o incidente com os pais de Logan. Julie tinha ido para a clínica de reabilitação há alguns dias. Não estava sendo fácil, mas ela continuava lá, se esforçando muito, lutando por sua vida. Sadie também estava deixando as drogas e começando a trilhar o próprio caminho.

Tudo voltava ao normal. A única exceção era que Erika continuava na casa da nossa mãe. Na verdade, além de isso ser totalmente fora do normal, era um pouco assustador. No sábado à tarde, fui até lá, com uma caixa nas mãos e bati à porta.

Quando a abriu, Erika arqueou uma sobrancelha.

— Ei, Aly. O que houve?

— Humm, o que houve é que você ainda está na casa da nossa mãe. Quer saber? Pegue suas coisas. Está na hora de ir.

— Do que você está falando?

— Você se lembra da sua vida? Do seu noivo? Então, é hora de voltar pra casa. Kellan...

— Não me quer. Ele não me quer lá, Alyssa.

— Ele precisa de você.

Minha mãe apareceu na porta.

— Do que você está falando? Erika finalmente recuperou o juízo. Ela retomou sua vida antes que cometesse um grande erro. Estou muito orgulhosa por ela ter percebido isso.

— Mãe, você pode me fazer um favor? — perguntei.

— O quê?

— Cuide da sua maldita vida. Uma única vez.

Ela bufou, mas antes que pudesse responder, puxei Erika para fora de casa e fechei a porta. Minha irmã franziu o cenho.

— Escuta, Alyssa, eu tentei. Tentei mesmo. Mas ele deixou claro, em alto e bom som, que não me quer lá. Então eu não vou voltar.

— Volte pra casa, Erika. Agora mesmo.

— Não.

— Tudo bem. — Abri a caixa e arqueei a sobrancelha. — Mas eu tentei te avisar.

Os olhos de Erika se arregalaram quando ela viu sua coleção de pratos.

— O que você está fazendo, Alyssa?

Virei a caixa, e ela quase deu um pulo quando todos os pratos se espatifaram no chão.

— Meu Deus! — exclamou ela.

— Logan, venha aqui

Ele saiu do carro segurando outra caixa.

— Diga a Erika que volte pra casa.

Logan foi até ela, fitou-a nos olhos e sorriu.

— Você é minha irmã.

— Pare. Não sou sua irmã.

— Você grita comigo. Você me odeia, me trata mal. Você me chama de idiota. Você é minha irmã, Erika. E dane-se o Kellan agora. Eu preciso que você volte pra casa. Não posso ajudá-lo sem você.

— Não posso voltar. Não posso fazer isso.

Logan meneou a cabeça, abrindo a caixa com os copos favoritos dela.

— Volte pra casa.

— Eu estou em casa.

— Ok. — Ele começou a virar a caixa, e ela se retraiu.

— Não, Logan! Eu comprei... — *Crash!* Os cacos de vidro se espalharam pelo chão. — Meu Deus! Qual é o problema de vocês?

— Queremos que você volte pra casa, só isso — expliquei.

— Não posso. Eu só quero uma vida normal...

Fiz um gesto em direção às janelas, onde minha mãe observava nossos movimentos e batia no vidro, gritando para que Erika entrasse.

— E você acha que *isso* é normal?

— Vão embora. Por favor. Kellan não precisa de mim.

— Sim, eu preciso. — Nós nos viramos e vimos Kellan vindo em nossa direção com sua própria caixa. Ele parou na calçada e encarou Erika. — Sinto sua falta. Quero você. Preciso de você, Erika. — Ele virou a caixa, jogando todo o conteúdo no chão. — Volte pra casa.

Erika riu, e todos nós rimos junto com ela. Minha mãe finalmente abriu a porta e ordenou que minha irmã voltasse para dentro de casa, mas ela se recusou a ouvi-la.

Voltamos para os carros, deixando as mágoas para trás, junto com os cacos de vidros no chão. Começaríamos tudo de novo. Kellan foi para casa com Erika em seu carro, e Logan dirigiu o meu.

— Ei, eu estava pensando... Tá a fim de sexo selvagem antes do evento no restaurante do Jacob hoje?

Dei de ombros, não muito empolgada.

— Pode ser. Ou podemos ver o DVD que comprei ontem com o novo documentário sobre o Michael Jackson e comer sobras de pizza e biscoito Oreo com framboesa.

Os olhos de Logan se arregalaram.

— Cara, adoro quando você fala sacanagem.

Ele me beijou, e eu soube que o nosso "para sempre" começava naquele minuto.

* * *

— Certo, esse é o plano: vou ao restaurante do Jacob para ajudá-lo a organizar os últimos detalhes. Você irá até a casa do Kellan e da Erika e os convencerá a sair para beber. Kellan vai concordar, Erika não, mas eles acabarão indo, porque ela o ama e fará qualquer coisa para que ele fique feliz — explicou Logan, levantando-se para sair assim que acabamos de assistir ao documentário.

— Certo.

— Cara, estou muito nervoso, e a festa nem é minha.

Logan sorriu. Dei um beijo nele.

— Tem certeza de que não quer uma carona até o Jacob?

— Tenho, está tudo bem. O clima está agradável lá fora. Vejo você em breve!

Depois que ele saiu, segui para a casa da minha irmã, e ela fez exatamente o que Logan tinha previsto: disse que não queria sair.

— Não acho que seja uma boa ideia sair para beber, Alyssa. Estamos muito cansados. Talvez semana que vem.

— Ah, vamos lá! Vai ser divertido! Além disso, hoje Logan está trabalhando no restaurante do Jacob, então poderemos deixá-lo bem irritado, pedindo comida e devolvendo os pratos várias vezes. Vai ser épico!

Kellan sorriu.

— Parece divertido. Sinto falta de me divertir.

Erika estreitou os olhos.

— Você quer ir?

Ele assentiu.

— Sério? Não está cansado?

Kellan fez que não com a cabeça.

Erika se sentou, pensando por um instante, enquanto Kellan e eu fazíamos cara de cachorrinho pidão. Quando ela finalmente cedeu, batemos palmas com entusiasmo.

— Um aperitivo e uma bebida! Água para esse cara.

Erika sorriu, apontando para Kellan.

— Só para você saber, vou tomar minha água muito, muito devagar.

Quando chegamos ao restaurante de Jacob, Erika franziu o cenho.

— Por que tem uma placa de fechado na porta? São seis da tarde.

— Não sei, que estranho. — Segurei a maçaneta e abri a porta. — Não está trancada. Bom, vamos ver se Jacob está aqui.

Assim que entramos, Erika ficou sem fôlego ao ver a decoração de casamento. O lugar estava lotado, e todos os seus amigos gritaram:

— Surpresa!

— O que está acontecendo? — indagou Erika, seus olhos percorrendo o local.

Jacob se aproximou e passou o braço pelos ombros de Kellan.

— Vou cuidar desse cara. Alyssa, ajude sua irmã. O banheiro feminino está livre para vocês.

— Para quê? — perguntou Erika, ainda confusa. Peguei-a pelo braço e levei-a comigo. Quando entramos no banheiro, ela levou as mãos à boca. — Por que meu vestido de casamento está aqui, Aly?

Sorri, quase sentindo sua tensão.

— Achei que tivesse percebido. Você vai se casar hoje.

— O quê?

— Eu disse que você vai se casar hoje. — Os olhos dela se encheram de lágrimas, e eu balancei a cabeça. — Ah, não. Nada de choro. A maquiadora estará aqui em poucos minutos. Temos que arrumá-la.

— Você quer dizer... que o casamento aí fora... a decoração, aquelas pessoas... É o meu casamento?

Assenti.

Ela bufou, colocando as mãos nos quadris, sem conseguir acreditar.

— Você fez isso pra mim?

— Foi ideia do Logan. — Ela mordeu o lábio. — Ah, querida. Não chore.

— Não estou chorando. — Ela deixou escapar um soluço e cobriu o rosto com as mãos. — É só que... isso foi uma coisa muito, muito legal da parte dele.

Nós nos apressamos para aprontá-la. Ajudamos Erika a entrar em seu belo vestido de noiva branco e prendemos seu cabelo em um coque delicado. Também rimos muito bebendo champanhe.

— Você está pronta, Erika? — perguntei, de pé atrás dela, com meu vestido de dama de honra.

— Sim. Eu só queria que nossa mãe estivesse...

— Eu sei.

— Mas não importa. Hoje a noite é minha e do Kellan. A noite é nossa.

Quando voltamos ao salão do restaurante, Jacob estava no palco com um microfone na mão, pronto para iniciar a cerimônia. Kellan estava à esquerda dele, de terno e gravata, e Logan estava ao lado do irmão. Observei seu rosto. Seu sorriso era imenso, e ele também sorria com os olhos, mas seu lindo cabelo não estava mais ali. Logan havia raspado a cabeça, e tinha feito isso para homenagear Kellan. Erika não era a única que estava chorando; lágrimas também escorreram dos meus olhos.

Eu o amava.

Para sempre. Para sempre. Para sempre.

— Fique aqui — eu disse à minha irmã. — Não se mova até me ouvir tocar. E então vá ao encontro do seu futuro marido.

Erika ainda estava em choque, mas assentiu. Eu me sentei ao piano e comecei a tocar, e logo vi minha irmã caminhar pelo corredor em direção ao amor de sua vida.

Eles mereciam aquele momento. Mereciam mais do que qualquer casal no mundo. Jacob leu o texto que tinha preparado para a ocasião, e os dois trocaram seus votos, prometendo um ao outro dias difíceis e dias tranquilos. Momentos bons e ruins. A eternidade. Quando se beijaram, todos no salão sentiram o amor que eles tinham um pelo outro.

Em seguida, eles foram conduzidos para fora do salão, rindo, chorando e se amando. Logan pegou o microfone de Jacob e esperou mais alguns minutos antes que eu lhe desse o sinal de que Erika e Kellan estavam prontos para entrarem na festa de modo triunfal. Logan sorriu ao falar:

— Senhoras e senhores, tenho o prazer de apresentar a vocês pela primeira vez o Sr. e a Sra. Kellan Evans! — Ele fez um gesto para Erika, que estava do seu lado esquerdo, e, em seguida, para Kellan, que estava do seu lado direito, e eles caminharam até se encontrarem no meio da pista de dança. — Antes de curtirmos uma noite maravilhosa, preciso fazer meu discurso de padrinho. Então, peguem uma bebida e me escutem.

Ele deu um sorriso tenso, e vi as lágrimas brotando em seus olhos. Logan se esforçava para contê-las.

— Meu irmão Kellan é um super-herói. Ele pode não salvar o mundo nem usar uma capa, mas ele muda vidas. Ele sempre viveu cada dia como se fosse único. Ele sorri mesmo quando sente dor. Acredita no amor, na vida e em finais felizes. Ele acredita na família. Quero dizer, ele acreditou em mim quando eu provavelmente não merecia crédito. Nós crescemos em situações diferentes. Enquanto ele acreditava na felicidade, eu estava preso em minhas tragédias pessoais, mas ele ainda assim me amou. Ele me amou mesmo com os meus conflitos, com a minha dor. Ele me amou incondicionalmente. Seu amor não teve limites. E, por causa desse amor, eu soube que nunca estaria sozinho. Ele e Erika se amam da mesma forma. Erika ama meu irmão do fundo do coração. Ela iria ao inferno só para vê-lo sorrir, mesmo que isso a magoe. Ela é carinhosa, inteligente e gentil. Ela me acolheu em sua casa, mesmo eu deixando objetos espalhados por todos os cômodos, porque o ama. Ela o ama como ele é, ela o ama apesar de todo o fardo que ele carrega, inclusive eu. Ela o amava antes do câncer, ela o ama durante câncer e, juro por Deus, ela vai amá-lo depois do câncer. Porque seu amor é incondicional. Esses dois indivíduos são super-heróis do amor. Eles nos mostram que é possível sorrir quando as coisas ficam difíceis. Eles se sacrificam um pelo outro, pois sabem que seu amor é verdadeiro. Mesmo em tempos sombrios, o amor deles reluz. Esses dois indivíduos me ensinaram a abraçar o amor. A acreditar em finais felizes. A me doar incondicionalmente. Então, por isso, eu convido vocês a erguer um brinde. — Logan levantou a taça e olhou para Erika e Kellan. — Pelos dias bons, pelos dias ruins, pelo amor incondicional no qual esses dois me ensinaram a acreditar. Que todos nós busquemos esse tipo de amor, que todos nós possamos encontrar esse tipo de amor. — Os olhos dele se voltaram para mim, e uma única lágrima escorreu em seu rosto. — E, quando o encontrarmos, que possamos guardá-lo para sempre.

Mandei um beijo para Logan, e seu coração o guardou no ar antes que ele se virasse para o casal.

— A Kellan e Erika, e ao amor que sentem um pelo outro — concluiu.

Todos aplaudiram, todos beberam e todos amaram o brinde. Logan secou os olhos e sorriu.

— Agora, por favor, deixem a pista de dança livre para que o belo casal possa ter sua primeira dança.

Fui até Logan no palco e peguei o microfone de sua mão.

— Seu cabelo sumiu — sussurrei, passando as mãos por sua careca.

Ele deu de ombros.

— É só um corte de cabelo.

— Não. — Beijei sua testa. — É muito mais do que isso.

— Eu te amo — disse ele.

— Eu também te amo.

Logan foi até o violão, pegou-o e sentou-se num banquinho enquanto eu ia até o piano. Ajeitei o microfone e esperei que ele começasse a tocar. Quando ouvi os acordes que ele havia aprendido recentemente, sorri e me juntei a ele para cantar "The Way I Am", de Ingrid Michaelson.

A música deles.

Kellan e Erika dançaram pela pista, mais apaixonados do que nunca. Durante o solo, a porta do restaurante se abriu, e Logan falou no microfone:

— Por favor, recebam a mãe da noiva e a mãe do noivo.

Os olhos de todos se arregalaram, e todo mundo aplaudiu quando Julie e minha mãe entraram no salão juntas. Meu coração bateu forte no peito, e me virei para Logan, chocada.

— Como?

— Parei em alguns lugares antes de vir para cá.

Você é tudo para mim. Meu mundo inteiro.

* * *

O casamento correu surpreendentemente bem, com mais risos e lágrimas de felicidade do que eu já tinha visto em toda minha vida. Quando tudo acabou, já de manhã, fomos para o estacionamento; Kellan e Logan ainda de terno, Erika e eu ainda de vestido.

— Obrigada novamente, Logan e Alyssa. Por tudo. Esta noite foi tudo com que eu sempre sonhei — disse Erika.

O modo como os noivos olharam um para o outro me mostrou o que era o verdadeiro amor.

— Sem problemas. Kellan, sei que você tem consulta amanhã, e eu estarei lá, mas acho que vou passar o dia na casa da Alyssa. Assim, os recém-casados terão a casa só para si — disse Logan.

Kellan sorriu e concordou, mas Erika gritou:

— Não!

— O quê? — perguntei.

— Temos que ir a um lugar antes de vocês seguirem para a casa da Alyssa — explicou ela.

— Certo. Aonde vamos? — perguntou Logan à minha irmã.

Um sorriso malicioso surgiu nos lábios de Erika, e aquilo me disse exatamente aonde íamos.

* * *

Em um dos corredores da Pottery Barn, nós quatro olhávamos para os diferentes jogos de pratos. Erika estava perdida em seus pensamentos, analisando os pratos atentamente, enquanto o restante de nós andava de um lado para o outro.

— Vocês tinham mesmo que quebrar todas as minhas coisas? — perguntou ela, inclinando a cabeça e fitando algo que custava mais do que o meu vestido de dama de honra.

— Foi ideia do Logan — justificou-se Kellan.

— Alyssa concordou — retrucou Logan.

— Kellan me disse que você não se importaria — falei em minha defesa.

— Tanto faz. Vocês todos são culpados da mesma forma.

— Você não pode me culpar! — exclamou Kellan, na defensiva. — Estou com...

— Câncer. Nós sabemos! — resmungamos em uníssono.

Kellan riu.

— Certo. Quando eu contar até três, todo mundo deve apontar para qual jogo eu devo comprar antes de irmos para a seção dos copos. Um, dois, três!

— Aquele! — gritamos, apontando para itens diferentes. Em seguida, começamos a discutir, defendendo nossas escolhas, gritando um com o outro, rindo.

Quando os pratos finalmente foram escolhidos, uma sensação de paz tomou conta do corredor da Pottery Barn. Olhei para aquelas pessoas que sabiam tudo umas sobre as outras; conheciam o lado bom, o lado ruim, o lado mais devastado. E eu vi. Estava lá.

Por trás de toda a dor, das lágrimas e da destruição, de alguma forma o nosso amor sobreviveu. De algum modo, nós tínhamos uma ligação especial.

Meu povo.

Minha família.

Minha tribo.

De alguma forma, éramos indestrutíveis.

Capítulo 47

Logan

O consultório do JV estava gelado. Muito mais frio do que o necessário. Mas eu já estava acostumado com aquilo. Não tinha perdido uma consulta de Kellan desde que voltei para True Falls.

No canto esquerdo da mesa havia um pote de jujubas; no direito, balas de alcaçuz vermelhas. *Pelo menos ele se livrou das balas de alcaçuz pretas.*

Cruzei os braços e me encolhi, na tentativa de afastar o frio. *Merda.* Eu estava congelando. Meus olhos se voltaram para a cadeira ao meu lado, onde Kellan estava sentado.

Quando olhei para JV, vi que seus lábios ainda se moviam rapidamente. Ele continuava falando, explicando a situação milhares de vezes. Pelo menos foi o que eu imaginei, pois já não estava mais ouvindo.

Eu não me lembrava do momento exato em que tinha parado de ouvi-lo, mas nos últimos cinco ou dez minutos fiquei simplesmente observando os movimentos de sua boca.

Minhas mãos agarraram a lateral da cadeira.

Erika estava sentada do outro lado de Kellan, as lágrimas inundando seu rosto.

— Está funcionando? — perguntou ela, tirando-me do torpor.

— Está funcionando. — A voz de JV estava cheia de esperança, e ele tinha um sorriso no rosto. — A quimioterapia está funcionando. Não saímos da zona de perigo ainda, mas estamos caminhando na direção certa.

A sensação esmagadora de esperança me fez perder o fôlego por alguns instantes. As batidas irregulares do meu coração eram aterrorizantes.

— Eu... — comecei, mas minha voz falhou. Senti que deveria dizer algo, pois Kellan permanecia em silêncio, mas não sabia o quê. Havia algo a ser dito em uma situação como essa?

Meus dedos seguraram a lateral da cadeira com mais força. Passei a mão pelo rosto e pigarreei.

— Então está funcionando? — perguntei.

JV começou a falar, mas parei de ouvi-lo. Segurei a mão esquerda de Kellan, enquanto Erika apertava a direita.

Meu irmão, meu herói, meu melhor amigo estava lutando contra o câncer.

Ele estava vencendo o câncer.

E eu podia finalmente respirar.

* * *

Naquela noite, Alyssa e eu subimos no letreiro e olhamos para as estrelas. Comemos Oreo com framboesa e nos beijamos até ficarmos sem fôlego. Lembramo-nos de tudo o que tínhamos passado e sonhamos com tudo o que teríamos pela frente.

— Gostei do DVD que você me deu sobre o mito grego da fênix — falei, nossas pernas balançando na beirada do letreiro. — Amei a ideia do pássaro que morre e depois renasce das cinzas, recebendo assim uma nova chance de viver.

Ela sorriu.

— Sim, você é como a fênix, Logan. Você foi ao fundo do poço, passou por tantas coisas e renasceu.

— Fiz uma pesquisa sobre a fênix e o que ela representa em diferentes mitologias. Embora eu tenha gostado da história dos gregos, a mitologia chinesa é bem mais interessante.

— E em que eles acreditam?

— A fênix era comumente vista em pares, um macho e uma fê-mea. As duas fênix juntas representavam yin e yang. Eram duas partes de um todo. A fênix fêmea era passiva, gentil e intuitiva, en-quanto o macho era assertivo, o que entrava em ação. Juntos, eles formavam uma parceria imbatível. Em algumas partes do mundo, o símbolo das duas fênix é dado como presente de casamento, um sinal da felicidade eterna.

— Que lindo.

— Também achei.

Passamos alguns instantes olhando para o céu.

— Aly?

— Sim?

Minhas mãos estavam suadas quando as enfiei no bolso e peguei uma caixinha. Alyssa prendeu a respiração quando a viu e, em se-guida, seus olhos encontraram os meus.

— O que você está fazendo, Lo? — perguntou ela.

— Verdade ou mentira?

— Mentira.

— Não estou fazendo absolutamente nada.

— E a verdade?

— Estou renascendo das cinzas. Ainda estou nos estágios ini-ciais, mas quero você para sempre comigo. — Abri a pequena caixa e retirei um anel de noivado com o desenho de duas fênix entrela-çadas, com um diamante no meio das asas. — Você é minha cura. Minha força. Você é minha eternidade, e, se você aceitar, eu adoraria que fosse minha esposa.

— Sério?

— Sério.

A voz de Alyssa estava trêmula. Ela se aproximou ainda mais de mim e pousou seus lábios nos meus.

— Para sempre, Lo?

Segurei a mão dela e pus o anel em seu dedo. Em seguida, beijei--a suavemente.

— Para sempre, Aly.

Epílogo

**Sete anos, um casamento, uma recuperação completa,
dois bebês e um amor muito mais forte depois**

Eu era feliz.

Não tinha muita coisa, nem muitas histórias felizes para contar aos meus filhos. Eu não era milionário nem um gênio. Não tinha três diplomas de faculdade. Provavelmente trabalharia a maior parte da vida para pagar nossas despesas, mas eu sempre teria uma vida boa, porque tinha amor. Tinha três pessoas que contavam comigo para seguir em frente nos momentos difíceis. Tinha três pessoas que acreditavam em mim e em meus sonhos distantes.

Alyssa e eu conseguimos realizar um dos nossos sonhos juntos: o Aly&Lo Restaurante e Piano-Bar. Nós o inauguramos há dois anos e, depois dos meus filhos, aquela era uma das minhas maiores realizaçoes. Ainda assim, eu queria mais.

Um dia, eu daria o mundo aos meus filhos e à minha linda esposa. Meus filhos jamais saberiam como era não ser amado. Eles foram amados mesmo antes de virem ao mundo.

Alyssa, meu lindo amor, salvou minha vida. Ela tinha me dado uma razão para viver, e era uma honra ser amado por ela. Prometi a ela, do fundo do meu coração, que nunca esqueceria o fato de ela ter me dado tudo de si quando eu não tinha mais nada para dar em troca. Alyssa me disse que meu passado não define quem eu sou e que com certeza terei um futuro surpreendente.

Ela era o fogo que me mantinha aquecido durante a noite.

— Aqui é muito alto! — exclamou Kellan, meu filho de cinco anos, enquanto seguíamos rumo à escada do letreiro. Demos esse nome a ele em homenagem ao tio, que ainda estava correndo atrás do sonho de se tornar um músico de sucesso. Um sonho cada dia mais próximo de ser realizado.

Sua irmã mais nova, Julie, estava em meus ombros e olhou para cima.

— Sim, papai! Muito alto! — concordou ela. Seu nome foi dado em homenagem à avó, uma mulher que conheceu mais dias sombrios do que felizes, mas que foi capaz de manter seus demônios sob controle pelos últimos sete anos. Nem sempre foi fácil, mas cada dia era uma bênção.

Sorri para Alyssa. Ela havia me alertado que as crianças achariam aquilo muito assustador, mas eu queria que eles vissem as estrelas assim que anoitecesse, no mesmo lugar em que eu tinha me apaixonado pela primeira vez.

— Temos cobertores — disse Alyssa. — Podemos colocá-los aqui embaixo e olhar para o céu.

— Podemos fazer isso, pai? Podemos só olhar para o céu em vez de subir? —perguntou Kellan.

— Claro. Isso é ainda melhor.

Eles ficaram em silêncio por alguns instantes, olhando para o céu para ver as estrelas que surgiam com o anoitecer. Meus braços envolveram a cintura de Alyssa, e ela se encostou em mim. Todos os dias nós assistíamos ao pôr do sol, não importava onde estávamos, e acordávamos cedo para vê-lo nascer novamente. Essa era a coisa mais legal da vida: mesmo quando os dias se tornam sombrios, você sempre recebe outra oportunidade, uma segunda chance para renascer das cinzas.

As crianças correram pelo local, brincando, e Alyssa e eu ficamos ali observando a vida que havíamos construído. Eles eram o nosso "felizes para sempre", os presentes que nos trouxeram tanta alegria.

Meu Deus, eu era feliz.

Eu era muito feliz; eu me sentia seguro e amado.

Quando o céu ficou totalmente escuro e um vento mais fresco soprou, sussurrei no ouvido de Alyssa, puxando-a para perto de mim.

— Para sempre, Aly?

— Para sempre, Lo.

Dei de ombros.

Ela deu de ombros.

Eu ri.

Ela riu.

Entreabri meus lábios.

Ela entreabriu os lábios.

Eu me inclinei na direção dela.

Ela se inclinou na minha direção.

Nossos lábios se encontraram, e mesmo que meus pés estivessem bem firmes no chão, eu tinha a impressão de estar caminhando nas nuvens.

Agradecimentos

Tantas pessoas me ajudaram com esse romance que não sei por onde começar meus agradecimentos. Bom, vou começar pela minha melhor amiga. Mãe, você me ajudou a seguir em frente e escrever esse livro. Não sei onde eu estaria se não fosse você. Você torna a vida de muitas pessoas melhor, e sou muito feliz por você ser minha melhor amiga.

Para Alison, Allison, Christy e Beverly: obrigada por disporem de tempo para me ajudar como revisoras da história de Alyssa e Logan. Vocês me ajudaram a resolver várias questões no enredo e me deram o melhor feedback possível. Vocês moram no meu coração, e jamais poderei agradecer o suficiente.

Obrigada à minha incrível editora, Caitlin, da Edits by C. Marie: não tenho palavras para dizer o quanto você é talentosa.

Para minha outra editora, Kiezha: obrigada não só por me ajudar com a edição, mas por conversar sobre a história todos os dias. Você tornou essa história ainda melhor, e eu te amo por isso.

Para Danielle Allen: você é tudo para mim. Sério. Nós nos falamos todos os dias durante os últimos dois meses, e você segurou minha mão quando eu quase desabei. Você me dirigiu palavras inspiradoras quando eu mais precisei delas. Você me fez rir quando senti vontade de chorar. Amo você, amiga. SS/KS.

Para Staci Brillhart: por todas as horas que passou no telefone comigo, falando sobre o enredo. Por todas as horas que passou no Facebook comigo (MESES!) para garantir que estava tudo bem. O mundo precisa de mais almas lindas como você. Obrigada por existir e obrigada por me permitir chamá-la de amiga.

Para minha tribo: vocês sabem quem são. Meu coração bate junto com o de vocês. Sempre.

Para Ryan: você está dormindo agora, a alguns centímetros de mim, enquanto digito essas palavras de manhã cedo. Meu coração está tão feliz. Obrigada por me abraçar no meio da noite quando acordei em pânico, com medo do desconhecido. Obrigada por me fazer sorrir todos os dias. Obrigada por me amar. Você é o fogo que me mantém aquecida.

Para a minha revisora: Judy, você me salvou no último minuto, e suas habilidades são incríveis. Sou louca por você!

Para aqueles que deixaram o meu livro lindo: meu fotógrafo de capa, Franggy, pela linda imagem, e minha designer, Staci, da Quirky Bird.

Às minhas agentes, que acreditam em mim quando eu mesma não consigo acreditar. Vocês realizaram os meus sonhos. Obrigada.

Para os leitores: obrigada por darem uma chance a mim e aos meus livros. Vocês mudaram minha vida mais do que podem imaginar.

Por último, um enorme agradecimento à minha família. Nos bons e maus momentos, sempre escolherei vocês.

Beijos!

Leia a seguir um trecho de dois livros da série Elementos, de Brittainy C. Cherry

O ar que ele respira

Prólogo

Tristan

2 de abril de 2014

— Pegou tudo? — perguntou Jamie, parada no meio do hall de entrada da casa dos meus pais, roendo as unhas. Quando seus belos olhos azuis sorriram para mim, pensei na sorte que tinha por ela ser minha.

Fui até ela e a abracei, apertando seu corpo *mignon* junto ao meu.

— Peguei. É isso, meu amor. A hora é essa.

Ela entrelaçou os dedos na minha nuca e me beijou.

— Estou tão orgulhosa de você.

— De *nós* — eu a corrigi.

Depois de tantos anos vivendo de planos e sonhos, meu objetivo de criar e vender minhas próprias peças de mobília artesanal estava prestes a se tornar realidade. Eu e meu pai, que também era meu melhor amigo e sócio, estávamos a caminho de Nova York para uma reunião com alguns empresários que se mostraram muito interessados em investir em nosso negócio.

— Sem o seu apoio, eu não seria nada. Essa é a nossa chance de conseguir tudo que a gente sempre sonhou.

Ela me beijou de novo.

Nunca imaginei que pudesse amar alguém tanto assim.

— Antes de ir, é melhor saber logo que a professora do Charlie me ligou. Ele arranjou confusão na escola outra vez. O que não me surpreende, já que puxou tanto ao pai...

Sorri.

— O que ele aprontou agora?

— Segundo a Sra. Harper, ele disse para uma menina que zombava dos óculos dele que esperava que ela engasgasse com uma lagartixa, já que ela se parecia com uma. Que engasgasse com uma lagartixa. Dá pra acreditar?

— Charlie! — chamei.

Ele veio da sala de estar com um livro nas mãos. Não estava de óculos, e eu sabia que era por causa do bullying.

— Que foi, pai?

— Você disse para uma menina que queria que ela se engasgasse com uma lagartixa?

— Disse — confirmou ele, como se não fosse nada de mais.

Para um menino de 8 anos, Charlie parecia se preocupar muito pouco com a possibilidade de deixar os pais irritados.

— Cara, você não pode dizer uma coisa dessas.

— Mas, pai, ela tem mesmo cara de lagartixa! — retrucou ele.

Tive que me virar para disfarçar a risada.

— Vem aqui e me dá um abraço.

Ele me abraçou apertado. Eu ficava apavorado ao pensar no futuro, no dia em que ele não quisesse mais abraçar o velho pai.

— Vê se você se comporta enquanto eu estiver fora. Obedeça à sua mãe e à sua avó, está bem?

— Tá, tá...

— E coloque os óculos pra ler.

— Por quê? Eles são ridículos.

Eu me agachei, o dedo em riste tocando o nariz dele.

— Homens de verdade usam óculos.

— Você não usa! — reclamou Charlie.

— Tá, alguns homens de verdade não usam. Só ponha os óculos, tá legal?

Ele resmungou antes de sair correndo para a sala. Eu ficava feliz por ele gostar mais de ler do que de jogar videogame. Sabia que ele havia herdado da mãe, bibliotecária, o amor pela leitura. Mas, no fundo, sempre achei que o fato de eu ter lido para ele durante a gravidez também influenciou um pouco sua paixão por livros.

— O que vocês pretendem fazer hoje? — perguntei a Jamie.

— À tarde vamos ao mercado central. Sua mãe quer comprar flores. Provavelmente também vai comprar alguma bobagem para o Charlie. Ah, já ia esquecendo... Zeus mastigou seu Nike favorito. Vou tentar comprar um novo.

— Meu Deus! De quem foi a ideia de termos um cachorro?

Ela riu.

— Sua. Eu nunca quis um, mas você nunca soube dizer não a Charlie. Você e sua mãe são muito parecidos. — Ela me beijou novamente antes de me entregar minha bolsa. — Tenha uma ótima viagem e transforme nossos sonhos em realidade.

Eu a beijei de leve e sorri.

— Quando eu voltar, vou construir a biblioteca dos seus sonhos. Com aquelas escadas altas e tudo mais. E depois, vou fazer amor com você entre a *Odisseia* e *O sol é para todos*.

Ela mordeu o lábio.

— Promete?

— Prometo.

— Me liga quando pousar, tá?

Fiz que sim com a cabeça e saí de casa para encontrar meu pai, que já estava no táxi, me esperando.

— Tristan! — chamou Jamie, enquanto eu guardava a bagagem no porta-malas. Charlie estava ao seu lado.

— Sim?

Eles colocaram as mãos em torno da boca e gritaram:

— NÓS TE AMAMOS.

Sorri e disse o mesmo para eles, em alto e bom som.

•

Durante o voo, meu pai não parava de dizer que essa era nossa grande oportunidade. Quando aterrissamos em Detroit para aguardar a conexão, pegamos o celular para dar uma olhada nos e-mails e enviar notícias para minha mãe e Jamie.

Assim que ligamos os telefones, nós dois recebemos um bombardeio de mensagens da minha mãe. Soube instantaneamente que alguma coisa estava errada. Senti um frio na barriga quase deixei o telefone cair enquanto eu lia.

Mãe: Aconteceu um acidente. Jamie e Charlie não estão bem.

Mãe: Venham para casa.

Mãe: Rapido!!!

Num piscar de olhos, num breve momento, tudo que eu sabia sobre a vida mudou

O silêncio das águas

Prólogo

Maggie

**8 de julho de 2004 —
seis anos de idade**

— Dessa vez vai ser diferente, Maggie, eu juro. Dessa vez é para sempre — prometeu papai enquanto estacionava em frente à casa de tijolos amarelos na esquina da Jacobson Street. A futura esposa dele, Katie, estava na varanda, observando nossa velha perua parar na entrada da garagem.

Mágico.

Foi mágico subir os degraus até a casa. Eu estava me mudando de uma casinha para um palácio. Papai e eu moramos a vida toda em um apartamento de dois quartos e, agora, estávamos nos mudando para uma casa de dois andares, com cinco quartos, sala de estar e uma cozinha do tamanho da Flórida, dois banheiros e lavabo e uma sala de jantar de verdade — não uma sala de estar onde papai armava uma mesa dobrável todas as noites. Ele me disse que tinha até piscina no quintal. Uma *piscina*! No *quintal*!

Até então, eu morava só com uma pessoa; agora, estava me tornando parte de uma família.

Mas isso não era novidade para mim. Desde que me entendo por gente, papai e eu fizemos parte de muitas famílias. A primeira, não conheci de verdade, pois minha mãe nos abandonou antes mesmo que eu aprendesse a falar. Ela conheceu alguém que a fazia se sentir mais amada, o que era difícil de acreditar. Papai dava a ela todo o seu amor, não importava o quanto isso custasse a ele. Depois que minha mãe foi embora, ele me deu uma caixa com fotos para que eu pudesse me lembrar dela, mas achei isso muito estranho. Como eu poderia me lembrar de uma mulher que nunca esteve ao meu lado? Depois dela, ele se apaixonou por algumas mulheres e, em geral, elas também se apaixonavam por ele. Entravam no nosso mundinho com todos os seus pertences, e papai me dizia que elas ficariam para sempre, mas o "para sempre" era mais curto do que ele esperava.

Dessa vez, era diferente.

Ele conheceu o amor da sua vida em uma sala de bate-papo da AOL. Papai teve sua cota de relacionamentos ruins depois que mamãe nos deixou, então achou que seria melhor tentar conhecer alguém pela internet. E funcionou. Katie tinha perdido o marido anos antes e não havia namorado ninguém até entrar na internet e conhecer o papai.

Diferentemente das outras vezes, papai e eu nos mudaríamos para a casa da Katie e dos filhos dela, não o contrário.

— Dessa vez é para sempre — sussurrei para ele.

Katie era bonita como as mulheres da TV. Papai e eu assistíamos à televisão enquanto jantávamos juntos, e eu sempre notava a beleza das pessoas. Katie parecia uma estrela de cinema. O cabelo dela era loiro e comprido, e os olhos eram azuis cristalinos, parecidos com os meus. As unhas estavam pintadas de vermelho vivo, combinando com o batom, e os cílios eram longos, espessos e fartos. Quando estacionamos na entrada da casa dela — da *nossa* casa —, ela nos aguardava ali, usando um lindo vestido branco e sapatos de salto amarelos.

— Ah, Maggie! — exclamou ela, correndo na minha direção e abrindo a porta do carro para poder me abraçar. — É tão bom finalmente conhecer você.

Ergui a sobrancelha, desconfiada, sem saber se deveria abraçar Katie, mesmo que ela tivesse cheiro de coco e morango. Nunca soube que coco e morango combinavam até conhecê-la.

Olhei para o papai, que estava sorrindo para mim; ele assentiu, me incentivando a retribuir o gesto.

Ela me abraçou bem apertado e me levantou, me tirando do carro, tirando todo o ar dos meus pulmões, mas não reclamei. Fazia muito tempo que eu não era abraçada daquele jeito. A última vez provavelmente foi quando o vovô veio nos visitar.

— Vem. Vou te apresentar aos meus filhos. Primeiro vamos ao quarto do Calvin. Vocês dois têm a mesma idade, então vão para a escola juntos. Ele está lá dentro com um amigo.

Katie não me pôs no chão; em vez disso, subiu a escada da varanda me carregando no colo, enquanto papai pegava algumas das nossas malas. Quando entramos na casa, arregalei os olhos. *Uau.* Era linda, parecia o palácio da Cinderela, eu tinha certeza disso. Ela me levou ao segundo andar, até o último quarto à esquerda, e abriu a porta. Vi dois garotos jogando Nintendo e gritando um com o outro. Katie me colocou no chão.

— Meninos, uma pausa — pediu Katie.

Eles não deram ouvidos.

Continuaram discutindo.

— *Meninos* — repetiu Katie com mais firmeza. — *Uma pausa.* Nada.

Ela bufou e colocou a mão na cintura.

Eu bufei e imitei sua pose.

— MENINOS! — gritou, desligando o videogame na tomada.

— MÃE!

— SRA. FRANKS!

Eu ri. Os meninos se viraram para nos olhar com uma expressão chocada no rosto, e Katie sorriu.

— Agora que tenho a atenção de vocês, quero que digam olá para a Maggie. Calvin, a Maggie vai morar com a gente, junto com o pai dela. Lembra que eu disse que você ia ganhar uma irmã?

Os meninos me dirigiram um olhar vago. Calvin claramente era o loiro idêntico a Katie. O garoto sentado ao lado dele tinha o cabelo despenteado e olhos castanhos, um furo na camiseta amarela e migalhas de batata chips na calça jeans.

— Eu não sabia que você tinha outra irmã, Cal — disse o garoto, olhando para mim. Quanto mais ele olhava, mais o meu estômago doía. Eu me escondi atrás de Katie, sentindo o rosto queimar.

— Nem eu — respondeu Calvin.

— Maggie, esse é o Brooks. Ele mora do outro lado da rua, mas esta noite vai dormir aqui.

Espiei Brooks de trás da perna de Katie, e ele sorriu antes de comer as migalhas que tirou da calça.

— A gente pode jogar mais? — pediu Brooks, voltando a atenção para o controle do videogame e para a tela preta da televisão.

Katie riu, fazendo que não com a cabeça.

— Garotos... — sussurrou ela ao ligar o videogame na tomada.

Balancei a cabeça e ri, exatamente como ela.

— É, garotos...

Depois, entramos em outro quarto. O mais rosa que já tinha visto. Uma menina com orelhas de coelho e vestido de princesa estava sentada no chão, desenhando e comendo Doritos de uma tigela cor-de-rosa.

— Cheryl — chamou Katie, entrando no quarto. Eu me escondi atrás dela de novo. — Essa é a Maggie. Ela e o pai vão morar com a gente. Você lembra que conversamos sobre isso?

Cheryl ergueu os olhos, sorriu e enfiou mais Doritos na boca.

— Tudo bem, mamãe. — Ela voltou a desenhar, e seus cachos ruivos balançavam enquanto ela cantarolava uma música bem baixinho. Então, ela parou e olhou para mim. — Ei, quantos anos você tem?

— Seis — respondi.

Ela sorriu.

— Eu tenho cinco! Você gosta de brincar de boneca?

Fiz que sim com a cabeça.

Ela sorriu de novo e voltou a desenhar.

— Tá bom. Tchau.

Katie riu de novo e me levou para fora do quarto.

— Acho que vocês duas vão ser muito amigas — sussurrou.

Em seguida, ela mostrou o meu quarto. Papai estava lá, colocando as minhas malas. Meus olhos se arregalaram diante do tamanho do lugar... E tudo aquilo era para mim.

— Uau... — Respirei fundo. — Esse quarto é meu?

— É, sim.

Uau.

— Eu sei que vocês dois devem estar muito cansados da viagem, então vou deixar você arrumar a Maggie para dormir. — Katie sorriu para o papai e deu um beijo no rosto dele.

Enquanto ele pegava meu pijama, perguntei:

— Será que a Katie pode me colocar na cama?

Ela não hesitou.

Enquanto Katie me colocava para dormir, sorri para ela, e ela sorriu para mim. Conversamos muito.

— Sabe de uma coisa? Sempre quis ter outra filha — confessou ela, acariciando meu cabelo.

Eu não disse nada, mas também sempre quis ter uma mãe.

— A gente vai se divertir muito, Maggie. Você, Cheryl e eu. Vamos à manicure, vamos nos sentar na beira da piscina, tomar limonada e ficar folheando revistas. Podemos fazer tudo que os garotos não gostam de fazer.

Ela me deu um abraço de boa-noite, apagou a luz e saiu.

Não consegui dormir.

Virei de um lado para o outro e chorei por muito tempo, mas papai não conseguia me ouvir, porque estava no andar de baixo, dormindo no quarto de Katie. Mesmo que eu quisesse sair para procurá-lo, não conseguiria, pois o corredor estava escuro, e eu odiava lugares escuros mais que tudo. Funguei e tentei contar carneirinhos, mas nada parecia funcionar.

— Qual é o seu problema? — perguntou uma figura nas sombras, parada bem na porta do meu quarto.

Ofeguei e me sentei na cama, abraçando o travesseiro.

A silhueta se aproximou, e eu soltei um suspiro quando vi que era Brooks. O cabelo dele estava todo desgrenhado, e ele tinha marcas do travesseiro no rosto.

— Você tem que parar de chorar. Fica me acordando toda hora.

Funguei.

— Desculpa.

— Qual é o problema? Está com saudade de casa ou algo assim?

— Não.

— Então o que é?

Abaixei a cabeça, envergonhada.

— Tenho medo do escuro.

— Ah! — Ele estreitou os olhos por um segundo antes de sair do quarto.

Continuei agarrada ao meu travesseiro e fiquei surpresa quando Brooks voltou. Ele tinha algo nas mãos e foi até a parede para ligar o objeto na tomada.

— Calvin não precisa mais de abajur. A mãe dele o deixa no quarto. — Ele ergueu uma sobrancelha. — Está melhor assim?

Assenti. *Melhor.*

Ele bocejou.

— Bem, boa noite então... hum... Qual é o seu nome mesmo?

— Maggie.

— Boa noite, Maggie. Você não precisa se preocupar com nada aqui na nossa cidade. Ela é muito segura. Você está segura aqui. E, se não estiver se sentindo bem, pode vir dormir no chão do quarto do Calvin. Ele não vai se importar. — Brooks saiu, coçando o cabelo bagunçado e bocejando.

Meus olhos pousaram no abajur em formato de foguete um pouco antes de minhas pálpebras começarem a se fechar. Eu me sentia cansada. Segura. Protegida por um foguete que ganhei de um menino que eu havia acabado de conhecer.

Antes eu não tinha certeza, mas agora eu sabia.

Papai estava certo.

— Para sempre — sussurrei para mim mesma, mergulhando em meus sonhos. — Dessa vez é para sempre.

Este livro foi composto na tipografia Palatino
LT Std, em corpo 11/16, e impresso em
papel off-white no Sistema Cameron da
Divisão Gráfica da Distribuidora Record.